KB096772

살인의 방

1. 이 책에서 번역한 작품들의 저본은 다음과 같다.
   * 다니자키 준이치로의 「도둑과 나」와 「길위에서」는 『日本探偵小說全集11』(創元社, 1996)을, 『살인의 방』은 『谷崎潤一郎全集 第5卷』(文芸春秋, 1967)을 저본으로 삼았다.
   * 기쿠치 간의 「어떤 항의서」는 『日本探偵小說全集11』(創元社, 1996)을 저본으로 삼았다.
   * 아쿠타가와 류노스케의 「개화의 살인」은 『現代日本文學大系 43 芥川龍之介集』(筑摩書房, 1968)을, 「덤불 속」은 『芥川龍之介全集4』(筑摩書房, 1987)을, 「의혹」은 『昭和文學全集 第1卷』(小學館, 1987)을 저본으로 삼았다.
   * 히라바야시 하쓰노스케의 「예심조서」는 『新靑年傑作選第一卷(新裝版)』(立風書房, 1991)을, 「인조인간」은 『世界SF全集34日本のSF(短篇集)古典篇』(早川書房, 1971)을 저본으로 삼았다.
2. 인명과 지명에 한해서 초출시 괄호 안에 원문을 표기하였다.
3. 고유명사의 우리말 발음은 〈일본어 외래어 표기법〉을 따랐다.
4. 각주는 기본적으로 역자주이며, 짧은 경우는 본문에 표시하였다.

일본 추리소설 시리즈 ③

살인의 방

다니자키 준이치로 · 아쿠타가와 류노스케 · 기쿠치 간

히라바야시 하쓰노스케 ─ 김효순 옮김

이상

차례

살인의 방

다니자키 준이치로

자기 스스로 정신병 유전자가 있다고 하는 소노무라(園村)가 얼마나 변덕이 심하고 얼마나 상식을 벗어나 제멋대로 구는 인간인지는 나도 일찌감치 알고 있어서, 충분히 각오를 하고 상대를 해왔다. 하지만 그 날 아침 소노무라한테서 전화가 걸려왔을 때는, 정말이지 깜짝 놀라지 않을 수 없었다. 소노무라는 미친 게 틀림없다. 일 년 중 정신병 환자가 가장 많이 발생하는 이 계절—푹푹 찌는 듯이 푸른 잎에 내리쬐는 6월의 울적한 햇살이 그의 뇌수에 이상을 일으킨 것이 틀림없다. 그렇지 않다면 그런 전화를 할 리가 없다고 생각했다. 아니 생각한 게 아니라 나는 그렇게 굳게 믿었다.

전화가 걸려온 것은 아마 아침 10시 무렵이었을 것이다.

"아, 자네 다카하시(高橋) 군인가?"

내 목소리를 듣자 마자 소노무라는 달려드는 듯한 말투로 말했다. 그가 이상하게 흥분상태에 있다는 사실은 이미 그것으로 알 수 있었다.

"미안한데 지금 빨리 나한테 와주게. 오늘 자네한테 보여주고 싶은 것이 있어서 말일세."

"모처럼 좋은 기회이긴 한데 오늘은 어렵네. 실은 어떤 잡지사에서 부탁받은 소설 원고가 있어서 그것을 어떻게든 내일 오후 2시까지 마무리해야 하네. 어제부터 밤을 샜어."

내가 이렇게 대답을 한 것은 거짓말이 아니었다. 나는 어젯밤부터 그 때까지 한숨도 자지 못하고 펜을 붙들고 있었던 것이다. 소노무라가 아무리 한가한 도련님이라고 하더라도 이쪽 사정은 생각도 하지 않고 보여줄 것이 있으니 오라고 하는 것은 안이하게 자기 생각만 하는 것 같아서 좀 화가 났을 정도였다.

"그래, 그럼 지금 당장이 아니라도 괜찮으니까 오후 2시까지 그것을 다 쓰고 나서 급히 서둘러서 와주게. 내가 3시까지 기다릴 테니까……."

나는 점점 더 짜증이 났다.

"아니, 오늘은 안 된다네. 지금 말한 대로 어젯밤 밤을 꼬박 새는 바람에 피곤해서 원고를 다 쓰면 목욕을 하고 한숨 자려고 하네. 무엇을 보여주려는 것인지 모르겠지만 내일 가도 되지 않는가 말일세."

"그게 오늘이 아니면 볼 수가 없는 것이라서 그렇다네. 자네가 정 안 된다면 나 혼자서 가는 수밖에 없지만 말이네."

이렇게 말을 하다 말고, 소노무라는 갑자기 목소리를 낮추며 속삭이듯이 말했다.

"……실은 말이네, 이건 대단한 비밀이라서 아무한테도 이야기하면 안 되는 것인데, 오늘 밤 1시 정도에 도쿄(東京) 어느 동네에서 어떤 범죄가…… 살인사건이 일어날 것이네. 그래서 지금부터 준비를 해서 자네하고 함께 그걸 보러 가려고 하는 건데, 어떤가? 자네, 같이 가주지 않겠나?"

"뭐라고? 무슨 일이 일어난다고?"

나는 내 귀를 의심하며 다시 한 번 확인하지 않을 수 없었다.

"살인…… Murder, 살인이 일어난다는 말일세."

"자네가 그것을 어떻게 알고 있나? 대체 누가 누구를 죽인다는 건가?"

나는 나도 모르게 그만 큰 소리로 그렇게 묻고 나서는, 깜짝 놀라 주위를 둘러보았다. 하지만 다행히 가족들에게는 들리지 않은 것 같았다.

"자네, 자네 말일세. 전화상으로 그렇게 큰 소리를 내면 곤란하네. 누가 누구를 죽이는지는 나도 모르네. 전화로는 자세한 이야기를 할 수 없지만, 나는 어떤 이유로 오늘밤 어떤 사람이 어떤 사람의 목숨을 끊으려고 한다는 사실만을 알아냈다네. 물론 이 범죄는 나하고는 아무런 관계도 없으니까, 나는 그것을 예방할 책임도 없고 적발할 의무도 없네. 다만 가능하다면 범죄 당사자 모르게 몰래 그 광경을 구경하고 싶은 걸세. 자네가 같이 가준다면 나도 어느 정도 마음이 든든할 테고 자네도 소설을 쓰는 것보다는 재미있지 않은가?"

이렇게 이야기하는 소노무라의 말투는 기묘하게 침착하고 조용했다.

하지만 그가 침착하면 할수록 나는 점점 더 그의 정신상태가 의심되었다. 나는 그의 설명을 듣다가 어느 순간부터 가슴이 심하게 두근거리고 온몸에 전율이 흐르는 것을 느꼈다.

"그런 당치도 않은 이야기를 사실인 양 떠들어대다니 자네 미친 것 아닌가?"

이렇게 반문할 용기도 없을 만큼 나는 진심으로 그의 발광이 우려스러웠고 두려웠으며 또한 몹시 당혹스러웠다. 돈과 시간이 있으니 늘 제멋대로 퇴폐스러운 생활을 하던 소노무라는, 요즘에는 평범한 도락에는 싫증을 내며 활동사진과 탐정소설을 탐닉하며 날이면 날마다 이상한 공상만 하고 있었고, 그 공상이 점점 더 도를 더해간 결과 결국은 발광을 한 것 같았다. 그렇게 생각하자 나는 온몸에 소름이 끼쳤다. 나 말고는 친구다운 친구도 없고 부모도 처자도 없이 수만 엔이 되는 재산을 끌어안고 고독한 세월을 보내는 그가 실제로 발광했다고 한다면 나 말고는 아무도 그를 돌봐줄 사람이 없다. 어쨌든 그가 초조한 감정을 일으키지 않도록 나는 일이 끝나는 대로 즉시 보러 가야만 했다.

"아 그런가, 그러면 나도 같이 보러 갈 테니까 꼭 기다리게. 2시에 글을 다 쓰고 나면 3시까지는 자네한테 갈 생각인데 어쩌면 30분이나 한 시간 정도 늦을지도 모르네. 그러니 내가 갈 때까지 반드시 기다리고 있게."

나는 무엇보다도 그가 혼자서 집을 뛰쳐나갈까봐 걱정되었다.

"알겠나? 그럼 늦어도 4시까지는 꼭 갈 테니까 나가지 말고 기다려주게. 알았지? 꼭이네."

이렇게 반복해서 그의 대답을 확인하고 나서 잠시 전화를 끊었다.

하지만 나는 솔직히 자백을 하겠다.―그러고 나서 오후 2시가 될 때까지 책상 앞에 앉아 쓰다만 원고에 생각을 집중해보려고 했지만, 내 머리는 이미 엉망진창 뒤죽박죽이 되어서 주의가 완전히 다른 방향으로 분산되었다. 나는 겨우 면피용으로 정신 없이 펜을 움직여가며 내 자신도 무슨 말인지 모를 적당한 내용을 대충 써 내려갔을 뿐이었다.

미친 사람을 살펴보러 간다. 그것은 소노무라의 유일한 친구인 내 의무이기는 하지만 실은 별로 기분 좋은 일은 아니었다. 첫째, 내 자신도 그를 살펴보러 갈 자격이 있을 만큼 정신이 온전한 사람은 아니다. 나도 그의 친구니 만큼, 매년 이 신록의 계절이 되면 상당히 심한 신경쇠약에 시달리곤 했다. 그리고 올해도 이미 어느 정도 신경쇠약에 걸린 듯한 징후를 보이고 있다. 이런 상태에서 미친 사람을 살펴보러 가게 되면, 언제 어느 때건 그 병이 나한테로 옮아서 나까지 병에 걸리지 말라는 법도 없다. 또한 어쩌면 소노무라가 오늘밤 일어날 것이라고 믿는 살인사건이 설령 사실이라 하더라도―그런 말도 안 되는 일이 일어날 리는 없지만― 나는 그것을 보러 가고 싶은 호기심도 없고 도저히 그럴 용기도 없다. 살인 광경을 목격하면 소노무라보다 내가 더 먼저 발광을 할 것 같다. 나는 정말이지 친구로서 덕의를 중시하여 마지못해 소노무라의 병의 상태를 살피러 가는 것일 뿐이었다.

원고가 완성된 것은 2시가 조금 지나서였다. 평소 같으면 철야 후의 피로 때문에 잠이 푹 들어서 적어도 저녁때까지는 숙면을 취했겠지만, 약속시간인 4시도 다 되어가고 게다가 흥분한 탓인지 잠도 오지 않았다. 포도주 한 잔으로 겨우 기운을 내고는, 올 들어 처음으로 곤색 나사 하복을 걸치고 하쿠산상(白山上) 정류장에서 미타(三田)행 전차를 탔다. 소노무라의 집은 시바공원(芝公園) 야마노우치(山內)에 있었다.

그 후 나는 전차 안에서 흔들리며 끔찍하고 기괴한 상상에 도달했다. 소노무라가 방금 전에 전화로 이야기한 것은 어쩌면 완전히 거짓말은 아닐지도 모른다. 오늘밤 안에 시내 모처에서 어떤 살인이 일어난다는 것, 그것은 적어도 소노무라에게는 분명히 예상할 수 있는 사건일지도 모른다. 그리고 그 예상이 적중하는 것을 보기 위해서는, 반드시 나를 동반하여 범죄 장소로 유인할 필요가 있을지도 모른다. ─즉 소노무라는 나를, 이 나를 오늘 밤 안에 모처에서 자기 손으로 죽이려는 것은 아닐까? '네게 살인 광경을 보여줄게.' 이런 말을 해서 나를 유인하고 그 자신의 손으로 내 생명을 놓고 그 광경을 연출해서 보여주려는 것은 아닐까? 이런 생각은 엉뚱하기도 하고 웃기는 일이기도 하지만, 절대로 아무 근거 없는 억측이라고 할 수만은 없었다. 물론 나는 그런 잔혹한 장난의 희생양이 될 생각은 없다. 나는 그에게 원한을 산 일도 없고 오해받을 일도 없으니까, 상식적으로 판단하면 그가 나를 죽일 도리는 추호도 없다. 하지만 만약 그가 발광을 했다면, 누가 나의 억측을 엉뚱하다 할 수 있을까? 황당무계한 탐정소설이나 범죄소설을 탐독하다 미친 사람이 그 친구를 갑자기 죽이고 싶어졌다고 한다면 누가 그것을 부자연스럽다고 할 수 있단 말인가? 부자연스럽기는커녕 그것은 가장 흔히 있을 수 있는 일 아닌가?

나는 잠시 후에 전철을 내리려 했다. 이마는 식은땀으로 끈적거렸고 심장의 피는 잠시 완전히 멈춰버린 것 같았다. 그리고 다음 순간에는 또 다른 제2의 공포가 해일처럼 내 가슴을 엄습해 왔다.

"이런 쓸데없는 공상에 시달리다니, 어쩌면 나도 이미 미친 것은 아닐까? 아까 전화로 이야기한 것만으로 소노무라의 광기가 순식간에 옮은 것이 아닐까?"

이런 걱정이 이전의 억측보다 훨씬 더 사실 같았고, 그 만큼 내게는 훨씬 더 공포스러웠다. 나는 어떻게든 내 자신이 미친 사람이라는 생각이 들지 않게, 이전의 공상을 애써 뇌리에서 지우려 했다.

"내가 왜 그런 당치도 않은 일에 신경을 쓰고 있는 거지? 소노무라는 아까 분명히, 오늘밤에 일어날 범죄와 관계가 없다, 하수인이 누구인지, 희생자가 누구인지 전혀 모른다고 하지 않았던가? 그는 단순히 무언가 어떤 이유로 살인이 연출될 것이라는 사실을 알게 되었다는 이야기를 한 것이 아니던가? 그렇게 생각해보면, 절대로 그가 나를 죽이려는 것은 아니다. 역시 발광을 했기 때문에, 어떤 환영을 사실이라 믿고 나와 함께 그것을 보러 갈 생각이 든 것이다. 그렇게 이해하는 것이 합당한데, 왜 나는 그런 이상한 추측을 한 것일까? 정말 너무나 바보 같다."

나는 마음속으로 이렇게 내 자신의 신경질을 비웃었다.

그래도 나는 오나리몬(お城門) 역에서 전철을 내려 소노무라의 주택 앞까지 다 갈 때까지도 여전히 그를 만나고자 하는 결심을 확실히 하지 못했다. 나는 그의 집 앞을 휙 지나 소조지(增上寺)의 산몬(山門)과 다이몬(大門) 사이를 두세 번 왔다갔다 하며 고민에 고민을 거듭한 끝에, 될 대로 되라지 하는 자포자기의 심정으로 소노무라 집 쪽으로 되돌아갔다.

내가, 서양식으로 멋지고 호사스럽게 꾸민 그의 서재 방문을 열자, 그는 불안하게 실내를 돌아다니며 초조한 눈빛으로 난로가 놓인 장식장 시계를 바라보고 있었다. 일이 잘 맞아떨어지려니 시각이 딱 4시였다. 양복이 잘 어울리는 훤칠한 체격을 한 그는 품격 있는 검은 상의에 수수한 줄무늬 바지를 입고, 녹색 실로 수를 놓은 흰 공단 넥타이에 알렉산드리아석 핀을 꽂고는 이미 외출 준비를 다 하고 있었다. 보석을 아주 좋아하는 그는 가늘게 떨리는 섬세한 손가락에도 반짝이는 진주와 아쿠아마린 반지를 끼고 있었고, 가슴 사이에 걸린 금줄 끝에는 곤충 눈알 같은 터키석을 매달고 있었다.

"지금 딱 4시군. 잘 와주었네."

이렇게 말하며 나를 돌아보는 그의 얼굴을 나는 무엇보다 눈빛에 주의하며 관찰해보았다. 그 눈은 평소와 같이 병적으로 번득이고 있기는 하지만, 딱히 이전과 달리 더 심해 보이거나 광폭

해 보이지는 않았다.

나는 잠시 안심을 하고 한 쪽 구석에 있는 안락의자에 앉았다.

"자네, 아까 그 이야기, 정말인가?"

"정말일세. 나는 확실한 증거를 가지고 있네."

그는 의연히 실내를 천천히 돌아다니며 확신하듯이 말했다.

"아, 자네 그렇게 초조하게 방 안에서 돌아다니지 말고 자리에 앉아서 나에게 천천히 이야기를 해보게. 범죄가 일어나는 것은 오늘 한밤중이라 하지 않았나? 벌써부터 그렇게 서두르지 않아도 괜찮지 않나?"

나는 우선 그의 신경을 거스르지 않으려고 애쓰면서 차츰 그의 신경을 진정시키려 했다.

"그런데 증거를 가지고 있기는 하지만, 나는 아직 확실한 장소를 파악하지 못했네. 그러니까 너무 어두워지기 전에 일단 장소를 확인해둘 필요가 있다는 거네. 딱히 위험한 일은 없을 테니, 미안하지만 자네도 지금부터 함께 가주게."

"알겠네. 나도 그럴 생각으로 온 거니 함께 가는 것은 문제없네. 하지만 장소를 파악하려면 어느 정도 단서가 있어야 할 것 아닌가?"

"단서는 있네. 내가 추정한 바로는, 범죄 장소는 아무래도 무코지마(向島)가 아니면 안 되네."

이렇게 이야기를 주고받는 동안에도 그는 그 증거인지 뭔지를 손에 넣은 것이 기뻐 죽겠다는 듯이 평소 우울하고 까탈스러운 성격과 어울리지 않게 점점 더 바쁘게 돌아다니며 활기차게 대답했다.

"에코지마라는 것을 자네가 어떻게 알았다는 것인가?"

"그 이유는 나중에 자세히 설명할 테니까 어쨌든 바로 같이 나가주게. 살인사건을 볼 수 있다니 이런 기회는 두 번 다시 없을 거니 놓치면 안 되네."

"장소만 알고 있으면, 허둥대지 않아도 되네. 택시로 가면 무코지마까지 30분이면 충분하고 게다가 요즘엔 해가 길어서 어두워지려면 아직 두세 시간이나 남았네. 그러니까 말일세, 나가기 전에 나에게 설명을 해주게. 이야기를 해주지 않으면 같이 데리고 가준다 해도 자네만 재미있고 나는 아무 재미도 없을 것 아닌가?"

나의 이 이론은 제 정신이 아닌 그의 머리로 생각을 해봐도 그럴 듯해 보였는지, 그는 코 끝으로 두세 번 흐흠하며 끄덕였다.

"그럼 간단히 이야기를 하겠네만……."

그는 여전히 시간에 신경을 쓰며, 마지못해 내 앞에 있는 의자에 앉았다. 그리고 상의 안주머니를 더듬어 꼬깃꼬깃한 작은 서양 종잇조각을 한 장 꺼내더니, 그것을 대리석 티 테이블 위에 펼쳐 놓았다.

"증거라는 것은 이 종잇조각이네. 나는 그저께 밤 이상한 곳에서 이것을 손에 넣었는데, 이곳에 적혀 있는 글을 보면 자네도 필시 뭔가 집히는 것이 있을 것이네."

그는 수수께끼를 내는 듯한 말투로 이야기하고는, 이상하게 음침하고 엷은 미소를 띠며 눈을 치켜뜨고 내 얼굴을 바라보았다. 종이 위에는 연필로 적힌 수학 공식 같은 부호와 숫자가 나열되어 있었다. 68*; 48*634;‡1; 48†85; 4‡12?††45⋯⋯ 이런 식으로 두세 줄 길게 나열되어 있을 뿐, 물론 나로서는 도통 무슨 말인지 짐작할 수도 없었고 무슨 뜻인지도 몰랐다. 나는 그때까지 소노무라의 정신상태에 대해 반신반의하고 있었지만, 어디서 이런 종잇조각을 주워 범죄의 증거라고 믿는 모습을 보고는 안타깝게도 그가 발광을 했다는 사실은 이제 한 치의 의심을 품을 여지도 없이 확실하다고 생각했다.

"글쎄 대체 이게 무슨 뜻일까? 나는 딱히 짐작되는 바가 없는데, 자네는 이 부호가 무슨 뜻인지 알 수 있나?"

나는 얼굴이 새파래져서 목소리를 떨며 물었다.

"자네는 문학자인 주제에 의외로 무식하군 그래."

그는 갑자기 몸을 뒤로 젖히며 껄껄 웃어댔다. 그리고 사뭇 자랑스러운 듯이 박학을 자랑하는 듯한 말투로 이야기를 계속했다.

"⋯⋯자네는 포가 쓴 단편소설로 유명한 「더 골드버그(The Gold-Bug)」라는 이야기를 읽은 적이 없나? 그것을 읽어본 사람이라면 여기에 적혀 있는 부호가 무슨 뜻인지 모를 리가 없는데⋯⋯."

나는 공교롭게도 포의 작품을 두세 편 밖에 읽지 못했다. 「더 골드버그」라는 재미있는 작품이 있다는 사실은 들어서 알고 있지만, 그 줄거리는 몰랐다.

"자네가 그 소설을 모른다고 하니 이 부호의 뜻을 모르는 것도 무리는 아니지. 그 이야기 는 대략 이런 것이라네. ―옛날에 Kidd라는 해적이 있었는데 미국 사우스캐롤라이나 주의 어느 지점에서 약탈한 금은보석을 매장하고 그 지점을 표시하기 위해 암호 문자로 기록을 해두었네. 그런데 나중에 설리반 섬 (Sullivan's Island)에 사는 윌리엄 루그랑이라는 남자가 우연히 그 기록을 손에 넣고 암호 문자를 해독한 결과 그 지점을 용케 찾아내어 묻어둔 보물을 캐냈다네.― 대략 이런 줄거리인데, 이 소설에서 가장 흥미로운 점은 루그랑이 암호 문자를 해독해내는 과정으로, 작가는 그것을 아주 상세히 설명하고 있네. 그런데 내가 그저께 입수한 이 종잇조각에는 분명히 이 해적의 암호 문자가 사용되고 있네. 나는 어느 곳인가에 버려져 있던 이 종잇조각을 봄과 동시에 이면에 뭔가 음모나 범죄가 숨어 있다고 상상하지 않을 수 없어서 일부러 주워온 것이라네."

그 이야기를 읽지 않은 나로서는 그의 설명이 어디까지 정말인지 알 수 없어서 유감스럽게도 일단 박학다식하고 기억력이 좋은 그에게 항복할 수밖에 없었다.

"후훗, 상당히 재미있어졌군. 그런데 자네는 이 종잇조각을 어디에서 주웠나?"

나는 어머니가 아이의 이야기에 귀를 기울이는 듯한 태도로 이야기하며 부추겼다. 그러면서 사실 마음속으로는 학문이 있는 녀석이 미쳐서 무식한 인간을 위협하는 일만큼 처치 곤란한 일은 없다, 이제 얼마나 말도 안 되는 말을 할지 두고 봐야지라고 생각했다.

"이것을 줍게 된 경위는 이렇다네. 그러니까 그저께 저녁 7시쯤 늘 그렇듯이 나는 혼자서 아사쿠사(浅草) 공원 클럽 특등석에 자리를 잡고 활동사진을 보고 있었다고 생각해주게. 자네도 알고 있겠지만, 그곳 특등석은 앞 2열이나 3열 정도까지만 남녀 동반석이고 그 뒤쪽은 남성 전용석으로 되어 있네. 아마 그날은 토요일 저녁이어서 내가 들어갔을 때는 2층도 아래층도 사람들로 꽉 차 있었다네. 나는 잠시 남성석 제일 앞쪽 한 가운데 쯤에 빈자리가 있는 것을 발견하고 그쪽으로 파고 들어갔네. 그러니까 내가 앉았던 장소는 남성석과 동반석 경계에 있었고 내 앞 열에는 많은 남녀들이 나란히 앉아 있었다네. 나는 처음에는 그들한테 별 관심이 없었는데, 잠시 후에 내 코앞에서 문득 어떤 이상한 사건이 일어나는 것을 깨닫고 활동사진은 제쳐두고 그 사건만 주의 깊게 살펴보았네. 내 앞에는 어느 틈엔가 세 남녀가 자리를 잡고 있었다네. 아무튼 관람석이 입추의 여지도 없이 혼잡스러운 데다가 특등석 손님 중에도 서서 구경을 하는 사람들로 인해 빽빽하게 사람 울타리가 만들어져 있었을 정도이니, 내 주위는 어두운 가운데에서도 가장 어두운 곳이었지."

"……그런 까닭에 나는 그 세 사람의 풍채나 얼굴은 잘 모르지만, 그들 중 한 명은 머리를 묶은 여성이었고 나머지 두 명은 뒷모습으로 보아 남자라는 사실만은 판단할 수 있었네. 그리고 또 그 여자의 머리숱이 갑갑해 보일 만큼 풍성해서 꽤 젊은 여자라는 사실도 추정할 수 있었네. 두 남자 중 한 명은 머리를 빤질빤질하게 반가르마를 타서 빗었고, 또 한 명은 단정한 깍두기머리를 하고 있었지. 세 사람이 자리를 잡은 순서는 맨 오른쪽 끝이 머리를 묶은 여자, 가운데가 머리에 반가르마를 탄 남자, 왼쪽 끝이 깍두기머리를 한 남자였다네. 이런 순서로 앉은 것으로 상상해보니, 오른쪽 끝 여자는 가운데 남자의 아내이거나 혹은 정부 적어도 그와 밀접한 관계에 있는 여자이고, 왼쪽 끝에 있는 깍두기머리 남자는 가운데 남자의 친구이거나 뭔가 관계가 있는 사람으로 보였네. 자네도 나의 이 상상이 잘못되었다고 생각하지는 않겠지? 이런 경우에 만약 그 여자가 두 남자와 동등한 관계를 가지고 있다면, 그녀는 반드시 두 사람 사이에 앉았을 것이고 그렇지 않다면 특히 관계가 깊은 쪽 남자가 또 한 남자와 여자 사이에 앉았을 것이 빤하다네. ……그렇지, 자네. 자네도 그렇게 생각하지?"

"아, 과연 듣고 보니 그렇군. 그런데 자네는 그 여자와 남자들 관계에 몹시 신경을 쓰는군 그래."

나는 그가 빤한 사실을 자못 명탐정이나 된 양 신이 나서 설명하는 모습이 우스워서 견딜 수 없었다.

"아니, 그 관계가 이 이야기에서는 지극히 중요하다네. 내가 아까 말한 이상한 사건이라는 것은 그 여자와 왼쪽 끝에 있는 깍두기머리 남자가 가운데 남자 몰래 의자 등 뒤에서 손을 잡거나 기묘한 신호를 주고받았다는 거네. 처음에 여자가 남자의 손등에 손가락 끝으로 어떤 글자를 썼고 다음에는 남자가 여자 손에 대답을 쓰기 시작했지. 두 사람은 오랫동안 그 짓을 반복했다네."

"아, 그럼 그 자들은 다른 한 남자 몰래 밀회 약속이라도 한 것 같군. 하지만 그런 일은 세상에 흔히 있는 일이니 딱히 이상하다고 할 정도는 아니지 않은가?"

"……나는 어떻게든 그 글을 읽고 싶어서 그들 손가락의 움직임을 가만히 지켜보고 있었다네."

그는 내가 조롱하는 말은 귀에 들어오지도 않는지 여전히 열심히 자기 혼자 떠들어댔다.

"……그들의 손가락은 의심의 여지도 없이 극히 간단한 획수의 글을 쓰고 있었네. 나는 쉽게 그들이 가타카나를 써서 대화하고 있다는 사실을 발견했지. 게다가 매우 다행스럽게도 가운데 남자가 마치 내 바로 앞 의자에 앉아 있고 그 좌우로 남녀 둘이 앉아 있었으니, 사건은 완전히 내 정면에서 벌어지고 있었다네. 내가 가타카나라고 알아차린 순간, 여자는 다시 또 남자 손 위에서 슬슬 손가락을 움직이기 시작했다네. 내 눈동자는 그녀의 손가락의 흔적을 잡아먹을 듯이 따라갔지. 그 때 내가 읽은 문구는, '약은 안 돼, 끈이 좋아'라는 여덟 글자였네. 게다가 그 글이 남자에게는 제대로 통하지 않았는지 여자는 두 번이고 세 번이고 또박또박 반복해서 써서 집요하게 확인을 했다네. 마침내 남자는 그 의미를 이해하고는 이윽고 여자의 손 위에 '언제가 좋을까'라고 썼다네. '2, 3일 안으로'라고 여자가 대답을 적었지. ……그 때 가운데에 있던 남자가 우연히 몸을 좀 뒤로 제쳐서 두 사람은 허둥지둥 손을 치우고는 시치미를 뚝 뗀 표정으로 활동사진에 정신이 팔린 척하고 있었다네. 그들의 비밀 통신은 유감스럽게도 그것으로 끝났네. 하지만 '약은 안 돼, 끈이 좋아'라는 여덟 글자의 문구는 과연 무엇을 암시하는 것이었겠나? '언제가 좋을까'라든가 '2, 3일 안으로'라는 문구만 있다면 밀회 약속을 하는 것이라 추정할 수도 있겠지만, 약이니 끈이니 하는 것이 밀회하고 관련이 있을 리는 없지 않은가? 여자는 확실히 남자를 상대로 끔찍한 범죄를 의논한 것이라네. '독약보다는 끈을 사용해서……'라고 그녀는 남자에게 신호를 보낸 것이지."

소노무라의 설명은 만약 그의 정신상태를 모르는 사람이 들었다면 아무래도 진실이라고 생각할 수밖에 없는, 질서정연하고 이치에 맞는 이야기였다. 나만 하더라도 자칫하다가는 '아, 그런가'라고 이야기에 끌려갈 것 같았다. 하지만 잘 생각해보니, 설령 아무리 캄캄한 어둠속이라고 해도 많은 사람들이 있는 가운데에서 가타카나로 살인 모의를 하다니 그런 바보 같은 짓을 하는 사람이 있을 리 없었다. 역시 소노무라는 일종의 환각에 사로잡혀 뭔가 다른 의미로 쓴 것을 자기 편할 대로 오독한 것일 게다. 나는 일언지하에 그의 망상을 깨줄까 하는 생각도 있었지만, 그가 어느 정도 미쳤는지 어디까지나 그 모습을 관찰하고자 하는 흥미 때문에 일부러 입을 꾹 다물고 얌전히 있었다.

"……나는 끔찍하다기보다는 오히려 재미있다는 생각이 들어서, 어떻게든 조금이라도 그들의 비밀을 알고 싶었다네. 언제 어느 때 그들의 범죄가 실행될 것인지 그것만 알 수 있다면 몰래 구경하고 싶다는 호기심이 새록새록 고개를 들었다네. 그러자 잠시 후에 다행히도 두 사람의 손은 다시 의자 뒤쪽으로 살살 뻗어나왔다네. 하지만 이번에는 여자의 손 안에 종이가 말려서 쥐어져 있었네. 여자는 그것을 남자의 손으로 살짝 건넸고, 두 사람은 다시 원래대로 손을 거두어들였지. 그 광경을 똑똑히 보고 있던 내가 종잇조각 내용이 얼마나 궁금했을지 자네는 아마 상상할 수 있을 거네. 남자는 종잇조각을 받아들더니 아마 그것을 읽기 위해서겠지? 잠깐 화장실에 가는 척하며 자리에서 일어났는데, 5분 정도 있다가 돌아와서 그 종잇조각을 꼬깃꼬깃 입으로 씹어서 코를 푼 휴지를 버리듯이 아무렇게나 의자 뒤로 즉 내 발밑으로 던져버렸네. 나는 그것을 몰래 발로 밟았지."

"하지만 그 남자도 어지간히 대담한 작자네. 화장실까지 갔을 정도라면 화장실에서 버리고 왔으면 될 텐데."

하고 나는 반 놀림조로 말했다.

"그 점은 나도 조금 이상하다고 생각하네만, 아마 화장실에서 버리는 것을 깜빡하고 갑자기 생각이 나서 거기에 버린 것인지도 모르지. 게다가 이렇게 암호로 적혀 있으니 어디에 버리든 상관없을 것이라고 생각했을 것이네. 설마 이 암호를 읽을 수 있는 사람이 바로 눈앞에 대기하고 있으리라고는 생각도 못했겠지."

그는 이렇게 이야기하면서 싱글벙글했다.

마침 시계가 5시 반을 알렸는데, 다행히 그는 알아차리지 못한 듯 완전히 이야기에 정신이 팔린 모습이었다.

"……나는 활동사진이 끝나고 장내가 밝아지면 세 사람의 풍채를 잘 봐둬야지라고 생각했는데, 그들은 그 때까지 기다려주지 않았네. 깍두기머리 남자가 종잇조각을 버리자 여자는 일부러 한숨을 쉬며, '재미가 없으니까 이제 나가지 않을래요?' 하며 가운데 남자를 채근하는 것 같았네. 여자의 목소리는 아주 애교가 넘치고 제멋대로 떼를 쓰는 말투였다네. 그녀가 그렇게 말하자 깍두기머리 남자도 같이, '그렇군, 활동사진이 별로 재미가 없네, 자네 나가지 않겠나' 하며 장단을 맞추었네. 두 사람이 서두르자 가운데 남자도 마지못해 자리에서 일어났고 결국 세 사람은 밖으로 나가버렸지. 전후 사정으로 추측건대, 두 사람은 처음부터 활동사진을 보러 온 것이 아니라 단지 어둠과 혼잡을 이용하여 비밀 통신을 하기 위해 그곳에 온 것에 불과한 것이라네. 그러나 그들이 사라진 덕분에 나는 쉽게 이 종잇조각을 주울 수 있었네."

"해서, 그 종잇조각에 적혀 있는 암호가 무슨 뜻인지 들려주지 않겠나?"

"포의 작품을 읽었으면 이 뜻을 아는 것은 식은 죽 먹기겠지만, 여기에 적힌 여러 가지 숫자나 부호는 모두 영어 알파벳 문자를 대신해서 쓴 것이네. 예를 들어 숫자 5는 a를 대신하고 2는 b를 대신하며 3은 g를 대신하네. 그리고 부호 †는 d를 나타내고 *는 n을 나타내며, ;는 t를 나타내고 ?는 u를 나타내네. 그래서 이 암호의 연속을 ABC 바꿔 쓰고 적당하게 문장으로 배열하면, 기묘하게도 이런 영어문장이 완성이 된다네.

in the night of the Death of Buddha, at the time of the Death of Diana, there is a scale in the north of Neptune, where it must be committed by our hands.

알겠나? 물론 이 안에 있는 W라는 글자는 포의 소설에는 없기 때문에 그들은 W 대신 V 암호를 쓰고 있네. 그리고 이 안에 있는 D나 B, N과 같은 대문자는 자네가 알기 쉽도록 내가 마음대로 고쳐 쓴 것으로 따로 특수한 대문자 부호가 있는 것은 아니라네. 그리고 이것을 일본 문장으로 고치면 일단 이렇게 된다네.

부처가 죽는 날 밤,
다이아나가 죽을 때
넵튠 북쪽에 한 조각 비늘이 있네,
그것은 이곳에서 우리들의 손으로 실행되어야 한다.

알겠나? 이렇게 된다네. 얼핏 보면 아무것도 아닌 것 같지만, 잘 생각해보면 점점 더 의미가 분명해지네. '부처가 죽는 날 밤'이라는 말은, 육요(六曜)의 불멸(佛滅)*에 해당하는 날 밤이라는 뜻이 되겠지. 이번 달 안에 불멸에 해당하는 날은 4, 5일 있는데, 그저께 밤에 여자가 2, 3일 안에 라고 쓴 것을 생각하면 여기에서 불멸의 날이라는 것은 아마 오늘일 것이네. 그리고 '다이아나가 죽을 때'라는 문구가 있지. 다이아나는 달의 여신이니까 아마 달이 지는 시각을 가리킬 것이네. 그런데 오늘 밤 달이 몇 시에 지냐 하면, 새벽 1시 36분이라네. 딱 그 시각에 그들의 범죄가 실행된다는 것이네. 그리고 어려운 것은 그 다음 문구, '넵튠 북쪽에 한 조각 비늘이 있네'라는 대목이네. 이것은 분명히 장소를

---

* 불멸일(佛滅日)을 말함. 육요의 하나로 만사가 흉(凶)한 날

지정한 것일 텐데, 이 수수께끼를 풀지 못한다면 살인 광경은 도저히 구경할 수 없네.

넵튠이라는 명사가, 우리가 도저히 상상할 수 없는 그들 둘 사이에서만 통용되는 특유한 은어라면 몹시 안타까운 일이겠지만, 앞에서 나온 다이아나라든가 부처라는 말로 생각해보면 뭐 꼭 그렇게 어려운 것은 아닌 것 같네. 넵튠이라는 것은 바다의 신 혹은 해왕성을 의미하지. 그러니까 필시 바다 혹은 물과 관련이 있는 장소임에 틀림없다고 나는 생각했다네. 그 때 문득 내 머리에 떠오른 것은 무코지마의 스이진(水神)이었다네. 자네도 알고 있듯이, 그 주변은 매우 한적한 구역이라서 말이네. 그런 범죄를 수행하기에는 안성맞춤인 장소라 할 수 있네. '넵튠 북쪽에 한 조각 비늘이 있네'—스이진의 사당이나 아니면 야오마쓰(八百松) 건물 북쪽에 비늘 모양의 △, 이런 표시를 한 집이나 지점이 있을 것이네. '스이진의 북쪽'이라는 식으로 극히 막연하게만 지정해 놓은 이상 그 표시는 의외로 쉽게 발견되는 장소에 있을 것으로 생각되네. '그것은 이곳에서 우리들의 손으로 실행되어야 한다' —이 경우의 '그것은'이라는 대명사가 살인 범죄를 가리키고 있음은 굳이 설명하지 않아도 될 것이네. '실행되어야 한다'—must be committed의 committed라는 글의 의미로 봐도 범죄 사건임은 분명하네. '우리들의 손으로'라는 것은 그 여자와 깍두기머리남자 두 사람이 힘을 합쳐서 라는 뜻이지. '약은 안 돼, 끈이 좋아'라는 말에 비추어보면 이 수수께끼는 점점 더 명료해지네. 이미 한 점 의혹의 여지도 없다네. 여기에 범죄 희생자가 될 사람에 대해 적혀 있지 않은 것은 안타까운 일 같지만, 그 날 밤 사건으로 추정해보면 아마 세 사람 중 가운데 있던 반질반질 머리에 반가르마를 탄 남자가 표적일 것일세. 물론 그 희생자가 누가 되든 우리에게는 별 문제가 되지 않지. 우리들은 그저 암호의 수수께끼를 풀어서 시간과 장소를 유추하고 몰래 그들이 하는 짓을 구경할 수 있으면 그것으로 충분하네. 그래서 지금부터 우리들이 취해야 할 행동은 무코지마 스이진 부근에 가서 비늘 표시를 찾아내는 것이네. 자, 이 정도 설명을 했으면 사건이 얼마나 파천황(破天荒)적이고 흥미진진한 것인지 이해가 되겠지? 그리고 지금 현재 우리들에게 시간이 얼마나 중요한지도 생각해야 하네. 나는 아까부터 이 사건을 자네에게 보고하기 위해 한 시간 반이나 귀중한 시간을 허비해버렸네……."

과연 그 이야기를 듣고 보니, 이미 시계는 5시 반을 가리키고 있지만 6월 상순의 긴 햇발은 아직 쉽게 기울어질 기색도 없었고 서양식 건물의 창밖은 대낮처럼 밝았다.

"허비를 하기는 했지만, 덕분에 아주 재미있는 이야기를 들었네. 그래도 자네는 그저께부터 오늘까지 비늘 표시를 찾아두었으면 될 것 아닌가?"

이렇게 이야기하면서도 나는 이런 경우에 그에게 어떤 조치를 취하는 것이 좋을지 난감했다. 나는 일단 잊고 있었지만, 어젯밤부터 밤을 샌 탓에 어쩐지 피곤함이 몰려오기 시작해서 될 수 있다면 그와 동행하는 것을 거절하고 싶었다. 지금부터 애써 무코지마까지 가서 목표도 없이 탐정작업 조수를 한다고 하니,

생각만으로도 한심했다. 그렇다고 해서 그를 혼자 가게 방치하는 것은 더욱더 안심이 되지 않았다.

"그야 자네가 그런 말을 하지 않아도, 나는 어제 아침부터 하루 종일 스이진 부근을 샅샅이 수색을 했네. 하지만 비늘 표시는 어디에도 없었다네. 그리고 보니, 아마 그 표시는 범죄가 일어나는 당일이 되어야만 나타나는 것이라고 생각하네. 그녀는 아마 오늘 아침 이후에 어딘가 그 부근에 표시를 해두었을 것이네. 물론 나는 어제 하루 종일 대략 이 부근은 아닐까 하는 장소를 두세 군데 물색해 두었으니까 오늘은 별로 힘들이지 않고 찾아낼 것이라 예상하네. 그렇지만 아무래도 어두워지면 불편하니까 무엇보다 바로 나가는 게 중요하다네. 자 일어서게. 서두르세. 그리고 조심한다는 의미에서 자네도 이것을 가지고 가게."

이렇게 이야기하며 그는 책상 서랍에서 피스톨 한 정을 꺼내 내게 건넸다.

그가 이렇게나 정신이 팔려 있으니, 말려봐야 어차피 단념할 리는 없을 것이다. 요컨대 그의 망상을 깨기 위해서는 역시 그와 함께 무코지마에 가서 오늘도 비늘 표시 같은 것은 아무데도 없다는 사실을 증명해주는 것이 가장 적절할 것이다. 그렇게 되면 아무리 머리가 이상해졌어도 소노무라는 자신의 예상이 환각에 지나지 않았다는 사실을 깨달을 것이다. 나는 그런 사실을 깨닫고 순순히 피스톨을 받아들었다.

"그럼 어디 한 번 나가볼까? 셜록 홈즈에 왔슨 격이네."

이렇게 말하며 기분 좋게 일어섰다.

오나리몬 옆에서 자동차를 타고 무코지마로 달려가는 도중에도 소노무라의 머리는 여전히 오로지 그 망상에 지배당하고 있었다. 소프트 모자를 눈까지 푹 눌러쓰고 팔짱을 끼고 가만히 생각에 잠겨 있는가 싶더니, 순식간에 생기가 돌며 말했다.

"오늘 밤이 되면 알게 될 일이지만, 그래도 자네, 이 범죄자는 대체 어떤 종류의 사람이고 어떤 계급에 속한 사람일까? 그날 밤 하다못해 그 사람들 복장 정도라도 확인해 두었으면 좋았을 텐데, 캄캄해서 도무지 분간을 하지 못했다네. 어쨌든 포의 소설에 나오는 암호 문자를 사용하고 있으니, 그 여자도 그렇고 그 남자도 그렇고 절대로 교육을 받지 못한 사람들은 아니라네. 아니 교육을 받지 못한 정도가 아니라 상당히 학문을 한 치들이지. ……그렇지, 자네. 자네는 그렇게 생각하지 않나?"

"음, 뭐 그렇겠지. 의외로 상류사회 사람들인지도 모르지."

"하지만 역시 다른 한편으로 생각해보면 상류사회 인간이 아니라 어떤 대규모 강도나 살인을 일삼는 악당 단원들 같기도 하네. 그렇지 않으면 그런 암호 문자를 사용할 이유가 없지. 그 암호 문자는 상당히 까다로운 것이라서 나 같은 아마추어가 읽기 위해서는 일일이 포의 원본하고 대조를 해봐야 하네. 그런데 일전에 본 그 깍두기머리 남자는 겨우 5, 6분 만에 화장실에서 그것을 다 읽었지. 그렇게 생각해보면, 그들은 늘 그 암호를 사용해서 우리들이 ABC를 읽는 것과 마찬가지 정도로 익숙해진 것이 틀림없네. 아마 그들은 암호를 사용해야 하는 나쁜 일을 지금까지 몇 번이고 반복했을 것이네. ……자, 그렇게 생각하면 그들은 여간 나쁜 악당들이 아닌 것 같네."

우리들을 태운 자동차는 히비야공원(日比谷公園) 앞을 지나 바바사키(馬場先) 문밖에 있는 해자 끝 쪽을 쾌속 질주하고 있었다.

"그렇지만 뭐 그들이 대체 어떤 작자들인지 모르는 것이 우리들로서는 또 하나의 흥미로운 사실이네."

소노무라는 이야기를 더 이어갔다.

"……나는 처음에는 그들의 범죄 동기는 연애관계일 것이라 생각했는데, 그들이 만약 끔찍한 살인 상습범이라고 한다면 연애 이외에 뭔가 다른 이유가 숨겨져 있을지도 모른다네. 어쨌든 우리들은 단지 오늘밤 오전 1시 36분에 무코지마 스이진 북쪽에서 누군가가 누군가에게 끈으로 교살당한다는 사실 밖에 모른다네. 바로 그 점이 우리들의 호기심을 심하게 유발하는 것이네."

자동차는 이미 마루노우치(丸の内)를 벗어나서 아사쿠사교 방면으로 달리고 있었다.

○ ○ ○

그리고 3시간 정도 지난 밤 8시 반 무렵의 일이다. 나는 딱할 만큼 침울하게 말없이 고개를 숙이고 있는 소노무라를 다시 자동차에 태워 시바(芝) 쪽으로 돌아갔다.

"……그게 말일세, 자네. 그러니까 역시 뭔가 자네가 잘못 생각한 것이라네. 아무래도 자네 모습을 보면 요즘 좀 흥분한 것 같으니 될 수 있으면 신경을 안정시키도록 하게. 내일부터라도 어딘가 다른 곳으로 가는 게 어떻겠나?"

나는 차 안에서 흔들리며 뚱한 표정으로 생각에 잠긴 소노무라를 상대로 자꾸만 그렇게 이야기를 해서 설득하고 있었다.

실제로 그날 저녁 6시부터 8시까지 나는 소노무라에게 끌려다니며 스이진 근처를 몇 번이나 찾아 돌아다녔으나 예상대로 비늘 표시 같은 것은 나오지 않았다. 그래도 소노무라는 어디까지나 고집을 부리며 찾기 전에는 집으로 돌아가지 않겠다고 하는 것을 나는 열심히 달래서 겨우 수색 작업을 포기하게 했다.

"나는 정말이지 요즘 어떻게 된 것 같네. 자네 말을 듣고 보니 뭔가 미치광이가 된 느낌이네."

소노무라는 가라앉은 목소리로 신음하듯 말했다.

"……하지만 아무래도 이상하네. 어찌됐든 그 주변에 표시가 없으면 안 되는데 말일세. 내가 아무리 신경쇠약에 걸렸다고 해도 그저께 밤에 있었던 일은 틀림없다네. 만약 내가 뭔가 잘못을 했다고 한다면, 그 암호 문자 해독 혹은 그 문장의 비밀을 푸는 방법에 있어 어딘가 착오가 있었을 것이네. 어쨌든 나는 집에 돌아가서 다시 한 번 잘 생각해보겠네."

그가 이렇게 말하며 아직도 망상을 버리지 못하고 있는 것이 나로서는 화가 나기도 하고 우습기도 했다.

"다시 생각해보는 것도 좋지만, 이런 문제에 그렇게까지 머리를 쓰는 것은 좀 아깝지 않은가? 설사 자네의 상상이 사실이라 하더라도 그렇게 애를 쓰면서까지 파고들 필요는 없지 않은가? 나는 어제부터 한 숨도 자지 못해서 오늘은 몹시 피곤하니 이쯤에서 우선 자네와 헤어지고 집에 돌아가서 자기로 하겠네. 자네도 적당히 하고 오늘밤에는 일찍 자는 게 좋겠네. 내일 아침 일찍 놀러 갈 테니, 그 전에는 절대로 혼자서 밖으로 나가지 말아주게."

언제까지고 그에게 붙어 있어 봐야 끝이 없을 것이기 때문에 나는 아사쿠사교에서 자동차를 내려 구단(九段)행 전차를 탔다. 완전히 여우에 홀린 것 같아서 뭔가 일시에 맥이 탁 풀렸다. 무코지마에 도착해서 세 시간 동안 그는 수색에 정신이 팔려서 내게 밥도 먹이지 않았기 때문에, 나는 갑자기 견딜 수 없는 허기를 느끼기 시작했다. 하지만 진보초(神保町)에서 스가모(巢鴨)행으로 갈아탈 무렵부터 갑자기 잠이 오는 바람에 그 허기도 느껴지지 않았다. 그리고 고이시카와의 집에 도착하자마자 이불을 펴고 거의 기절한 듯이 푹 잠이 들어버렸다.

그리고 몇 시간 정도 잤는지 모르겠지만, 나는 비몽사몽간에 누군가 바깥문을 자꾸만 탕탕 두드리는 소리를 들었다. 부릉부릉 하는 자동차 소리도 들렸다.

"여보, 누가 바깥문을 두드리는 것 같은데 지금 이 시간에 누가 찾아왔을까요? 자동차를 타고 온 것 같아요."

이렇게 말하며 아내는 나를 깨웠다.

"아, 또 찾아 왔나? 아마도 소노무라일 거야. 선생이 요즘 좀 머리가 어떻게 됐거든. 흐흠, 난처하군."

나는 어쩔 수 없이 졸린 눈을 비비며 일어나서 문 쪽으로 다가갔다.

"이봐 자네. 나 오늘 드디어 장소를 찾아냈다네. 넵튠이라는 것은 스이진이 아니라 스이텐구(水天宮)였다네. 내가 오해를 한 것이지. 스이텐구 북쪽 신미치(新路)에서 비늘 표시를 간신히 찾아냈다네."

내가 문을 빼꼼히 열자 그는 굴러들어오듯 봉당으로 들어와서 내 귀에 입을 대고 소곤소곤 이렇게 속삭였다.

"어서, 지금 당장 나가지 않겠나? 지금 딱 12시 50분이네. 이제 46분밖에 안 남아서 나 혼자 갈까 생각했지만, 약속도 있고 해서 일부러 자네를 데리러 왔네. 자, 어서 서둘러서 준비하고 오게. 빨리 하게."

"드디어 알아냈나? 하지만 벌써 12시 50분이라면 지금 가도 제대로 볼 수 있을지 모르지 않나. 그러다 오히려 그 작자들한테 들키면 위험하니까 자네도 그만두는 게 낫지 않나?"

"아니 나는 그만두지 않겠네. 볼 수 없다면 하다못해 문간에 쭈그리고 앉아서 목이 졸려 살해당하는 사람의 신음소리만이라도 듣고 싶다네. 그리고 내가 방금 전에 보고 온 바로는 표시가 되어 있는 집은 작은 단층집으로 방이 두 칸밖에 없는 비좁은 주거지라네. 게다가 여름이라서 장지문도 다 떼어내고 갈대발이 한두 장 쳐져 있을 뿐이네. 그리고 말이네, 뒷문 쪽에는 앉아서 팔을 걸칠 수 있는 커다란 창문이 있고, 그곳에 있는 덧문도 옹이구멍이나 틈새 투성이라서 그곳으로 들여다보면 안이 훤히 보이게 되어 있으니, 상황이 딱 좋지 않은가? 자, 이런 이야기를 하고 있는 동안 벌써 또 10분이 지나갔네. 지금 정각 1시네. 갈지 말지 빨리 정하게. 자네가 싫다면 나 혼자 갈 테니."

누가 그런 곳에서 살인을 할 사람이 있을까라고 나는 생각했다. 하지만 여차하는 일이 생길 경우, 나는 그를 혼자 내버려둘 수도 없어서 귀찮기 짝이 없었지만 역시 같이 따라가는 수밖에 없었다.

"좋아, 기다리게. 곧 준비하고 올 테니."

나는 실내로 돌아가서 서둘러 옷을 갈아입었다.

"무슨 일이세요, 여보. 한밤중에 어디를 가시는 거예요?"

아내는 눈이 휘둥그레지며 물었다.

"아니 당신에게는 아직 이야기하지 않았지만, 소노무라 자식이 이삼 일 전부터 머리가 돌아서 이상한 이야기만 하고 있어서 큰일이야. 오늘밤에도 지금 닌쿄마치(人形町)의 스이텐구 근처에서 살인사건이 일어날 거니 보러 가지 않겠냐는 거야."

"어머, 끔찍해요. 기분 나쁜 이야기를 하는군요."

"그보다 한밤중에 문을 두드리며 깨우는 데는 할 말이 없어. 그러나 그냥 내버려두면 무슨 쓸데없는 이상한 짓을 할지 모르니 어떻게든 타일러서 시바 집까지 데려다 주고 올게. 정말이지 참을 수가 없네."

나는 아내에게 사정을 설명하고 그와 함께 다시 자동차에 올라탔다.

심야의 거리는 조용했다. 자동차는 하쿠산상에서 일직선으로 고등학교 앞으로 나와 혼고(本鄕)로의 돌바닥으로 된 전차길 위를 기분 좋게 미끄러져 갔다. 나는 아직 꿈을 꾸고 있는 것 같은 기분이었다. 장마가 지기 전의 초여름 하늘이 반쪽은 암울하게 비구름에 둘러싸여 잔뜩 흐려 있었고, 반쪽은 졸린 듯한 별이 반짝반짝 빛나고 있었다. 마쓰즈미초(松住町) 정류장을 지나갈 무렵이었다.

"이제 17분! 17분밖에 없네."

소노무라는 회중전등으로 손목시계를 비추며 말했다.

"이제 12분!"

그가 외쳤을 때 자동차는 그의 머리처럼 미친 듯이 속력을 내며 급격하게 커브를 틀며 이즈미교(和泉橋) 모퉁이를 돌아 닌교초로 쪽으로 나갔다.

우리들은 일부러 헤쓰이하안(竈河岸) 근처에서 자동차를 버리고 파출소 앞을 지나가는 것을 피하기 위해 그곳에서 구불구불 좁은 골목길을 몇 개나 지나갔다. 그 부근 지리에 밝지 않은 나는 소노무라의 뒤를 따라 부리나케 나왔다 들어갔다 해서 그곳이 어느 방향 어느 곳이었는지 확실히 기억이 나지 않는다.

"이봐, 이제 곧 다 왔으니까 발소리를 조용히 하게! 보게! 여기서 대여섯 채 앞에 있는 집일세."

말없이 총총걸음으로 걷고 있던 소노무라가 나에게 이렇게 귀엣말을 한 것은, 지저분하고 누추한 연립주택이 양쪽으로 늘어서 있고 널빤지로 덮어 놓은 하수구가 있는 막다른 골목 안쪽이었다.

"어디, 어느 집인가? 어디에 비늘 표시가 되어 있나?"

그러자 나의 이 질문에는 대답도 하지 않고 소노무라는 멈춰 서더니, 가만히 손목시계를 바라보다가 갑자기 낮고 쉰 목소리에 힘을 주며 말했다.

"아, 망했다!"

"망했네! 망했어! 시간이 2분이나 지나버렸네. 벌써 38분이네."

"아, 됐으니까 표시는 어디에 있나? 그 표시를 내게 가르쳐주게."

나는 그가 이렇게 열중을 하고 있는 이상 적어도 비늘 모양과 비슷한 것이라도 그 근처에 있을 것이라고 생각했기에 이렇게 캐물었다.

"표시 같은 것은 아무래도 상관없네. 나중에 천천히 가르쳐줄 테니까 이쪽으로 오게. 이쪽이네, 이쪽이야."

그는 무턱대고 내 어깨를 잡고 오른쪽에 있는 단층집과 단층 집 사이로 난 틈의, 겨우 몸이 들어갈 정도로 옹색한 추녀 사이 의 공간으로 나를 휙휙 잡아끌며 들어갔다. 그러자 어딘가에 쓰레기통이 있는 것이 보였고 캄캄한 어둠 속에서 여러 가지 것들이 발효하는 불쾌한 냄새가 내 코를 훅 찔렀다. 그리고 귓불 주변에서는 뒤엉켜 있는 거미줄이 희미하게 사륵사륵 소리를 내며 끊어지는 것 같았다. 나보다 대여섯 걸음 앞에 가고 있던 소노무라는 어느새 그곳에 멈춰 서서 숨을 죽이고 왼쪽 덧문의 옹이구멍에 얼굴을 들이대고 있었다.

추녀의 오른쪽은 온통 미늘판자벽이고 오른쪽, 그러니까 소노무라가 아직도 얼굴을 들이대고 있는 곳에는 과연 아까 그가 말한 대로 팔을 걸칠 수 있는 커다란 창문이 있는데, 옹이구멍과 틈새가 잔뜩 있는 덧문이 달려 있는 것 같았고, 거기에서 실내의 불빛이 드문드문 흘러나와 반짝이고 있었다. 그 광선의 세기로 보아 집안에서는 극히 밝고 눈부신 전구가 휘황하게 빛나는 듯했다. 나는 아무렇지도 않게 다가가서 소노무라와 어깨를 나란히 하고 커다란 옹이구멍 하나에 눈을 갖다 댔다.

옹이구멍의 크기는 딱 엄지손가락이 들어갈 정도였을 것이다. 지금까지 문밖의 어둠에 익숙해져 있던 내 눈은 그곳에서 안을 들여다본 순간 강한 전등 빛에 노출되어 잠시 동안 보이지가 않아 단지 눈앞에 두세 개의 그림자가 어른거리는 것을 멍하니 바라보았을 뿐이었다. 내게는 오히려 내 옆에 서 있는 소노무라의 거친 숨소리가 더 잘 들렸다. 그리고 죽은 듯이 조용한 가운데 그의 손목시계의 째깍거리는 소리가 마치 흥분한 심장박동 소리처럼 들렸다.

하지만 1, 2분 사이에 나는 차츰 시력을 회복했다. 처음에 내가 본 것은 세로로 똑바로 쭉쭉 뻗어 있는 엄청나게 새하얀 기둥 같은 것이었다. 그것이 이쪽으로 등을 향하고 앉아 있는 한 여자의 아름다운 옷깃 아래로 이어지는 긴 목덜미의 근육 줄기라는 사실을 알기까지는 몇 초의 시간이 더 필요했던 것으로 기억한다. 사실을 말하자면 그 여자의 위치가 창가에서 너무 가까워서 옹이구멍을 거의 막을 지경이었기 때문에 그것을 인간의 뒷모습이라고 식별하는 것은 상당히 어려웠다. 나는 그래 봐야 겨우 틀어 올린 머리를 납작하게 누른 그녀의 머리 부분부터 시커멓고 쪼글쪼글한 사(紗)로 된 여름 하오리(羽織)*를 걸친 등의 일부

* 일본옷의 하나로 위에 입는 짧은 겉옷

분을 보았을 뿐으로, 허리 아래쪽 상태는 내 시야 밖에 있었다.

　그다지 넓지도 않은 방 안에는 무슨 까닭인지 매우 강력한, 적어도 50촉 이상으로 생각되는 전구가 켜져 있다. 내가 처음에 여자의 목덜미를 새하얀 기둥으로 느낀 것도 무리는 아니었다. 조금 고개를 숙이고 앉아 있는 그녀의 목덜미부터 옷을 뒤로 젖혀 입어 드러난 등까지, 짙은 분을 꼼꼼히 바른 회반죽 같은 피부가 휘황한 전등 아래 드러나서 타오르는 듯이 빛을 반사하고 있었다. 나와 그녀의 거리가 얼마나 가까웠는지는 그녀의 옷에 뿌린 향수 냄새가 달콤하고 부드럽게 내 코끝을 덮친 것으로도 충분히 짐작할 수 있었다. 나는 실제로 그녀의 머리카락 한 올 한 올을 셀 수 있을 정도였다. 그 머리카락은 아마 지금 막 묶어 올린 것이 아닌가 싶을 만큼 산뜻하고 윤이 났다. 새의 복부처럼 부풀어 오른 양쪽 살쩍도 확 달려들어 껴안고 싶을 정도였고 멋지게 뒤로 뺀 산뜻한 머리도 한 가닥 흐트러짐이 없이 마치 가발처럼 검게 빛나고 있었다. 그녀의 얼굴을 볼 수 없는 것은 유감스러웠다. 그러나 민틋이 내려온 나긋나긋하고 부드러운 곡선도 그렇고 목만 있는 인형처럼 뒤로 젖혀진 옷깃 위로 나와 있는 목덜미도 그렇고 귓불 안쪽에서 머리털이 난 언저리를 지나 등으로 이어지는 요염한 근육도 그렇고, 단지 뒷모습만으로도 그녀가 요염하고 아리따운 자태를 갖춘 여성이라는 것을 추측하기에 어렵지는 않았다. 이렇게 의외의 장소에서 이렇게 아름다운 여자의 모습을 볼 수 있는 것만으로도 이 옹이구멍을 들여다 본 것은 헛수고가 아니라고 생각했다.

여기에서 나는 그녀를 본 찰나의 인상과 처음 1, 2분간의 광경을 조금 더 적어둘 필요가 있다. 설령 소노무라가 품고 있는 예상이 잘못된 것이라고 하더라도, 이렇게 한밤중에 이런 여자가 이런 모습을 하고 이런 곳에 가만히 앉아 있다는 사실은 어쨌든 너무나 이상한 일이다. 그녀의 머리가 틀어 올린 머리를 납작하게 눌렀다는 사실로 판단하면, 그녀는 절대로 여염집 여자는 아닌 것 같아서 게이샤나 아니면 그에 가까운 직업을 가진 것이 확실하다. 머리의 장식이나 의상의 취향이 화려하고 사치스러우며 요즘 화류계 유행을 따르고 있다는 점으로 추측건대, 게이샤라고 하더라도 변두리의 게이샤가 아니라 신바시(新橋)나 아카사카(赤坂) 근처의 일류 게이샤일 것이다. 그래도 그녀는 그런 곳에 그렇게 앉아서 대체 무엇을 하는 것인지 나로서는 전혀 짐작이 되지 않았다. 나는 아까, '이런 곳에 가만히 앉아 있다'라고 했는데, 그녀는 정말이지 살아 있는 그림처럼 꼼짝도 하지 않고 글자 그대로 '가만히 앉아 있는' 것이었다. 마치 내가 옹이구멍으로 들여다본 순간 응축되어버린 것처럼 목덜미를 쭉 빼고 고개를 숙인 채 화석처럼 조용히 있었다. ―어쩌면 그녀는 문밖의 발소리를 듣고 갑자기 숨을 죽이고 귀를 기울이고 있는 것은 아닐까?― 나는 문득 그런 생각을 하고는 허둥지둥 옹이구멍에서 눈을 떼며 소노무라 쪽을 돌아보았다. 그는 여전히 열심히 얼굴을 대고 있다.

순간 지금까지 조용했던 집 안에서 아마 누군가 움직인 듯 삐걱삐걱 귀틀이 헐렁해진 다다미를 밟는 소리가 희미하게 울린

것 같았다. 소노무라의 광기를 비웃으면서도 어느새 호기심에
사로잡힌 나는 그 소리를 듣자마자 다시 질질 끌려가서 눈을 옹
이구멍에 갖다 댔다. 정말이지 잠깐 새 ―겨우 1, 2초 동안이지
만 그 사이에 여자와 위치와 자세는 다소 달라져 있었다. 아마
지금 난 소리는 그 때문이었을 것이다. 옹이구멍 앞을 막고 있
던 그녀는 비스듬하게 다다미 한 장 정도 떨어져서 방 중앙으로
나갔고, 내 시야는 상당히 넓어져서 실내의 모습을 거의 남김없
이 볼 수 있게 되었다. 마침 내가 서 있는 창문의 반대쪽, ―맞은
편 정면은 보통의 연립주택이 그런 것처럼 아래쪽에는 벽지가
너널너덜 떨어져가고 있는 노란 벽이 있고, 왼쪽은 발, 오른쪽은
갈대발 너머로 툇마루가 딸려 있으며, 밖에는 비를 막기 위한 덧
문이 닫혀 있는 것 같았다. 아까부터 그녀의 머리 그림자에 뭔가
하얀 것이 얼핏얼핏 보이는 것 같았는데, 지금 보니 그것은 수건
으로 된 욕의를 입은 남자 한 명이 그녀 오른쪽 벽에 찰싹 달라
붙어서 이쪽을 보고 서 있는 것이었다. 남자의 나이는 열여덟이
나 아홉, 많아도 스물은 넘지 않았을 것이다. 머리는 깍두기머리
로, 가무잡잡하고 키가 큰 어딘지 선대 기쿠고로(菊五郞)*의 젊
은 시절 같은 얼굴을 한 청년이다. 내가 특히 선대 기쿠고로에
비유한 이유는 그 청년의 용모가 옛날 에도(江戶) 토박이 미남자
를 보는 것처럼 야무지고 단단할 뿐만 아니라 시원하고 긴 눈과
살짝 주걱턱에 돌출한 아랫입술 주변이 묘하게 교활한 것이, 가

* 가부키(歌舞伎) 배우 오노에 기쿠고로(尾上菊五郞)

미유이 신조(髮結新三)*나 네즈미고조(鼠小僧)**를 연상시키는 천박함과 교활함을 유감없이 드러내고 있었기 때문이다.

남자의 얼굴은 화를 내는 것인지 웃는 것인지 분간할 수 없었고 침착한 것 같으면서도 어쩐지 초조해 하는 듯한 알 수 없는 표정이 역력했다. 하지만 그보다 더 불가해한 것은 그가 있는 곳에서 1, 2척 정도 떨어진 왼쪽 구석에 서 있는 시커먼 허수아비 같은 모습을 한 물체이다. 나는 한동안 허수아비의 정체를 알아내기 위해 이리저리 몸을 비틀며 안구의 위치를 바꾸어야만 했다.

주의를 해서 보니 허수아비는 검은 비로드 천을 머리에 뒤집어 쓰고 세 다리로 서 있었다.—아무래도 그것은 사진기 같아 보였다. 이 비좁은 실내에 강력한 전등이 켜져 있는 것이나 여자가 꼼짝도 하지 않고 있는 것으로 보면 어쩌면 남자가 그녀의 모습을 사진으로 담으려는 것 같았다. 하지만 그들은 무슨 필요가 있어서 굳이 이렇게 야심한 시간에 이런 지저분한 방 안에서 사진을 찍으려는 것일까? 무엇인가 비밀스럽게 찍어야 할 이유가 있는 것일까?

나는 당연히 이 남자가 어떤 꺼림칙한 밀수품 제조자이고 지금 이 여자를 모델로 그것을 한창 제작하는 중이라고 상상했다. 그렇게 생각하자 비로소 이곳 광경이 이해가 되었다.

* 가부키 「쓰유고소데무카시하치조(梅雨小袖昔八丈)」 혹은 그 주인공. 출입을 하던 시라코야(白子屋)의 딸 오쿠마(お熊)와 우두머리 종업원 주시치(忠七)를 꼬드겨 사랑의 도피행각을 시킨 후 도중에 오쿠마를 낚아채려다가 도박꾼 겐시치(源七)에게 살해당한다.
** 네즈미고조(鼠小僧, 1797-1832). 에도시대(江戸時代) 후기 다이묘(大名) 저택을 전문으로 턴 절도범. 본업은 비계공이며 의적의 대명사

"뭐야, 어이없군. 소노무라 자식, 나를 대단한 곳으로 끌고 왔군. 이제 이 자식도 어지간히 눈치를 챘겠지?"

나는 소노무라의 어깨를 두드리며, '엄청난 살인이 시작되는 군'이라고 말해주고 싶었다. 사건의 진상을 알고 보니, 그의 예상이 빗나간 것이 분명하지만, 나는 다시 새로운 방향으로 호기심이 새록새록 발동했다. 어제 오후부터 명탐정과의 동반 명령을 받고 도쿄 시내를 여기저기 마구 끌려다닌 끝에 이런 재미있는 장면을 만나나 싶어 우습기도 했지만, 그냥 웃어버릴 수만은 없었다. 살인이라고까지는 할 수 없지만 역시 그것은 일종의 작은 범죄이다. 그 광경이 막 연출되려는 것을 야음을 틈타 문틈으로 훔쳐보는 것은 나로 하여금 살인의 참극과 마찬가지로 뭔가 형언하기 어려운 공포감을 주었으며 긴장된 기대의 감정을 맛보기에 충분했다. 나는 보통의 결벽증 때문이 아니라 오히려 전신에 엄습해 오는 전율 때문에 애써 얼굴을 돌리려 했을 정도였다.

그러나 사진기는 그곳에 덩그러니 놓여 있을 뿐, 남자는 쉽사리 손을 쓰려 하지도 않았다. 그는 여전히 한쪽 벽 구석에 기대어 여자 쪽을 뭔가 의미가 있는 듯 응시하고 있었다. 그리고 내가 이 정도로 관찰하고 있는 동안, 그도 그녀도 똑같이 꼼짝하지 않고 가만히 선 채로 예의 그 영악하고 교활한 눈을 살아 있는 인형의 유리 눈알처럼 번득거리고 있었다. 여자의 자세는 이전과 마찬가지로 뒷모습만 보였는데, 이번에는 무릎을 풀고 옆으로 비스듬히 앉은 그녀의 허리 아래 부분이 잘 보였다. 다다미 바닥에 늘어져 있는 하오리 자락 구석에서 쭉 뻗쳐 나온 오른쪽

다리 끝의 깨끗하고 하얀 버선바닥이 반 정도 드러나 있고, 그 위에 긴 옷자락이 축 늘어져 있다. 아까는 겨우 그녀의 상반신만 보였는데, 나는 드디어 전신을 볼 수 있기에 이르러 기가 막히게 아름다운 그녀의 몸짓이 나를 속이지 않았음을 느꼈다. 얼마나 요염하고 얼마나 나긋나긋한 모습인가? 숙연히 몸에 두른 부드럽고 얇은 옷감의 구김살 하나도 움직이지 않게 앉아 있는데도 불구하고 그 요염함과 나긋나긋함은 온몸의 곡선의 모든 부분에 구석구석 미쳐 있어, 뭔가 뱀이 스멀스멀 움직이듯 매끄러운 파도가 일고 있다. 경악을 하여 눈이 휘둥그레져서 바라보고 있으면 있을수록 내 가슴에는 가늘고 긴 음악의 여운이 배어나오듯 황홀한 감각이 흘러넘치고 있었다.

내 눈동자가 얼마나 집요하게 얼마나 정신없이 그녀의 교태에 빨려들어 갔는지는, 방 안 오른 쪽에 있는 눈에 띠게 커다란 양은 대야가 그 때까지 내 주의를 끌지 못한 사실로도 알 수 있다. 실제로 이 방에 그렇게 큰 양은 대야가 놓여 있는 것은 사진기보다 더 불가사의한 수수께끼였고, 그것을 나는 이 여자만 없었다면 벌써 알아차렸을 것이다. 양은 대야라고는 해도, 그것은 서양 욕조 정도의 용적을 가진, 깊고 가늘고 긴 법랑의 타원형 용기로, 툇마루 근처의 갈대발 앞 다다미 위에 바로 떡하니 자리를 잡고 있었다. 그들은 대체 이 대야를 무엇에 쓰는 것일까. 이런 경우에 안치를 해 놓은 이상 물론 목욕용이 아닌 것은 확실하다. ……한쪽에 사진기가 있고 한쪽에 큰 대야가 있다. 그리고 한가운데 여자가 앉아 있다. 대체 무슨 의미일가? 이런 생각을 하게 되자 내게는 대야의 용도를 확실히 알 것 같은 느낌이 들었다. 즉 그들은 '미인목욕도'와 같은 장면을 찍으려는 것이 분명하다. 그렇게 생각하기에는 여자가 옷을 입고 있는 것이 이상하기는 하지만 이제 곧 슬슬 준비에 들어갈 것이다. 그들이 아까부터 말없이 가만히 있는 것은 아마 사진의 위치를 생각하고 있는 것일 게다. 그렇다, 분명히 그럴 것이다. 그렇게 단정하는 수밖에 이 장면의 수수께끼를 풀 길이 없었다…….

나는 혼자 납득을 하고는 여전히 그들의 태도를 지켜보고 있었다. 하지만 그들은 좀처럼 준비에 착수하려는 기색을 보이지 않았다. 여자는 언제까지고 처음 그대로 고개를 숙이고 있다. 남자도 막대기처럼 우두커니 서 있을 뿐으로 여자의 모습을 계속 노려보고 있다. 찬물을 끼얹은 듯이 조용한 심야에 이 실내에서 유일하게 소리도 없이 움직이는 것은 남자의 눈동자뿐이다. 그 눈동자도 오로지 여자의 가슴 주변에서 무릎 주위만을 빤히 쳐다볼 뿐, 절대로 다른 곳은 보려하지 않는 것 같았다. 사진을 찍기 위해서 위치를 선정하고 있는 것 치고는 너무나 기괴한 눈의 움직임이다. 나는 일단 확인 차 그 눈동자에서 발하는 날카롭고 독기서린 시선을 따라 남자의 주의가 어디로 집중되고 있는지를 살펴보았다.

아무리 다시 봐도 아무리 생각해봐도 남자의 시선은 의심의 여지없이 여자의 가슴에서 무릎 위까지를 떠돌고 있다. 뿐만 아니라 고개를 숙이고 있는 그녀 자신도 자신의 가슴과 무릎 위를 응시하는 느낌이 들었다. 뒷모습으로 판단하면, 그녀는 좌우 팔꿈치를 조금 뻗어서 마치 재봉을 할 때와 같은 자세로 두 손을 무릎 위로 가져가서 그곳 위에 있는 무엇인가를 만지작거리고 있다. 그것을 알고 봐서 그런지, 그녀의 무릎 위에는 뭔가 검은 덩어리 같은 물체가 꿈틀거리고 있고 그것이 그녀의 몸 그림자가 비치는 앞쪽 다다미 위에까지 툭 튀어나와 있는 것 같았다.

"……누군가 남자가 그녀의 무릎을 베고 누워 있는 것은 아닐까?……"

문득 내가 이런 생각을 한 순간, 갑자기 쿵! 하고 무거운 물체를 질질 끄는 듯한 소리가 바닥을 울렸고 그녀는 사진기 쪽으로 다시 몸을 돌렸다. 그녀의 무릎 위에는 한 남자가 목을 올려놓은 채 사체가 되어 벌러덩 쓰러져 있었던 것이다.

내가 그것을 목격한 찰나의 기분을 뭐라 형언할 수 있을지. 어쨌든 나는 숨이 막힐 듯하고 온몸에 핏기가 싹 사라지면서 의식이 몽롱해져 가는 듯한 공포의 영역을 지나 오히려 일종의 엑스터시에 가까울 정도의 아득한 무감각 상태에 빠졌다. 사체라는 것을 안 것은, 그 남자가 누워 있으면서 눈을 뜨고 있을 뿐만 아니라 산뜻한 연미복을 입고 있는데 칼라가 난폭하게 쥐어뜯겨져 있고 새빨간 여자의 허리띠 같은 쪼글쪼글한 비단 끈이 목에 둘둘 말려 있기 때문이었다. 그리고 단말마의 고통 상태를 그대로 담은 채로 도망친 자신의 혼을 쫓듯이 허공을 붙잡고 있는 두 손의 끝은 여자의 가슴께에 있는, 화사한 청자색 등나무 꽃 수를 놓은 장식용 옷깃이 있는 곳에서 딱 멈춰 있었다. 그녀는 다랑어처럼 누워 있는 사체 옆구리 아래에 손을 집어넣고 자신의 몸을 비틀어서 그것의 방향을 튼 것인데, 방향을 튼 것은 몸통 위쪽 뿐으로, 살이 잔뜩 찐 하얀 조끼가 언덕처럼 부풀어 오른 하복부 이하 부분은 〈 모양으로 휘어진 채 아까와 같은 방향으로 내던져져 있었다. 아마 그녀의 나약한 팔 힘으로는 그 통통한 배의 무게를 도저히 감당할 수 없었을 것이다. 그렇게 생각될 만큼 그 남자는 체구가 작은 것 치고는 눈에 띄게 비만하다. 얼굴은 확실히는 모르겠지만, 코가 낮고 이마가 툭 튀어 나왔으며 술에 취한 듯한 검붉은 피부를 한 서른 전후의 못생긴 용모라는 사실 만큼은 옆에서 봐도 대략 상상할 수 있었다.

이곳에 이르러 나는 지금까지 미쳤다고 믿고 있던 소노무라의 예언이 확실히 적중했음을 인정하지 않을 수 없었다. 문득 정신을 차리고 살해된 남자의 머리를 보니, 은색 비늘 모양이 달린 여자의 허리띠에 접촉을 하고 있는 그 머리는 역시 소노무라가 추측한 대로 한 가운데서 깔끔하게 가르마가 타져 있고 반들반들 기름을 발라 고정되어 있었다.

새삼 내 눈에 비친 것은 단순히 남자의 사체만이 아니었다. 고개를 숙이고 무릎 위에 있는 사체의 표정을 바라보는, 볼이 풍부한 조각처럼 선명한 얼굴을 한 여자의 옆모습도 지금은 역력하게 내 시야에 들어왔다. 천정에서 대낮 같이 환하게 빛을 발하는 전등은 그 아름다운 피부를 비추는 것이 기쁜 듯 여자의 윤곽을 점 하나 선 하나의 음영도 없이 상세하고 극명하게 드러냈다. 빗살처럼 단정하게 정리된 속눈썹 마지막 한 올까지 헤아릴 수 있을 정도였다. 살짝 내리뜬 눈의 안구 위로 살포시 부풀어 오른 고상한 눈꺼풀, 그 아래로 이어지는 약간 험악하리 만치 높이 솟은 코의 멋진 곡선, 그 아래로 완만하게 내려오면서 통통해지는 사랑스런 두 볼 사이에 끼여서 눈에 띄게 붉게 조각 되어 있는 고귀한 입술, 돌출된 아랫입술부터 매끄럽게 떨어져 서 얼굴 전체의 피부를 끌어당기며 긴 목선으로 잇고 있는 상냥 한 턱…… 내 마음은 그런 것들 하나하나를 탐하듯이 거기에 머 물러 있었다.

아마 그녀의 용모가 이렇게까지 아름답게 느껴진 것은 지극 히 이상한 이 실내의 정경 덕분인지도 모른다. 하지만 그런 사정 들을 감안하더라도 그녀가 보통 이상의 미인임은 의심할 수 없 었다. 요즘 나는 순일본식 게이샤 풍의 아름다움에는 물린 사람 중의 한 명인데, 그 여자의 윤곽은 통속소설에 나오는 판에 박힌 미인의 얼굴이 아니라 땅딸막하고 젊은 둥글둥글한 느낌이 나 면서 물이 드는 듯한 유연함 속에 얼음같이 차가운 느낌을 주는 눈과 코가 아주 잘 정돈되어 있고 교태와 오만함이 묘하게 뒤섞 여 있었다.

만약 그녀의 용모 중 굳이 결점을 찾는다면, 빠듯하게 좁은 후 지 이마*가 전체의 조화를 깨며 약간 천한 느낌을 주는 점과 너 무 짙은 눈썹 좌우로부터 가운데로 몰린 미간 주변에 아주 심술 궂고 짜증스러운 옅은 구름이 낀 점, 그리고 흘러넘치는 애교를 억지로 억누르는 듯 굳게 다문 입매가 쓴 약을 먹고 난 후처럼

* 여성의 머리털이 난 가장자리가 후지산(富士山) 봉우리 모양으로 생긴 이마

우울하게 윤기를 띠며 메스꺼운 듯 씁쓸한 주름을 꼭 꿰고 있는 점 정도일 것이다. 그러나 그 결점조차도 이곳의 처참한 광경에는 오히려 생생하게 딱 들어맞아서 한층 더 그녀의 아름다움에 깊이를 더하고 요염한 풍정을 더하는 데 지나지 않았다.

추측건대 우리들은 이 남자가 살해당한 직후부터 실내를 엿본 것 같다. 어쩌면 내가 제일 처음에 옹이구멍에 눈을 댔을 즈음에는 아직 그 남자의 마지막 숨이 남아 있었을지도 모른다. 벽을 따라 서 있는 깍두기머리 남자와 그 여자가 오랫동안 묵묵히 대기하고 있던 것은 범죄를 수행한 결과 망연자실하여 잠시 넋이 나간 것임에 틀림없다.

"누님, 이제 됐지요?"

이윽고 깍두기머리 남자는 제 정신이 돌아온 듯 눈을 깜빡이며 낮은 목소리로 그렇게 속삭이는 것 같았다.

"아아, 이제 됐어. 자, 찍어줘."

여자가 말을 하며 면도칼 칼날이 번득이듯 차가운 미소를 띠었다. 그 때까지 아래를 향하고 있던 그녀는 갑자기 위쪽을 향해 눈을 번쩍 치켜떴고, 흑요석처럼 새카만 그녀의 눈빛은 이상하게 너무나 침착했으며 조용하게 흘러넘치는 샘물과도 같이 깊이를 알 수 없는 어떤 빛을 발하고 있음을 처음으로 나는 인식했다.

"그럼 이제 조금 뒤로 물러나 있어줘."

남자가 이런 말을 하는가 싶더니 두 사람은 갑자기 움직이기 시작했다. 여자는 사체를 질질 끌며 방 오른쪽 양은 대야 근처까지 뒷걸음질을 치고는 다시 정면을 향했다. 남자는 예의 사진기 옆으로 다가가서 여자 쪽으로 렌즈를 돌리고 자꾸만 핀트를 맞추고 있다. 여자 역시 늠름한 눈썹을 더 늠름하게 위로 치켜 올리고, 북 같이 불룩 튀어나온 배를 하고 자꾸만 무릎 위에서 미끄러져 떨어지려는 사체를 뒤에서 겨드랑이에 손을 집어넣어 붙잡고는 안간힘을 쓰며 지탱하고 있다. 사체의 상반신은 전보다 더 높이 끌어올려졌고, 정수리 부분은 딱 그녀의 턱 끝에 닿을락 말락했으며, 얼굴은 위를 향해 탁 꺾여 있었다. 그 모습으로 판단하건대, 남자가 사진을 찍으려는 것은 머리를 묶어 올린 여자의 요염한 모습이 아니라 기괴하게도 교살된 인간의 죽은 얼굴인 것 같았다.

"어때요, 조금 더 높이 들어주실 수 있나요? 너무 뒤룩뒤룩 살이 찐 배에 가려서 위쪽이 나오지 않아요."

"그래도 무거워서 더 이상은 들어 올릴 수 없어. 정말 어쩜 이렇게 배가 많이 나왔담. 어쨌든 75킬로그램이나 나갔던 사람이니까 말이야."

이렇게 태연하게 대화를 하며 남자는 사진 원판을 집어넣고 렌즈 뚜껑을 열었다.

사진이 찍히고 렌즈 뚜껑이 닫힐 때까지는 상당히 긴 시간이 걸렸다. 그 사이에 연미복을 걸친 사체는 두 팔을 개구리처럼 쭉 뻗고 목이 왼쪽으로 푹 꺾여 마치 울부짖으며 떼를 쓰던 아이가 어머니에게 안겨 있는 모습으로 칠칠치 못하게 수족을 축 늘어뜨리고 있었다. 목에 둘둘 말려 있는 붉고 쪼글쪼글한 비단 끈도 같이 축 늘어져 있었음은 말할 필요도 없다.

"찍었습니다. 이제 됐어요."

남자가 그렇게 이야기하자, 그녀는 휴 하고 안도의 한숨을 쉬며 사체를 옆으로 누이고는 허리띠에서 작은 손거울을 꺼내며, 이런 경우에도 그 아름다운 머리 모양이 흐트러지는 게 겁이 나는 듯이, 진주와 다이아몬드 반지를 낀 상아색 손바닥을 펴서 틀어 올린 머리를 두세 번 정성스럽게 매만졌다.

남자는 발 건너편 부엌문 쪽으로 가서 수도꼭지를 틀었는지, 양동이인지 뭔지에 물을 받는 소리가 들렸다. 그리고 얼마 지나지 않아 어떤 이상한 약국에라도 가 있는 것처럼 낯선 약냄새가 날카롭게 내 코를 엄습해왔다. 나는 처음에는 남자가 사진을 현상하는 것인가 하는 생각도 들었지만, 그런 것 치고는 너무나 기묘한 약 냄새를 맡고 있는 동안 눈물이 날 만큼 자극성을 지닌 것이, 어쩐지 유황이 타는 냄새와 비슷했다.

잠시 후 남자는 발 뒤에서 두 손으로 유리 시험관을 들고 나왔다.

"드디어 조합이 다 된 것 같은데, 어떠세요? 이 정도 색이 나왔으면 괜찮겠죠?"

그는 전등 바로 아래에 서서 유리 속 액체를 흔들어보기도 하고 불빛에 비춰보기도 하고 있다. 불행하게도 화학 지식이 별로 없는 내게는 두 개의 시험관에 담겨 있는 액체가 어떤 성질의 약인지 알 수 없었지만, 기묘한 냄새는 분명히 거기에서 발산되는 것 같았다. 남자의 오른손에 있는 약액은 투명한 보라색을 띠었고, 왼손에 있는 것은 페퍼민트처럼 파랗고 투명했는데, 그것들이 전등의 눈부신 광선이 가득한 가운데에서 영롱하게 빛나는 모습은 참으로 아름다웠다.

"아, 얼마나 아름다운 색인가? 마치 자수정과 에메랄드 같아. ……그런 색이 나왔으면 됐어."

이렇게 말하며 여자가 생긋 웃었다. 이번에는 이전처럼 음산하게 웃은 것이 아니라, 소리는 내지 않았지만 크게 입을 벌리고 화사하게 웃었다. 위턱 오른쪽 송곳니에 금을 씌웠고 왼쪽 구석에 덧니가 하나 나와 있는데 화사한 웃음에 한층 애교를 더해주고 있었다.

"정말이지 아름답군요. 이 색을 보면 그렇게 엄청나게 끔찍한 약이라는 생각은 들지 않네요."

남자는 여전히 유리관을 눈보다 높이 들고 정신없이 황홀하게 바라보고 있다.

"끔찍한 약이니까 아름다운 거야. 악마는 신과 마찬가지로 아름답다고 하지 않아?"

"……하지만 이제 이것만 있으면 안심이야. 이 약으로 녹여버리면 아무 흔적도 남지 않아. 증거가 될 만한 것은 모두 사라지는 거지."

남자는 혼자 말처럼 이렇게 중얼거리며 성큼성큼 양은 대야 앞으로 다가가는가 싶더니, 시험관에 든 약액을 천천히 한 방울 한 방울 집어넣은 후, 다시 부엌 문 쪽으로 돌아가서 양동이로 물을 대여섯 번 길어다가 대야에 철렁철렁 쏟아 부었다.

그리고 그들은 무엇을 했을까? 그 약액으로 무엇을 녹였을까? 그리고 또 그 유황과 비슷한 이상한 냄새를 내는 보석 같이 아름다운 색을 띤 약은 무엇으로 제조된 것일까? 대체 그런 약이 세상에 존재하기는 하는 것일까? 지금 와서 생각해봐도 나는 그냥 꿈을 꾼 것 같았다.

잠시 후에 남자가 말했다.

"이렇게 해두면 내일 아침까지는 얼추 녹아버리겠지요?"

"하지만 이렇게 살이 쪄서 일전의 마쓰무라(松村) 씨처럼은 안 될 거야. 몸이 완전히 없어지려면 시간이 꽤 걸릴 걸."

여자가 종용하듯이 대답한 것은, 그 사체가 두 사람 손에 안겨서, 여전히 연미복을 입은 채로, 풍덩하고 약물을 탄 대야 안으로 빠지고 난 후의 일이다.

사체를 담글 때 그녀는 바지런히 작업용 어깨끈을 메고 새하얀 두 팔뚝을 드러냈는데, 사체를 집어 던지고 나서도 여전히 어깨끈을 벗지도 않고 우물 안에 있는 요한의 목을 들여다보는 살로메*처럼 두 손을 욕조 가장자리에 대고 정신없이 수면을 바라보고 있었다. 그 왼손 손목에서 7, 8치 정도 올라간 곳에는 루비눈을 한 황금 뱀 팔찌가 대리석 같이 하얀 살 기둥에 똬리를 틀고 이중으로 엉켜 있는 것을 나는 생생하게 눈에 담을 수 있었다.

그러나 살해당한 남자의 몸이 어떻게 약에 용해되고 있었는

---

* 헤로데스(헤롯)의 의붓딸이자 헤로디아의 딸이다. 신약성서에 나오는 인물로 헤롯의 생일축하연에서 헤롯에게 세례자 요한의 목을 달라고 해서 얻어내었다. 이 일화는 매우 흥미를 끌어 많은 예술작품의 소재가 되어 왔으며, 탐미적이고 데카당스한 작풍으로 다니자키에게 영향을 미친 오스카 와일드의 희곡 「살로메」(1891)를 염두에 둔 표현으로 생각된다.

지 유감스럽게도 나는 그것을 자세히는 다 볼 수는 없었다. 앞에서도 미리 이야기해둔 것처럼, 대야는 서양식 욕조 같은 모양을 하고 높이가 제법 있었기 때문에, 완만하게 표면에 떠 있는 사체의 부어오른 배와 그 주위에 부글부글 물이 끓어오르듯 생기는 잔잔한 거품을 엿볼 수 있는 데 불과했다.

"아, 오늘은 약이 아주 잘 듣고 있지 않습니까? 보세요. 이렇게 커다란 배가 팍팍 녹고 있어요. 이 기세라면 내일 아침까지 갈 것도 없겠네요."

깍두기머리 남자가 이렇게 말하는 바람에 정신이 들어서 다시 주의를 집중해서 보니, 놀랍게도 배는 시시각각 조금씩 풍선에서 바람이 빠지는 것처럼 줄어들었고, 마침내는 하얀 조끼 자락이 완전히 물에 잠겨 버렸다.

"훌륭한데. 나머지는 내일 하기로 하고 이제 편안히 자기로 하자고."

여자는 맥이 탁 풀린 듯이 다다미에 털썩 앉더니, 품에서 금테 담배를 꺼내 성냥으로 불을 붙였다.

깍두기머리 남자는 그녀가 시키는 대로 툇마루 쪽에 있는 서랍에서 아주 훌륭한 이불을 들고 와서 그것을 방 가운데에 깔았다. 푹신푹신한 솜이 두껍게 들어간 두 장의 요로, 아래쪽 것은 고양이털처럼 윤기가 나는 검은 비로드이고 위에 것은 순백 수자직 비단이었다. 가볍고 촉감이 시원한 마직에 솜을 둔 잠옷에는 사라사 문양의 연분홍 장미꽃이 그려져 있었다. 여자의 잠자리를 다 펴고 나서, 남자는 바로 옆에 있는 현관 쪽 방으로 가서 자신의 잠자리를 펴는 것 같았다.

　여자는 순백색 비단 잠옷으로 갈아입고 늪처럼 푹 들어가는 부드러운 이불 위로 발걸음을 옮겼다. 그리고 눈 아가씨 같은 모습으로 일어서서 손을 들어 전등 스위치를 돌렸다.

　만약 이 때 여자가 불을 끄지 않았다면, 그 날 밤 우리들은, 위험한 처지에 있다는 사실도 까맣게 잊고 한 없이 그 광경에 정신을 빼앗기고 있던 우리들은 아마 날이 샐 때까지 옹이구멍에 눈을 대고 있었을 것이다. 갑자기 실내가 캄캄해져서, 나는 내가 한 시간이나 전부터 비좁은 골목 안에 계속 서 있었다는 사실을 겨우 깨달았다. 아니 솔직히 이야기하자면, 캄캄해지고 나서도 여전히 우리들은 뭔가 기대를 하는 것처럼 반쯤 멍하니 창문 앞에 서 있었다.

　꿈에서 깨어난 듯한 내 가슴 속에는 어떻게 하면 그들에게 발자국 소리를 들키지 않고 이 골목을 벗어날 수 있는가 하는 불안감이 계속해서 엄습해왔다. 이렇게 한 사람의 몸이 겨우 들어갈 정도로 옹색한 추녀 아래에서 만일 조금이라도 발자국 소리가 난다면 그들에게 그 소리가 들리지 않을 리가 없다. 아까부터 소곤대던 그들의 속삭임이 하나도 남김없이 내 귀에 들어온 사실에 비춰봐도 그들과 우리 사이의 거리가 얼마나 가까운지는 분명하다. 만약 그들이 우리들에 의해 자신들의 죄상을 목격당했다는 사실을 알게 될 경우에 우리들의 운명은 어떻게 되는 것일까? 그들이 나쁜 짓을 하는 데 있어서, 얼마나 대담한 인간들이며 얼마나 능수능란한지 얼마나 치밀한 계획을 짜는지 얼마나 집요한 성질을 가지고 있는지, 오늘밤 사건으로 대략 짐작할 수 있다. 설령 우리들이 이 장소를 무사히 빠져나간다 하더라도 그들에게 일단 표적이 된 이상 우리들의 생명은 언제 어느 때 위협을 당할지 모른다. 양은대야에 던져져서 오체가 약으로 녹아버린, 연미복을 입은 그 남자의 운명이 언제 어느 때 우리를 기다리고 있을지 알 수 없다. 적어도 우리들은 그 정도 각오를 하고 밤이나 낮이나 전전긍긍하며 살아야만 할 것이다. 그런 생각을 하니 섣불리 이곳에서 움직일 수 없었다.

나는 내 자신이 지금 절체절명의 처지에 처한 기분이 들었다. 나는 이제 20, 30분 넘게 가만히 있다가 그들이 완전히 잠이 들고나면 살짝 빠져나가는 것이 가장 안전한 방책일 것이라고 순간 생각을 했다. 물론 나보다 더 골목 안으로 들어가 있는 소노무라는 내가 움직이지 않으면 그곳을 빠져나갈 수 없었지만, 그역시 같은 생각을 하는 것으로 보여서 오히려 내 경거망동을 경계하듯이 내 오른 손을 꼭 잡은 채 숨을 죽이고 서 있었다.

나도 그렇고 소노무라도 그렇고 그 경우에 용케 그 정도의 분별과 침착함을 유지하고 있었다고 생각한다. 이가 덜덜 떨릴 만큼 전율하고 있었으면서도 용케도 이 두 다리가 몸을 지탱하고 있었던 것 같다. 만약 그 때 우리들의 전율이 조금만 더 심했다면, 내 몸이나 내 팔이나 내 무릎이 조금 더 심하게 떨렸다면 그렇게까지 완전하게 바늘만큼 작은 소리도 내지 않고 견딜 수 있었을까? 나 같은 겁쟁이라도 구사일생의 경우에는 기적처럼 용기를 낼 수 있다는 사실을 새삼 절감하지 않을 수 없었다. 하지만 다행히도 우리들은 그렇게 오래 서 있을 필요가 없었다. 왜냐하면 전등이 꺼지고 나서 길어야 10분도 지나지 않아서 곧 실내에서 평온하고 달콤하게 잠을 즐기는 듯한 여자의 숨소리와 깍두기머리 남자의 커다랗게 코를 고는 소리가, ─얼마나 대담한 작자들인가?─ 사뭇 평온하게 들려왔기 때문이다. 우리들은 그제야 비로소 목숨을 건진 느낌이 들어 조심스럽게 발끝으로 걸어서 골목을 빠져나왔다.

밖으로 나오자 소노무라는 내 어깨를 두드렸다.

"잠깐 기다리게. 내가 아직 비늘 표시를 자네에게 소개하지 않았지? 자, 저기를 보게. 저기에 하얀 삼각형 표시가 되어 있지 않나?"

소노무라는 이렇게 말하며 그 집 처마 아래를 가리켰다. 과연 그곳에는 표찰이 붙어 있는 곳에 정확히 밤에 보기에도 뚜렷하게 백묵으로 그린 비늘 표시가 있는 것을 나는 확인했다.

생각하면 할수록 모든 것이 수수께끼 같고 환영 같았다. 수수께끼라도 너무나 이상한 수수께끼이며 환영이라 해도 너무나 명확한 환영이었다. 나는 확실히 그 광경을 두 눈으로 목격한 것은 틀림없지만 그래도 여전히 속은 기분이 드는 것은 어쩔 수 없었다.

"2, 3분만 더 일찍 달려갔더라면 우리들은 그 남자가 살해당하는 장면부터 볼 수 있었을 텐데. 참 아깝네."

소노무라가 말했다. 두 사람은 어쩔 수 없이 다시 꾸불꾸불한 번화가를 더듬어가며 닌교초로로 나와서 에도바시 쪽으로 걸어갔다. 내 뺨에는 축축하고 기분 나쁜 바람이 차갑게 불어댔다. 반 정도 맑았던 하늘은 어느새 별 하나 보이지 않고 당장이라도 비가 내릴 듯 헌 이불의 솜 같은 구름이 잔뜩 끼어 있었다.

"소노무라 군, ……설사 낮은 목소리라 하더라도 길거리에서 그런 이야기는 하지 않는 게 좋을 걸세. 그리고 우리들은 이제부터 어디로 해서 어디로 돌아가는 건가? 한밤중에 이런 곳에서 돌아다니다가 사건에 연루라도 되면 번거롭지 않은가?"

나는 씁쓸한 표정을 지으며 나무라듯 말했다. 내가 소노무라보다 더 흥분하고 비정상적인 것처럼 보였다.

"연루가 된다고? 그럴 일은 없네. 그것은 자네의 기우네. 자네는 이 범죄가 내일 아침 신문에라도 발표되어 세상에 폭로될 것이라고 생각하나? 그 정도로 교묘한 수단을 구사할 수 있는 작자들이 뒤에 증거를 남기거나 형사 문제를 야기할 만한 실수를 할 리가 없지 않은가? 살해당한 남자는 아마 그냥 행방불명 된 사람으로 당분간 수사가 될 것이고 결국은 잊혀버릴 뿐이네. 나는 분명 그럴 것이라고 생각하네. 그러니까 설령 우리들이 그 작자들과 한패라고 하더라도 우리들이 죄를 들킬 염려는 영원히 없을 것이네. 내가 걱정하는 것은 세상에 들키는 것이 아니라 그 작자들에게 들키지 않을까 하는 것이네. 그 남자와 그 여자에게 들키는 순간 우리들은 도저히 살아 있을 수 없을 테니까 말이네. 그게 얼마나 무서운지 몰랐네. 그러나 뭐 다행히 그 작자들의 눈을 피할 수 있었으니 우리들은 이제 절대적으로 안전하네. 아무것도 걱정할 필요 없네. 그런데 우리들에게서 생명의 위험이 확실히 제거되었다고 생각하니, 나는 이제부터 여러 가지 해보고 싶은 일이 생겼다네."

"어떤 일인가? 오늘밤 사건은 이제 이걸로 끝 아닌가?"

나는 소노무라가 하는 말이 무슨 뜻인지 몰라서 이렇게 말하면서 싱글벙글 웃고 있는 그의 표정을 이상하다는 듯이 들여다보았다.

"아니, 좀처럼 끝날 일이 아니네. 이제부터 아주 재미있어질 거네. 나는 놈들이 신경을 쓰지 않는 것을 이용해서 일부러 시치미 뚝 떼고 접근할 것이네. 그래, 내가 어떻게 하는지 두고 보게."

"그런 위험한 짓은 정말이지 그만 두게. 탐정으로서의 자네 수완은 이제 충분히 알았으니 말이네."

나는 그의 독특한 취향에 놀랐다기보다는 오히려 화가 났다.

"탐정으로서의 일이 끝났으니까 이번에는 다른 일을 할 걸세. ……뭐 자세한 이야기는 자동차 안에서 하세. 어차피 늦어졌으니 자네도 오늘밤엔 우리 집에서 자고 가게."

이렇게 말하면서 그는 마침 우오가시(魚河岸) 쪽에서 달려오는 택시를 불러 세웠다.

자동차는 우리들을 태우고 중앙우체국 앞에서 니혼바시(日本橋) 못 미친 곳으로 가서 모두 잠들어 조용한 심야의 대로에 있는 전차로 궤도 위를 똑바로 달려갔다.

"……자, 그럼 다음 이야기를 하세."

소노무라는 내 얼굴 쪽으로 몸을 돌리며 말했다. 그 때부터 그는 점점 더 활기차졌고, 그의 눈동자는 뭔가 심상치 않은 번득임으로 가득 찼다. 나는 역시 그의 정신 상태를 완전히 미쳤다고까지는 아니더라도 다소 미쳤다고 인정하지 않을 수 없었다. 그의 신경이 묘한 곳에서 예민해지기도 하고 둔해지기도 하는 모습이나 두뇌가 기분 나쁠 만큼 명석하게 작동하는가 하면 갑자기 어린아이처럼 천진난만해지는 상태는 아무래도 병적이라고밖에 생각되지 않았다. 병적이기 때문에 오늘밤처럼 끔찍한 사건을 예지할 수 있었던 것이 틀림없다.

"내가 이제부터 무슨 일을 하려는지 내게 어떤 계획이 있는지 그것은 이야기를 하고 있는 동안에 저절로 알게 될 거라 생각하네만, 그보다 우선 자네는 오늘밤 저 범죄의 광경을 무슨 생각으로 보고 있었나? 물론 틀림없이 끔찍하다고 생각했겠지? 하지만 단순히 끔찍하다는 생각뿐이었나? 끔찍하다는 느낌 이외에 예를 들어 그 여자의 태도나 용모에 대해 뭔가 이상한 기분을 맛보지는 않았나 말일세."

이렇게 다그치며 소노무라는 내게 물었다.

그러나 나는 그런 질문에 대답하기에는 기분이 너무나 무거웠다. 내 머릿속에 각인된 그 광경, 어쩌면 평생 잊지 못할 그 광경을 생각하면 나는 마치 유령에 홀린 것처럼 멍하니 소노무라의 얼굴을 바라볼 정도의 힘밖에 없었다.

"……자네는 아마 그 옹이구멍에서 실내를 보기 전까지는 내 예상을 의심하고 있었겠지? 처음부터 자네는 살인의 현장을 볼 수 있을 리가 없다고 생각했겠지?……"

소노무라는 나는 아랑곳하지 않고 계속 떠들어댔다.

"자네는 어제부터 나를 미치광이라고 생각했겠지. 미치광이를 간호하는 셈 치고 그 골목 안까지 따라 왔겠지. 자네가 나를 마음속으로는 귀찮게 생각하면서 적당히 맞장구를 친다는 것쯤은 나도 이미 알고 있었네. 나는 자네에게 미치광이 취급을 당하고 있다는 것을 잘 알고 있었네. 아니 어쩌면 자네는 아직도 나를 미치광이라고 생각할지 모르네. 하지만 내가 미치광이이든 아니든 옹이구멍으로 본 그 광경은 이미 의심할 여지없는 사실이네. 자네도 그것을 부정하지는 못할 걸세. 그리고 자네는 나와 달라서 그 광경을 미리 각오하지 않았던 만큼, 틀림없이 나보다 더 경악과 공포에 휩싸였을 것일세. 적어도 내가 자네보다 냉정하게 그 광경을 관찰했다고 나는 생각하네. 여자의 무릎에 뒹굴고 있던 그 사체가 처음으로 우리 눈 안에 들어왔을 때 나는 자네 못지않게 놀랐을지 모르지만, 내가 놀란 이유는 자네하고는 전혀 달랐을 것이라 생각하네.

……자네는 아마 그 여자가 아직 뒷모습만 보이고 있었을 때는 무릎 위에 무엇이 올려져 있었는지 몰랐을 거네. 따라서 그 여자와 깍두기머리 남자가 무엇을 하려는 것인지도 몰랐겠지. 그런데 나는 이미 그 여자 앞에 사체가 숨겨져 있다고 믿고 있었네. 자네도 기억하겠지만, 여자는 처음에 옹이구멍을 꽉 막을 정도로 우리들과 가까운 곳에 앉아 있었네. 게다가 내가 들여다보고 있던 옹이구멍의 위치는 자네보다 1척 정도 낮은 곳에 있었기 때문에 나는 한참동안 여자의 등 뒤에서 오른쪽 어깨 끝

과 그 맞은 편 벽의 일부, 그리고 양은 대야 측면밖에 보지 못했네. 그리고 도중에 여자가 무릎걸음으로 한 칸 정도 앞으로 나갔잖나. 자네는 그 때 구멍에서 눈을 잠시 뗀 것 같은데, 여자는 무릎으로 걸으면서 다다미를 한 장 앞으로 끌고 갔네. 하지만 여전히 우리들 쪽으로 딱 뒷모습을 보이게 한 채로 일직선으로 끌고 갔기 때문에 물론 그 앞에 무엇이 있는지 보이지는 않았네. 다만 우리들은 그 때 처음으로 그 여자의 뒷모습을 완전히 볼 수 있게 되었을 뿐이네. 여자는 몸을 왼쪽으로 조금 기울이고 두 손을 무릎 위에 올려놓고 마치 바느질을 하는 모습으로 앉아 있었겠지. ……알겠나, 자네? 그렇지? ……나는 그 모습을 보고 한눈에 그 무릎 사이에 교살된 목이 있음을 직감했네. 얼핏 보면 아무것도 아닌 것 같지만, 그 모습은 절대로 보통 물건을 무릎 위에 올려놓았을 경우의 자세는 아니었다네. 자네는 눈치를 챘는지 어땠는지 모르지만, 여자는 척추와 허리를 쭉 펴고 목 윗부분만 앞쪽으로 숙이고 어쩐지 부자연스럽게 아래쪽을 보고 있었네. 그 여자는 몸짓이 아주 세련되고 나긋나긋했고 게다가 부드러운 옷감의 옷을 입고 있었기 때문에 어지간히 주의해서 보지 않으면 그것이 부자연스럽다는 사실을 모르겠지만, 어쨌든 뭔가 무거운 것을 무릎에 올려놓고 전신의 힘으로 조용히 그것을 견디고 있는 식이었다네. 그리고 그 힘은 특히 그녀의 양팔에 집중되어 있는 것 같았으며, 아주 용을 쓰고 있었기 때문에 좌우 어깨에서 팔꿈치에 걸쳐 근육이 부들부들 떨리고 있는 모습을 나는 희미하기는 하지만 분명히 인지하고 있었네. 게다가 그 전율은 가끔씩 그녀의 긴 옷자락으로 전해져서 크게 일렁이기조차 했다네. 그래서 내가 생각한 것은 여자는 그 때 이미 살해당해서 쓰러져 있는 남자의 옆으로 무릎걸음으로 다가가 사체의 상반신을 자기 무릎에 기대게 하고는 정말로 숨이 끊어졌는지 어떤지 확인하면서, 만일을 위해 다시 한 번 목을 조르고 있었던 것이라 생각하네. 그렇지 않으면 그런 모습을 할 리가 없네. 팔이 떨릴 만큼 힘을 주고 있었던 것은 두 손으로 쪼글쪼글한 비단 끈을 꽉 잡아당기고 있었기 때문이네. 이런 까닭으로, 나는 그 때부터 이미 여자 앞에 사체가 있다는 사실을 알아차리고 있었고, 그 때문에 마침내 그것이 우리 시야에 들어왔을 때는 딱히 놀랍지도 않았네. 내가 놀란 것은 오히려 그녀의 용모가 아름다웠다는 것이네. 그 때까지 아직 범죄에만 정신이 팔려 있던 나는 그 여자의 얼굴이 보인 순간 얼마나 놀랐는지⋯⋯."

"그야 나도 그 여자의 미모는 인정하네."

나는 그 때 어쩐지 소노무라가 신경에 거슬려서 갑자기 심술궂게 끼어들었다.

"⋯⋯인정하기는 하지만 자네가 새삼 그 여자의 용모를 찬미하는 것은 이상하지 않은가? 과연 대단한 미인임에는 틀림없지만, 그 정도 미모를 지닌 여자라면 일류 게이샤 중에 얼마든지 있을 것이라 생각하네. 자네, 예전에 신바시나 아카사카에서 놀던 시절 그 정도의 여자가 없었나?"

내가 이렇게 말한 것은 상당히 비웃는 심산에서였다. 왜냐하면, 소노무라는 '요즘 게이샤 따위에는 미인이 하나도 없어'라고 하며 도락을 뚝 끊고, 서양의 활동사진에만 정신이 팔렸기 때문이다. 그리고 때때로 여자 생각이 나면 일부러 요시와라(吉原)*의 격이 낮은 게이샤집이나 롯쿠(六区)**의 갈봇집 등에 가서 간단히 성욕을 충족시키고 있었던 것이다. 한 때는 부모에게서 물려받은 재산으로 꽤나 방탕한 기세로 유곽에 드나들던 주제에 요즘 게이샤에 대한 그의 반감은 대단해서 '아사쿠사 공원의 갈봇집 여자 쪽이 걔네들보다 더 예쁘네'라고 종종 내 앞에서 공언하곤 했다. 그 정도로 취향이 퇴폐적이면서 오늘 밤 여자를 칭찬하는 것은 좀 조리가 맞지 않는 것 같았다.

"그야 뭐 단순히 미모만으로 보면 그 정도 여자는 신바시에도 있고 아카사카에도 있겠지. 그러나 자네, 그 여자는 아마 게이샤는 아닌 것 같네."

"하지만 머리를 저렇게 치켜 올려 납작하게 묶고 있다면 게이샤로 보는 게 마땅하지 않은가? 적어도 그 여자가 가지고 있는 아름다움은 게이샤가 가지고 있는 아름다움으로, 그 이상은 아니지 않은가?"

"아니, 그렇게 말하지 말고 내 이야기를 들어보게. 풍채나 옷의 취향으로 보면 그 여자는 어느 정도 게이샤처럼 보이기도 하네. 그리고 또 그 얼굴도 게이샤 그림엽서에 흔히 있는 유형이라

---

* 요시와라유곽(吉原遊廓)을 말함. 에도막부(江戸幕府)에 의해 공인된 유곽. 처음에는 니혼바시 근처에 있다가 메이레키(明曆)의 대화재(1657) 이후 센조지(浅草寺) 뒤로 이전하였으며, 전자를 원요시와라(元吉原) 후자를 신요시와라라고 한다.
** 아사쿠사 공원 롯쿠(浅草公園六区)를 말하며 환락가를 상징한다.

는 것은 나도 인정하네. 그러나 자네는 그 여자의 짙은 눈썹에서 눈 주위에 떠도는 희한한 표정 —짐승 같이 참혹하고 잔인하며 강인한 그 표정을 보지 못했나? 매우 냉혹하고 끝을 알 수 없는 간지(奸智)를 지니고 있는 듯한, 그리고 또 회한에 괴로워하는 듯한, 묘하게 우울한 윤기를 띤, 그 입술의 선과 색을 자네는 어떻게 느꼈나? 게이샤 중에 한 명이라도 그런 병적인 미를 지닌 사람이 있었을까? 생김새 하나하나를 보자면 더 균형 잡힌 다소곳한 얼굴을 한 여자는 얼마든지 있겠지. 하지만 그 정도로 깊이 있는 아름다움을 지닌 게이샤들이 있을까? 그렇지 않나? 자네, 그렇게 생각하지 않나?"

"나는 그렇게 생각하지 않네."

나는 극히 냉담하게 대답했다.

"……그 얼굴은 예쁘긴 예쁘지만, 역시 흔하디흔한 미인의 유형에 지나지 않는다고 생각하네. 자네는 그 경우를 잘 생각해봐야 하네. 여자는 그 때 사람을 죽이고 있었던 것이네. 그런 끔찍한 악행을 저지르고 있는 경우에는 어떤 인간이라도 참혹한 표정을 짓지 않겠나? 그 표정에 깊이가 더해져서 병적으로 되는 것은 당연하지 않겠나? 다만 그녀는 대단한 미인이기 때문에 병적인 아름다움이 더 한층 빛을 발해 일종의 귀기(鬼氣)를 띠고 있는 것으로 보였을 뿐이라네. 만약 자네가 그녀를 유곽이나 어디 다른 곳에서 만났다면 보통의 게이샤와 별 차이가 없었을 것이네."

우리들이 이런 논쟁을 하고 있는 동안에 자동차는 시바공원의 소노무라 집 앞에 멈춰 섰다.

벌써 4시 가까이 되었고, 짧은 여름밤은 희끗희끗 밝아오고 있었지만, 우리들은 밤새도록 분주하게 뛰어다녀 지친 몸을, 쉬려고 하지도 않았다. 두 사람은 다시 어젯밤처럼 서재 소파에 앉아서 브랜디 잔을 들고 담배를 뻑뻑 피워대며 논쟁에 열을 올리고 있었다.

"그건 그렇다고 치고 자네는 그 여자의 미모를 왜 그렇게 따지는 것인가? 그보다 그 범죄의 성질이 나로서는 너무나 이상하게 여겨지네."

내가 이렇게 말하자 소노무라는 입술에 대고 있던 잔을 한 번에 쭉 들이켜고 그것을 테이블 위에 올려놓았다.

"나는 그 여자와 가까워지고 싶네."

반쯤 자포자기한 듯이, 그러면서도 묘하게 어찌해야 할지 모른다는 듯한 낮은 어조로 조용히 말하며 긴 한 숨을 쉬었다.

"자네 또 시작됐군, 그 병이."

나는 마음속으로 생각함과 동시에 그것을 입 밖으로 내지 않을 수 없었다.

"······나무라지는 않을 테니, 정신 나간 짓은 적당히 하는 게 좋을 거네. 자네는 그 여자에게 접근했다가 연미복을 입은 남자와 같은 꼴을 당해도 좋겠나? 아무리 자네 취향이 독특하다 해도 목이 졸려 죽은 후에 약물에 담기면 끝 아닌가? 뭐 목숨이 아깝지 않다면 접근하는 것도 나쁘지는 않을 걸세."

"접근을 한다고 해서 꼭 목 졸려 죽는다고 정해진 것은 아니네. 처음부터 주의를 하면 괜찮네. 게다가 자네, 아까도 말한 것처럼 그 여자는 우리들이 자신의 비밀을 알고 있다는 것을 모르기 때문에, 나를 함부로 죽일 리는 없네. 바로 그것이 아주 재미있는 점이네."

"자네 정말 어떻게 됐군. 미친 것은 아니라도 꽤 심한 신경쇠약에 걸려 있네. 정말이지 조심하는 것이 좋을 걸세."

"아, 고맙네. 자네 충고는 감사하지만 부디 내 마음대로 하게 내버려두게. 나는 요즘 어쩐지 사는 데 흥미가 없어져서 어찌해야 할지 모를 지경이네. 뭔가 이런 특이한 자극이라도 없으면 살아갈 수 없을 것 같은 생각이 드네. 오늘 밤 같은 재미있는 일이라도 없으면 그거야말로 오히려 너무 단조로움에 지쳐 괴로워서 미쳐버릴 것이네."

이렇게 이야기하는 동안에도 소노무라는 자신과 자신의 광기를 축복하듯이 잇따라 잔의 수를 거듭했다. 평소 술을 자주 하는 그는 경미한 알코올 중독 증세를 일으켜 제정신일 때는 손끝이 떨릴 정도인데, 차츰 취기가 돎에 따라 안색이 새파래졌고 눈동자는 깊은 동굴처럼 맑아지면서 기묘하게 침착해졌다.

"살해당할 염려가 없다는 확신이 있다면 접근하는 것도 괜찮겠지. 하지만 자네는 그 여자에게 어떻게 접근할 것인가? 그 여자의 신분이나 환경을 아나? 설사 그 여자의 직업이 게이샤라 해도 물론 보통 게이샤가 아닌 것은 뻔하지. 그 여자가 무엇 때문에 사람을 죽인 것인지, 어디서 그런 끔찍한 약을 손에 넣었는지, 그리고 또 그 깍두기머리 남자하고는 어떤 관계인지, 그런 것을 잘 알아보고 나서 접근하는 것이 안전할 것이라 생각하네. 적어도 그 정도는 내 충고를 들어주게."

나는 진심으로 소노무라의 상황이 걱정되어 견딜 수 없었다.

"흐흠."소노무라는 코끝으로 비웃듯 웃었다.

"그 점은 나도 알고 있네. 그 여자하고 깍두기머리 남자가 어떤 인간인가 하는 것도 대략 짐작이 가네. 지금 나는 어떤 수단으로 어떤 기회를 이용하면 가장 자연스럽게 그들에게 접근할 수 있느냐 하는, 그 방법을 궁리하고 있는 참이라네. 만약 그 여자가 자네가 말하는 것처럼 게이샤라고 한다면 접근하는 것은 아주 간단하지만, 나는 아무래도 그렇지 않은 것 같네."

"나도 게이샤라고 단언하는 것은 아니네. 그런 모습을 하고 있는 여자는 게이샤 외에는 별로 없다고 생각할 뿐이지. 나는 그 외로는 해석이 안 되니, 그 여자가 게이샤가 아니라면 어떤 종류의 인간인지 자네 생각을 이야기해보게. 아니 그 뿐만 아니라, 그 범죄의 동기도, 애써 사체의 사진을 찍어두는 연유도, 그 사체를 약으로 녹여버린 이유도, 그리고 그 끔찍한 약 이름도, 자네가 만약 해석이 가능하다면 가르쳐주게. 나는 그 이상한 사건 하나하나가 마치 수수께끼처럼 느껴질 뿐, 전혀 설명을 못 하겠네. 나는 아까부터 그것에 대한 자네의 생각을 듣고 싶었네."

나는 이런 문제를 제공하여 미치광이 같은 그의 두뇌의 작용을 점점 더 이상한 방면으로 끌고 가는 것이 소노무라를 위해 좋지 않을 것이라 생각했다. 그럼에도 불구하고 이런 질문을 하지 않고서는 견딜 수 없을 만큼 그 범죄의 광경은 내 호기심을 부추기고 있었다.

"그것에 대해서는 나도 모르는 점이 여러 가지 있네."

이렇게 말하며 그는 교사가 학생에게 뭔가를 가르치는 듯한 어조로 차근차근 설명하기 시작했다.

"실은 나도 그런 의문들을 어떻게 풀면 좋을지 지금 한창 생각하는 중으로, 확실한 단안(斷案)에 도달한 것은 아니지만, 우선 첫째로 그 여자가 게이샤가 아닌 것만은 확실하다고 생각하네. 내가 일전에 활동사진관에서 만났을 때, 그 여자는 머리를 앞으로 쑥 나오게 묶고 있었네. 그리고 적어도 가타카나 문자를 쓰고 있던 왼손에는 오늘밤 끼고 있던 반지를 끼지는 않았지. 그리고 또 아까 우리들이 옹이구멍에 눈을 댄 순간 그 여자의 옷에서 달콤한 향기의 향수 냄새가 우리들 코를 엄습했네. 그런데 일전의 그날 밤에는 나하고 그 여자의 거리가 더 가까웠음에도 불구하고 또한 나의 후각은 특별히 예민함에도 불구하고 아무 냄새도 나지 않았단 말이네. 하지만 지난 번 여자와 오늘밤 여자가 다른 사람이라는 것은 아니네. 사체를 약으로 용해해서라도 완전히 증거를 인멸하려는 인간이 그런 중요한 상담을 남에게 맡길 리는 없네. 그 날 밤 그 여자가 가타카나나 암호 문자를 사용하여 깍두기머리 남자와 중대한 타협을 하고 있던 모습으로 판단해봐도 반드시 그녀는 오늘밤 여자와 동일인이어야 하네. 그렇다고 한다면, 그 여자는 그 날 그 날 의상이나 소지품을 바꾸는 버릇이 있는 사람이네. 그 여자가 범죄를 상습적으로 저지르는 악인이라면 더욱더 변장을 할 필요가 있는 셈이네. 경우에 따라서는 게이샤 흉내를 내서 틀어 올린 머리를 눌러서 묶는 일도 있을 것이고 속발로 묶어 여학생처럼 보이게 하는 일도 있을 것이라는 게지. 만약 그 여자가 게이샤라고 한다면 지난 번 밤에도 반지를 끼고 있어도 괜찮았을 것이며 향수 정도도 뿌리고 있을 법 하지 않은가? 게다가 오늘밤 옷에 뿌린 그 냄새는 보통 게이샤가 사용하는 향수 냄새는 아니라네."

"……그 냄새가 무슨 냄새인지 자네는 알았나? ……그것은 향수가 아니라네. 그것은 고풍스러운 침향 냄새네. 오늘밤 그 여자의 옷에는 침향을 태운 향기가 배어 있었네. 글쎄, 잘 생각해 보게나. 요즘 게이샤로 의복에 침향을 쐬이는 여자는 좀처럼 없을 것이네. 그 여자가 상당히 독특한 취향을 가진 인물이라는 것은 분명하겠지? 얼마나 독특한 취향인가 하는 증거로는 작업용 어깨끈을 매고 사체를 운반할 때 드러난 왼쪽 팔에 멋진 팔찌를 하고 있던 것을 자네도 보지 않았나? 그 팔찌는 보통 게이샤들이 하는 것 치고는 너무나 취향이 야하고 칙칙한 것이라네. 그러니 그 여자가 틀어 올린 머리를 눌러서 묶고 침향 향기를 쐰 의상을 입고 있으면서, 팔에 멋진 팔지를 하고 있다는 것은 꽤나 튀고 어울리지 않는 이야기 아닌가? 즉 별것도 없으면서 그냥 멋대로 튀는 것을 좋아하는 여자라네. 그리고 자네는 그 여자에게 살해 당한 남자가 연미복을 입고 있었다는 것도 고려해야만 하네. 그런 경우 연미복은 아무래도 기상천외해서 이 사건을 더욱더 미궁으로 몰아넣고 있는데, 연미복과 게이샤라니 좀 묘한 대조가 아닌가? 그리고 또 그 여자는 깍두기머리 남자에게 이런 말을 했네. '끔찍한 것은 모두 아름다워. 악마는 신과 마찬가지로 아름다워'라고 했지. 그 문구는 게이샤가 하는 말 치고는 너무 건방지네. 게다가 지난 번 암호문 통신을 생각하면, 그 영문을 그녀 자신이 직접 작성했다고 한다면 도저히 게이샤가 할 수 있는 일이 아니라네. 물론 그런 교육을 받은 여자가 게이샤가 되는 경우도 있겠지만, 만약 그 정도 미모와 지혜를 지닌 게이샤가 있다고 한다면 그것을 우리들이 지금까지 모르고 있을 리가 없지 않은가? 첫째, 게이샤가 그런 끔찍한 약액을 어떻게 손에 넣을 수 있겠는가? 뿐만 아니라 그 약의 조합법까지 알고 있어서 깍두기머리 남자에게 지시를 하고 있던 것 같지 않은가? 이런 여러 가지 이유에서 나는 그녀를 게이샤가 아니라고 믿네만, 마지막으로 한 가지 더 내 추정을 확실히 하는 유력한 근거가 있다네. 그게 뭐냐 하면, 여자가 아까 사체를 약액 속에 담글 때, '이 남자는 살이 쪄서 몸이 완전히 녹아 없어지려면 시간이 꽤 걸릴 걸. 일전의 마쓰무라(松村) 씨처럼은 안 될 거야'라고 했지? 그렇게 말한 것을 자네는 기억할 걸세. 그런데 자네는 그 마쓰무라라는 이름에 대해서 뭔가 생각나는 일이 없나?"

"그렇지. 마쓰무라라고 한 것 같았네. 하지만 딱히 짐작이 가는 일도 없네만 그 마쓰무라가 어쨌다는 건가?"

"자네는 일전에, 지금으로부터 딱 두 달 전 신문에 고지마치(麴町) 마쓰무라 자작이 행방불명되었다는 기사가 난 것을 읽었나?"

"아, 그렇군. 확실히 기억하고 있지는 않지만, 읽은 것 같네."

"그 기사는 아침 신문과 전날 석간에 났고, 당사자의 사진이

게재되어 있었네. 그리고 석간 쪽에는 꽤 상세히 가족 이야기까지 실려 있었지. 그것을 보면, 자작은 행방불명되기 일주일 정도 전에 구미를 여행하고 돌아왔는데, 여행 중에 우울증에 걸린 것 같으며, 도쿄에 돌아온 후에도 매일 집안에만 틀어박혀 있을 뿐 아무하고도 만나지 않았다고 하네. 그런데 어느 날 기분이 너무 울적해서 견디지 못하겠으니 한 달 정도 여행을 하고 오겠다고 하고 집을 나간 후 행방을 알 수 없게 된 것이라고 하네.

……자작은 교토(京都)에서 나라(奈良)로 갔고, 그 후 도고(道後) 온천을 돌겠다고 했다네. 아무도 같이 간 사람은 없었는데, 집사 한 명이 중앙정류장까지 전송을 가서 목전에서 교토까지 가는 표를 사서 기차에 탄 것을 보고 왔다고 하네. 요컨대, 가족의 의견으로는 여행 도중에 급기야 정신이 이상해져서 자살이라도 한 것은 아닐까, 출발할 때는 거금의 여비를 준비해서 갔고 딱히 유서 같은 것도 발견되지 않았기 때문에 미리 작정을 하고 자살한 것은 아니더라도 문득 자살할 생각이 든 것은 아닐까 하는 것이네. 그리고 열흘 정도 동안 마쓰무라가에서는 매일 자작의 초상을 신문에 내고 현상금을 걸고 행방을 수색하고 있었던 것 같은데, 유력한 단서는 아무것도 얻지 못했네. 물론 자작이 도쿄를 출발한 다음날 아침, 교토의 시치조(七條) 정류장에서 자작의 초상화와 똑같은 신사가 젊은 귀부인 풍 여자와 나란히 플랫폼을 나오는 모습을 얼핏 보았다는 사람이 있었지. 하지만 집사 말로는 자작은 오랫동안 유럽에 가 있던 데다 귀국하고 나서도 고독한 생활을 보냈기 때문에 사교계에 아는 사람이 한 명

도 있을 리가 없으며, 그렇다고 해서 물론 화류사회에 발을 들여놓은 적도 없다, 그러니까 자작이 젊은 귀부인을 동반하고 있었다는 것은 있을 수 없는 사실이며, 아마 사람을 잘못 본 것일 가능성이 높다고 했네. 그 후로도 벌써 두 달이나 지났지만, 자작의 소식을 들었다는 기사도 나오지 않았고 사체가 발견되었다는 보도도 나오지 않았네. 결국 아직도 자작은 죽었는지 살았는지 알 수 없네. 나는 그 신문 기사를 읽을 때는 그다지 마음에 두지 않았는데, 아까 그녀의 입에서 '마쓰무라 씨'라는 이름을 들었을 때, 문득 그것이 자작임에 틀림없다고 생각했네. 그녀에게 살해를 당한 마쓰무라라는 남자가 혹시 자작이 아닐까? 아니 확실히 자작임에 틀림없다. 아마 그럴 것이다. 이런 생각이 들었네. ……알겠나? 자네도 잘 생각해보게. 자작은 도쿄에서 교토로 가는 사이에 생사불명이 되었네. 만약 교토에 도착하기 전에 기차 안에서 무엇인가 변고가 있었다고 한다면, 그것을 몰랐을 리가 없네. 그렇게 생각해보면, 역시 교토에 도착할 때까지는 아무 일도 없었던 것이네. 자작의 신상에 이변이 있었다고 한다면, 그것은 교토에 도착하고 난 후의 일이네. 뿐만 아니라 시치조 정류장에서 보았다는 사람이 있을 뿐, 그 후 자작의 모습이 어느 정류장에서도 어느 숙소에서도 보이지 않았다고 한다면, 자작은 교토 내에서 자살을 했든가 살해당했든가 한 것이 틀림없네. 그런데 자살이든 타살이든 그것이 보통의 방법으로 이루어졌다면, 게다가 교토 시내에서 이루어졌다고 한다면, 오늘날까지 사체가 발견되지 않을 이유가 없겠지. ……알겠나? 그래서 나는 생각했네. 아까 그 여자는 연미복 남자의 사체를 가리키며, '이 남자는 마쓰무라 씨와는 달리 살이 쪄서' 라고 했네. 그러고 보면 여자가 죽인 마쓰무라 씨는 말랐다는 사실을 알 수 있네. 그리고 자작 마쓰무라라는 사람도 사진으로 보면 매우 말랐네.

……여자는 또 마쓰무라라는 사람의 이름을 부를 때 '마쓰무라 씨'라고 특별히 '씨'를 붙였네. 그것은 여자가 그 남자와 별로 친밀한 사이가 아니라는 점을 나타냄과 동시에 어떤 의미에서는 존경을 표하는 것이라고 생각할 수는 없을까? 예를 들어 우리들이 자신하고 아무 관계도 없는 사람의 이름을 부를 경우에 보통은 누구누구라고 그냥 이름을 부르지만, 그것이 사교계에서 지명도가 있는 인사라든가 화족의 이름인 경우에는 대개 누구누구 씨라고 씨를 붙이지. 여자가 특히 마쓰무라 씨라고 한 것은 마쓰무라라는 사람이 화족이며 또한 자신하고는 많이 친밀한 사이가 아니기 때문은 아닐까? 남자가 그녀의 정부라든가 남편이라든가 어쨌든 친밀한 사이라면, 그 작자를 죽여버렸을 경우에 씨를 붙일 리는 없을 것이네. '마쓰무라 자식은'이라든가, '그 자식은'이라고 불렀을 것이네. 단지 이 정도의 이유로 그 여자에게 살해당한 마쓰무라와 자작 마쓰무라가 동일인이라고 추정하는 것은 어쩌면 예단일지도 모르네. 그러나 여기에 또 한 가지 그 추정에 근거가 되는 유력한 사실이 있네. 그것은 도쿄를 혼자서 떠난 자작이 시치조 정류장에 도착했을 때는 젊은 귀부인을 동반하고 있었다는 소문이 있다는 것이네. 자작가의 집사는 자작이 어떠한 부류의 귀부인하고도 교제가 없었다는 이유를 들

어 그 소문을 부인했지만, 가령 그 부인이 기차 안에서 자작과 각별한 사이가 되었다면 어떻게 되겠는가? 교제를 싫어하는 자작의 평소 성격으로 미루어보면 그런 일은 절대 없을 것이라 할 수 있을지도 모르네. 하지만 그녀가 간지(奸智)에 능한 여성이고 처음부터 자작을 농락할 목적으로 주의 깊게 교묘한 수법으로 접근했다고 한다면, 게다가 그것이 행색이 천하지 않고 용모가 아름다운 여성이라고 한다면, 자작이 그녀에게 마음을 열지 않았을까? 자작은 거액의 여비를 준비했다고 하니까, 그 돈을 우려내기 위해서 여자가 도쿄에서부터 자작의 뒤를 좇고 있던 것은 아닐까?…… 이렇게 생각해보면, 아무래도 나는 그 귀부인이 어젯밤 그 여자이고 자작은 어쩌면 교토 거리 어딘가에서 그 여자에게 살해당한 끝에 몸이 녹아버린 것은 아닐까하고 생각하네."

"그럼 자네 의견으로는 그 여자는 기차 안에서 나쁜 짓을 하는 차내 전문소매치기의 일종이라는 말인가?"

"음, 뭐 그렇다네. ……자작의 소재가 아직까지 발견되지 않은 것을 보면, 그 여자에게 살해되어 약액 속에서 녹아버린 마쓰무라라는 사람이 자작이라고 생각하는 것이 가장 자연스럽지 않은가? 그래서 자작과 그 여자가 이전부터 아는 사이가 아니라고 한다면, 물론 자작은 소지하고 있던 돈 때문에 목숨을 잃은 것이겠지. 그 여자는 확실히 차내 전문소매치기임에는 틀림없지만, 보통 소매치기가 아니라 뭔가 대규모 악당 조직의 한 사람으로 짬짬이 그런 짓을 하는 것이라고 보는 것이 타당하지 않을까? 그 여자는 도쿄와 교토 양쪽에서 똑같은 범죄를 저지르고 있네.

그 약액이나 서양식 욕조를 안치한 그 집이 교토에도 틀림없이 있을 걸세. 이에는 틀림없이 도카이도(東海道)에 걸쳐 그 암호 통신을 뻔질나게 교환하면서 온갖 악행을 수시로 저지르는 흉악범들의 집단이 있는 거네."

"설명을 듣고 보니 역시 자네의 관찰이 점점 들어맞는 것 같네. 그리고 오늘밤 살해된 연미복 남자도 역시 화족이나 뭐 그런 부류이겠지?"

이렇게 말하며 나는 소노무라에게 더 캐물었다. 솔직히 고백하지만 나는 이제 어느새 소노무라의 탐정으로서의 안목에 완전히 찬탄을 하며 하나에서 열까지 그의 의견을 듣지 않으면 마음이 놓이지 않게 되었다.

"아니, 그는 화족이 아니라네. 내가 상상하는 바로는 오늘 밤 살인은 마쓰무라 자작의 경우와는 상당히 성격을 달리 하고 있네."

소노무라는 의자에서 일어서서 서양관 동측 창문을 열고 담배 연기가 자욱하고 더운 방 안으로 상쾌한 아침 바깥 공기를 시원하게 들여보냈다.

"나는 어떤 이유가 있어서, 오늘 밤 남자는 그들 악당의 일원이라고 추정하네."

소노무라는 우선 이렇게 말하고 다시 원래 있던 자리로 돌아가면서 의심스럽다는 듯이 눈을 껌뻑이고 있는 내 얼굴을 찬찬히 뜯어보았다.

"그 남자는 일전에 활동사진을 보고 있을 때 모습으로 판단해 보면, 그 여자의 정부나 남편이어야 하네. 자네는 그 남자가 연미복을 입고 있었기 때문에 화족이라고 생각할지 모르지만, 오늘밤과 같은 그런 음침하고 지저분한 골목 깊숙한 곳에 귀족이 연미복을 입고 올 것이라 생각하나? 그보다는 오히려 귀족으로 변장하고 어딘가 야회에 출석한 악당이 자신의 주거지로 돌아온 참이라고 추측하는 것이 사실에 더 가깝지 않을까? 그 남자가 여자의 정부라면 아무래도 그렇게 해석하는 수밖에 없네. 특히 여자는 아까 사진을 찍을 때 이런 말을 했네. '……정말 어쩜 이렇게 배가 많이 나왔담. 어쨌든 75킬로그램이나 나갔던 사람이니까 말야'라고 하지 않았나? '어쨌든 75킬로그램나 나갔던 사람이니까 말야'라는 한 마디는 그녀와 그 남자의 관계를 설명하기에 충분하다고 나는 생각하네."

"흠, 그것도 자네의 관찰이 맞다고 생각하네. 그렇다면 요컨대 그녀는 깍두기머리 남자한테 홀려서 그 남자가 귀찮아지니 죽였다고 하는 건가?"

"글쎄, 당연히 그런 결론이 나야 하는데 어쩐지 그렇지 않은 것 같은 점도 있네. 자네도 보고 있었겠지만, 사체가 대야에 집어 던져지고 나서, 깍두기머리 남자는 제일 처음 여자의 이불을 깔고 그리고 옆방에 따로 자신의 이부자리를 펴고 잔 것 같았네. 뿐만 아니라 남자는 시종일관 여자의 명령에 복종하며 여자를 '누님'이라고 불렀네. 두 사람이 서로 사랑에 빠졌다고 하기에는 그런 모습들은 아무래도 납득이 안 가지 않는가? 그리고 더 이상한 것은 그 사진이네. 사체를 녹여버려서까지 증거가 되는 흔적을 지우려는 자들이 무엇 때문에 사진을 찍어두겠느냐 말이네. 자신의 손으로 죽인 남자의 얼굴은 꿈에서라도 보면 끔찍할 텐데, 무슨 필요가 있어서 그런 짓을 하겠냐는 거네. 어쨌든 그 살인은 상당히 기묘한 성질의 사건으로 그 원인은 의외의 국면에 숨겨져 있는 게 아닐까?"

"의외의 국면에 숨겨져 있다고? 그럼 예를 들면 어떤 것인가?"

"예를 들면 말일세.—이는 나의 엉뚱한 상상에 근거한 것이지만 말이네.—그 여자는 뭔가 성적으로 이상한 특질이 있어서 사람을 죽이는 일에 어떤 비밀스런 쾌감을 느끼는 것이 아닐까? 그리고 별로 필요도 없는데 단지 죽이고 싶어서 죽이는 버릇이 있는 것은 아닐까? 그 여자의 행동을 잘 생각해보면 이런 상상을 허락할 여지는 충분히 있네. 알겠나, 자네. 제일 처음 자작은 기차 안에서 접근했을 뿐인데, 그녀에게 살해를 당해버렸네. 이 경우의 살인은 돈을 훔쳐서 그 범죄 흔적을 없애기 위한 것이었는지도 모르네. 하지만 자작이 소지한 돈의 액수가 얼마였는지는 모르지만, 겨우 여행 비용에 지나지 않기 때문에 많아봐야 천 엔도 안 되었을 것이네. 그 정도의 돈을 훔치는 데는 목숨까지 빼앗지 않아도 될 일 아닌가? 예를 들어 자작에게 마취약 냄새를 맡게 한다든가 동료 남자를 이용하여 자기 이외의 다른 사람의 손으로 일을 하게 한다든가, 그 정도의 여자라면 그 외에 범죄 흔적을 없앨 수 있는 방법은 얼마든지 있지 않았겠는가? 게다가 그 살해방법이 보통 방법이 아니라네. 일부러 자작을 교토 시내로 끌고 가서 그들의 소굴로 데려간 후, 죽인 끝에 약액에 담그기도 하는 등 엄청 번거로운 수단을 구사하고 있네. 그런데 어젯밤 살인을 보면 더 한층 이상하네. 금전을 위해서도 아니고 그렇다고 해서 반드시 치정 관계도 아닌 것 같으며, 연미복 남자는 거의 무의미하게 살해를 당했고 게다가 사체 사진을 찍는다는 번거로운 수고도 마다않고 있다네. 이 일 한 가지만 해도 그 살인에는 여자의 도락이, 병적인 흥미가 작용하고 있다는 것은 분명하지 않은가? 내가 생각건대 아마 자작도 그 사체를 사진으로 찍혔을지도 모르네. 아니 상상을 더 해본다면 그녀는 지금까지 같은 수단으로 남자들을 몇 명이나 죽였고 그들 사체를 남김없이 사진으로 찍어둔 것은 아닐까? 자신의 색향(色香)에 미혹되어 목숨을 버린 무수한 남자들의 죽은 얼굴을 보는 것이 마치 연인의 얼굴을 접하듯이 광폭한 그녀의 마음을 충족시키는 것은 아닐까? 적어도 그런 변태성욕을 가진 여자가 세상에 존재하지 않는다고만은 할 수 없을 것이네."

"그런 여자가 있다는 것은 나도 상상을 못하는 것은 아니네. 하지만 우연히 그 연미복 남자가 그녀의 욕망의 희생자로 거론된 데는 뭔가 그 외에 원인이 있어야 할 것이네. 그녀가 자네가 말하는 것 같은 특이한 취향을 가진 여자라고 하더라도 남자만 보면 닥치는 대로 죽이고 싶어질 리는 없겠지. 예를 들어 그 깍두기머리 남자는 살해당하지 않고, 특히 연미복을 입은 남자가 살해당한 것은 어떤 연유일까 하는 말이네."

"그건 이런 거네. 그 연미복 남자는 그녀의 정부인데다가 아마 그 악당 집단의 단장이었기 때문일 것이네. 그러니까 그녀는 자기보다 우세한 지위에 있는 의외의 인간을 죽이는 데 흥미를 가지고 있는 것이지. 깍두기머리 남자는 그들 부부의 똘마니이기 때문에 죽이려고 마음만 먹으면 언제라도 죽일 수 있네. 그런 인간은 희생시켜봤자 재미가 없네. 마쓰무라 자작을 노린 것도 자작이 사회 상류 계층의 귀족이라는 것이 분명 그녀의 호기심을 자극했을 것이네. 그리고 단장의 경우에는 그를 죽이면 자신이 대신 단장의 지위를 얻을 수 있다는 이익이 따르지. 실제 깍두기머리 남자는 그녀의 명령을 받들며 여단장의 지휘대로 움직이고 있지 않았냐 말일세."

"듣고 보니 그건 그렇군."

나는 소노무라의 설명에 완전히 감탄하고 말았다.

"그런 식으로 해석하면 아무래도 수수께끼가 풀리는 것 같네. 즉 그 여자는 가공할 살인귀네."

"가공할 살인귀, ……그렇지. 그와 동시에 아름다운 마녀이기도 하네. 그리고 내 머릿속에는 가공할 만하다는 것은 이치상으로만 그렇게 생각될 뿐, 그 여자의 아름다운 면모만 드러나고 있네. 어제 저녁 광경을 떠올려 봐도 단지 멋진 괴미인이다, 이 세상에 존재하는 것이라 믿어지지 않을 만큼 요염한 여자다, 라는 감정만 일었다네. 어젯밤 옹이구멍으로 들여다본 실내의 모습은 확실히 살인의 광경인데도 그것은 전혀 끔찍한 인상이나 꺼림칙한 기억을 남기지 않고 있네. 거기에서는 사람이 살해당하고 있었음에도 불구하고 피 한 방울 흐르지 않았고 한 번의 격투도 일어나지 않았으며 희미한 신음소리 하나 들리지 않았네. 그 범죄는 조용히 요염하게, 마치 사랑의 속삭임처럼 부드럽게 이루어졌네. 나는 잠에서 깼을 때와 같은 불쾌함을 조금도 느끼지 않았고 오히려 반대로 눈부시게 밝은 극채색 그림처럼 반짝이는 아름다움을 조용히 응시하고 있던 기분이 드네. 끔찍한 것은 모두 아름답다, 악마는 신과 마찬가지로 장엄한 모습을 하고 있다고 한 그녀의 말은 단순히 그 보석과 같은 빛을 띤 약액의 형용일 뿐만 아니라 그녀 자신을 형용하는 말이기도 하네. 그 여자야말로 살아 있는 탐정소설의 주인공이며 진정 악마의 화신으로 생각되네. 그 여자야말로 오랫동안 내 머릿속 망상의 세계에 똬리를 틀고 있던 귀신이네. 내가 끊임없이 초조한 마음으로 동경하고 있던 환영이 임시로 이 세상에 모습을 드러내어 내 고독을 위로해주려는 것이 아닐까라는 생각이 드는 것을 어쩔 수 없네. 그 여자는 나를 위해서 결국 나를 만나기 위해서 이 세상에 존재하는 것이 아닐까? 아니 그 뿐만 아니라 어젯밤 그 범죄도 어쩌면 내게 보여주기 위해서 연출해준 것은 아닐까? 그런 생각까지 든다네. 나는 아무래도 예를 들어 내 목숨을 걸고서라도 그 여자를 만나지 않을 수 없네. 나는 이제부터 그녀를 찾아내어 그녀에게 접근하는 데 전력을 기울일 생각이네. ……자네가 걱정해주는 것은 고맙지만, 부디 아무 말 말고 내가 하고 싶은 대로 하게 내버려두게. 아까도 말했듯이 나는 그 여자의 비밀을 캐는 것이 목적은 아니네. 나는 그녀를 사랑한다네. 어쩌면 숭배한다고 하는 것이 적당할지도 모르지."

이렇게 이야기하는 소노무라는 두 손으로 뒷머리를 잡으며 의자에 털썩 앉아 몸을 뒤로 젖히고 눈을 감고는 한동안 생각에 잠겨 있었다.

그렇게까지 말을 하니, 뭐라고 타일러야 할지도 모르겠고 게다가 이제 말을 할 기력도 없어져서, 나도 똑같이 의자에 벌렁 누워 침묵하고 있었다. 그러는 사이 타오르는 듯한 취기가 온몸으로 이완되어 피로를 풀어주었고, 두 사람은 솜처럼 깊고 유쾌한 잠 속으로 몽롱하게 빠져들어 갔다. 이대로 이틀이고 사흘이고 내쳐 잠들어버리지는 않을까 하고 반쯤 잠든 의식 속에서 생각하면서…….

나는 그 살인 사건이 있던 다음날 하루를 소노무라의 집에서 내도록 자고 밤늦게 고이시카와의 집으로 돌아왔다. 걱정을 하며 기다리고 있던 아내는 내 얼굴을 보자 당장 이렇게 물었다.

"소노무라 씨는 어떠세요? 역시 미쳤나요?"

"미쳤다고 할 정도는 아니지만, 어쨌든 굉장히 흥분상태에 있어."

"그래서 대체 어젯밤 소동은 어떻게 됐어요? 살인사건이 있을 거라니, 대체 무슨 착각을 한 거예요?"

"무슨 착각을 했는지, 제정신이 아니어서 나도 몰라."

"그래도 그 이후 스이텐구 근처까지 갔죠?"

나는 움찔해서 안 그런 척하며 말했다.

"아니 뭐, 그러고 나서 어르고 달래서 겨우 시바의 집까지 데려다주고 왔어. 그 시각에 스이텐구까지 가는 사람이 어디 있겠어? 정말로 살인이 있었다면 신문에 날 일 아니겠어?"

"하긴 그래요. 하지만 어떻게 그런 일을 생각했는지 사람이 미친다는 것은 참 이상한 일이군요."

이렇게 말을 했을 뿐 아내는 딱히 의심하는 것 같지는 않았다.

나는 이틀 만에 겨우 내 집 침상에 누워 다시 한 번 어제부터 있었던 일을 회상해보았다. 우선 그저께 오전 중에 마침 내가 약속한 원고를 쓰고 있을 때 소노무라에게서 전화가 온 것이 사건의 발단이다. 만약 그 사건이 꿈이었다고 한다면 꿈과 현실의 연결은 그 전화가 왔을 때였다. 그리고 나는 점차 미궁 속으로 빠져들어갔다. 소노무라의 발광이 내게 옮았다고 한다면 확실히 그 때가 시작이다. 뭔가 그 때쯤 나는 조금 이상한 생각을 했고, 그리고 결국 그 생각이 현실로 된 것 같다. ……그렇다면 어디서부터 잘못된 것일까?

하지만 아무리 곱씹어 생각해봐도 나는 어디서부터 잘못된 것인지 알아낼 수 없었다. 내가 어젯밤에 본 것은 역시 아무래도 사실임에 틀림없다. 어젯밤 오전 1시 넘어서 스이텐구 뒤쪽에서 살인죄가 저질러진 사실은 현재 내 두 눈으로 목격한 사실이었다. 설령 나는 미치광이라는 말을 들어도 그 사실을 부정할 수는 없다. 그러면 그 사실에 대해 소노무라가 내린 판단은 대략 맞는 것일까? 그 범죄의 성질이나 그 여자, 깍두기머리와 연미복 남자 등등에 관한 소노무라의 의견은 정곡을 찌르고 있는 것일까? 내가 그것을 반박할 정도의 반증을 들 수 없는 이상 역시 타당하다고 인정하는 수밖에 없을 것이다.

이러한 나의 불안과 의혹은 대엿새 간 계속되었다. 그 사이 두

세 번 소노무라 집을 찾았지만, 그는 늘 부재중이었다. 뭔가 볼일이 있는 것으로 보였는데, 요즘에는 매일 아침 일찍부터 외출을 했다가 밤 늦게 오거나 아니면 돌아오지 않는다고 집을 보는 사람이 이상하다는 듯이 이야기했다.

마침 내가 일주일째 되던 날 찾아가자 그는 웬일로 집에 있었다. 그리고 기분 좋게 현관으로 마중을 나와서 이렇게 말했다.

"어이, 자네, 마침 좋을 때 찾아와주었군, 그래."

갑자기 목소리를 낮추고 기쁜 듯이 내 귀에 대고 말했다.

"지금 내 서재에 그 여자가 와 있네."

"그 여자가?……"

그렇게 말했을 뿐 나는 다음 말을 이을 수가 없었다. 설마하고 생각했는데, 그는 역시 그녀를 잡아온 것이다. 아니 어쩌면 잡혀온 것인지도 모른다. 그리고 취향도 독특하게 나를 소개하려는 것이다.

"그렇네. 그 여자가 와 있다네. ……요 대엿새 동안 나는 계속해서 집을 비우고 스이텐구 근처를 배회하면서 그 여자를 노리고 있었는데, 이렇게 빨리 접근할 수 있게 되리라고는 예상치 못했다네. 내가 어떻게 어떤 순서로 그녀와 깊은 사이가 되었는지는 조만간 나중에 자세히 보고하겠네. 뭐 어쨌든 자네도 만나보면 좋을 걸세."

이렇게 말을 해도 내가 여전히 주저하고 있으니까 그는 내가 겁을 내는 것을 비웃듯이 말했다.

"그러니까 한 번 만나 보게. 딱히 위험할 것은 없으니까 만나도 괜찮네."

"그야 자네 서재에서 만나니만큼 위험한 일은 없겠지만, 이를 계기로 점점 관계가 깊어지면……."

"깊은 관계가 되어도 상관없지 않은가? 나하고는 이미 친구가 되었으니 말이네."

"자네는 자네의 독특한 취향으로 친구가 된 것이니 지금 와서 관계를 끊어봤자 소용이 없지. 하지만 나는 독특한 취향으로 사람을 만나는 것은 사양하겠네."

"그럼 모처럼 우리 집에 불렀는데 자네는 만나지 않겠다는 것인가?"

"만나 보았으면 하는 호기심은 충분히 있네. 하지만 공공연히 소개를 받는 것은 좀 곤란하니까 될 수 있으면 몰래 숨어서 살짝 보게 해주었으면 하네. ……어떤가? 자네. 서재에서는 몰래 엿보기에 불편하니까 일본식 방으로 데려가주지 않겠나? 그렇게 해주면 나는 정원 나무 사이로 보겠네만."

"그런가? 그럼 그렇게 해주겠네. 가급적이면 자네가 보기 좋게 객실 툇마루 쪽으로 가서 이야기를 하고 있을 테니까, 자네는 대문 옆 낮은 울타리 뒤에 웅크리고 앉아 있게. 그곳이라면 필시 이야기소리까지 들릴 것이네. 그 모습을 본 후에 만약 마음이 내키면 소개해줄 테니까 식모를 들여보내게."

"아, 참 고맙네. 아마 사람을 보내는 수고를 할 필요는 없을 것이네."

이렇게 말을 하다 말고 나는 갑자기 어떤 걱정스런 생각이 들어서 소노무라의 손을 홱 잡아끌며 확인을 했다.

"하지만 자네, 아무리 친구가 되었다고 해도 우리들이 그녀의 비밀을 알고 있다는 것을 설마 이야기하지는 않았겠지? 그 일 때문에 자네는 살해당해도 좋다고 하더라도 나한테까지 불똥이 튀게 하면 곤란하네."

"안심하게. 그 점은 나도 잘 알고 있네. 여자는 우리들이 엿보았으리라고는 꿈에도 생각지 못하고 있네. 물론 앞으로도 나는 절대로 그 일은 입 밖에 내지 않을 테니까 말이네."

"그렇다면 괜찮겠지만, 정말로 조심해주게. 그것은 그녀의 비밀인 동시에 우리들의 비밀이라는 것을 잊지 말아주게. 두 사람의 생명에 관한 비밀을 허락 없이 마음대로 입 밖에 낼 권리는 없으니까 말일세."

나는 매우 걱정되어서 일부러 끔찍하다는 표정을 지으며 이런 말로 각별히 그의 경거망동을 경계해두었다.

나는 그날 마당의 낮은 울타리 뒤에 숨어서 다시 그 여자를 훔쳐보게 되었는데, 그 모습을 여기에 구구절절이 쓸 필요는 없을 것이다. 다만 여자가 틀림없이 그 날 밤 그 여자라는 사실과 그 날은 앞머리를 내려서 묶고 더 한층 여배우 같은 복장을 하고 있었다는 사실, 팔에는 여전히 예의 그 팔찌가 빛나고 있었다는 사실, 마지막으로 용모의 아름다움은 옹이구멍으로 보았을 때와 조금도 다르지 않았던 사실 등을 덧붙여두는 것으로 충분할 것이다.

소노무라는 이미 그녀와 상당히 친밀해진 것 같았다. 하여튼

이삼일 전에 아사쿠사 세유켄(清遊軒)의 당구장에서 알게 되었다고 하는데 그녀는 당구를 100 정도는 친다는 이야기였다.

"나의 신상에 대해서는 비밀이에요. 아무에게도 이야기할 수 없어요. 그러니까 부디 그런 줄 알고 교제해주세요."

그녀는 이렇게 말하며 그것을 조건으로 소노무라와 교제를 하기 시작했다고 한다. 소노무라는 드디어 자신의 추측이 맞았음을 마음속으로 확인하면서 애써 그녀의 주소와 처지를 모르는 척하며 매일 밤낮으로 도쿄 시내 바니 요리집이니 여관이니 하는 곳에서 약속을 해서 만났다. 어제는 신바시 정류장에서 만나 하코네(箱根) 온천을 일박으로 놀러갔는데 마침 그곳에서 돌아오는 길에 시바공원에 있는 자기 집으로 데려온 참이었다고 한다.

○○○

이런 식으로 해서 소노무라와 에이코(纓子)―여자는 자신을 그렇게 부르고 있었다―의 관계는 하루하루 날이 갈수록 깊어져가는 것 같았다. 어쩌다 내가 찾아가도 그는 집에 있는 일이 거의 없었다. 그와 그녀가 나란히 자동차를 타고 달리고 있거나 극장 관람석에 진을 치고 있거나 긴자 거리를 손을 잡고 산책하는 것을 나는 종종 본 적이 있었다. 그 때마다 그녀의 복장은 어떤 때는 쪼글쪼글한 비단 유카타에 하오리를 걸치고 있었고 또 어떤 때는 여배우의 헤어스타일에 망토를 둘렀으며 또 어떤 때는 하얀 린넨 양장을 하고 굽이 높은 구두를 신고 있었다. 그리고 그 아름다움에 변함은 없어도 그 날 그 날 그녀의 표정은 마치 다른 사람처럼 보였다.

그러던 어느 날—아마 두 사람이 사이가 좋아지고 나서 한 달남짓 지났을 무렵이었을 것이다—나를 너무나 깜짝 놀라게 한사건이 일어났다. 그것은 다름 아닌, 소노무라 주위에 에이코뿐만 아니라 어느새 예의 깍두기머리 남자까지 붙어 있는 것을 우연히 발견한 것이다. 그것을 본 것은 미쓰코시 진열장으로, 내가그곳에서 열리고 있는 전람회를 보러 갔을 때였다. 소노무라는에이코 외에 깍두기머리 남자를 데리고 의기양양하게 3층 계단에서 내려왔다. 소노무라 쪽에서도 나를 피하는 것 같았으나 나는 나도 모르게 움찔해서 걸음을 멈춘 채 말을 건넬 수도 없었다. 깍두기머리 남자는 우습게도 대학생 제복을 입고 서생이 주인을 모시듯 저자세로 두 사람을 뒤에서 수행하고 있었다.

"저 남자가 나온 이상 소노무라가 무슨 일을 당할지 몰라. 적당히 내버려둘 일이 아냐."

나는 그런 생각을 하고 이번에는 반드시 그의 독특한 취향을말려야겠다는 결심으로, 다음 날 아침 일찍 야마노우치(山內)에있는 그의 거처로 쳐들어갔다. 그런데 더 놀랍게도 현관으로 나와 안내를 하고 있는 서생을 보니 바로 그 깍두기머리 남자였다.

오늘은 구루메(久留米) 지방에서 나는 감색 바탕에 흰 점무늬가 있는 무명 홑옷을 입고 두꺼운 무명 바지를 입고 있었다. 내가 주인이 있는지 없는지 묻자 그는 공손하게 두 손을 짚고 "계십니다."라고 하면서 애교 있는, 하지만 천한 느낌으로 미소를 지었다.

소노무라는 서재 테이블에 기대어 몹시 기분이 나쁜 듯 찌뿌둥한 표정을 짓고 있었다. 나는 이야기 소리가 새나가지 않도록 문을 꼭 닫고 나서 그의 곁으로 성큼성큼 다가가 심하게 다그쳤다.

"자네 말이네. 깍두기머리 남자를 집으로 끌어들인 건가? 이게 대체 어찌된 일인가?"

"음."

짧게 대답을 하고 소노무라는 나를 곁눈으로 핵 노려보며 점점 더 불쾌한 표정을 지었다. 아마 내가 물어보니 부끄러워서 그런 척하는 것인지도 모른다.

"말을 하지 않으면 모르지 않는가? 그 남자는 서생으로 들어앉은 것 같은데, 그렇지 않은가?"

"……아직 확실히 그렇게 정해진 것은 아니지만, 학비가 없어서 곤란하다고 해서 당분간 집에 둘까 생각하고 있네."

소노무라는 아주 힘이 드는지 입 안에서 웅얼웅얼하며 마지못해 잠깐 그렇게 대답했다.

"학비가 없어서 곤란하다고? 그러면 그 남자가 어디 학교라도 다닌다는 건가?"

"법대생이라고 하네."

"그야 본인은 그렇게 말해도, 자네는 그것을 진짜라고 믿나? 정말 법대생이라는 것을 확인했냐는 말일세."

나는 거두절미하고 이렇게 다그쳤다.

"정말인지 거짓말인지는 모르지만 어쨌든 본인은 법대 제복을 입고 밖으로 돌아다니고 있네. 그 남자는 에이코의 친척으로 사촌 동생뻘이 된다고 하네. 그렇게 소개를 받았으니 나도 그런 줄 알고 지내고 있네."

아무것도 이상할 것이 없다는 투로 태연하게 이렇게 대답하는 소노무라의 모습은 오히려 내게 반감을 품고 귀찮아한다고밖에 여겨지지 않았다. 나는 한동안 어이가 없어서 멍하니 그의 눈빛을 살펴보고 있다가, 이윽고 정신을 차리고 격려를 했다.

"자네, 마음 단단히 해야 하네."

이렇게 말하며 그의 등을 한번 툭하고 두드려주었다.

"자네는 설마 진심으로 그런 이야기를 하는 것은 아니지? 그 남자나 그 여자가 하는 말을 하나하나 다 신용하는 것은 아니지?"

"하지만 자네, 그들이 그렇다고 하니 그런 줄 알면 되는 거 아닌가? 애써 그들의 신상에 대해 캐물을 필요는 없네. 원래 그런 사람들하고 교제를 하는 이상 그 정도 각오를 하지 않으면 안 되네."

"하지만 군이 캐묻지 않아도 그 남자와 그 여자가 모이는 곳에 어떤 위험이 발생하는지 정도는 이미 알고 있지 않은가? 자네가 에이코를 사랑한다면 여자는 어쩔 수 없다고 해도 하다못해 그 남자만이라도 가까이하지 않는 것이 당연한 것 아닌가?"

내가 이렇게 말하자 소노무라는 다시 고개를 돌리며 입을 다물어버렸다.

"그러니 자네, 나는 오늘 자네에게 마지막 충고를 하러 온 것이라네. 나는 일전에 자네가 그 남자를 데리고 미쓰코시 백화점에 간 것을 보았기 때문에, 쓸데없는 참견일지 모르지만 내버려두면 안 되겠다 싶어서 찾아왔다네. 나를 유일한 친구라고 생각 해준다면 부디 그 남자만은 멀리 하도록 하게."

"나도 그 남자가 위험하다는 것은 잘 알고 있네. 하지만 나는 그 남자를 제발 잘 돌봐주라고 에이코에게 부탁을 받았다네. ……나는 이제 에이코의 말을 져버릴 수 없게 되었네."

그렇게 말하며 소노무라는 내게 동정을 구하듯이 눈을 내리 뜨며 고개를 숙였다.

"자네는 그래도 괜찮을지 모르네. 하지만 일전에도 말했듯이, 너무 무모한 짓을 하면 나까지 위험에 빠지게 되니 나는 도저히 가만히 있을 수 없네. 어쩔 수 없는 경우에는 그들을 경찰에 신고할지도 모르니 그런 줄 알게."

내가 노골적으로 이야기를 해도 그는 전혀 당황하는 기색도 없이 오히려 더 이상하게 침착한 표정으로 말했다.

"신고를 해봤자 경찰에게 책을 잡힐 무리들이 아니니, 결국은 우리들이 그들에게 원한만 사게 될 뿐이네. 그렇게 되면 자네는 더욱더 곤란하지 않겠나? 뭐 그런 짓은 하지 않는 게 좋을 거네. 정말로 걱정하지 않아도 되네. 나도 목숨은 아까우니 쓸데없는 말은 하지 않겠네."

"그렇다면 아무래도 자네는 내 충고를 받아들이지 않겠다는 것이로군. 그럼 자연히 나는 내 안전을 꾀하기 위해서라도 앞으로 자네하고는 가까이 하지 않을 생각인데, 자네는 물론 그 정도 쯤은 각오하고 있겠지?"

"글쎄, 아무래도 지금 와서 어쩔 수 없지……."

그래도 소노무라는 놀라는 기색도 없이 가끔씩 내 얼굴을 흘 깃흘깃 곁눈질로 빤히 바라볼 뿐이었다.―연애를 위해서라면 목숨이라도 버리겠다. 하물며 친구 한 명 정도는 얼마든지 버릴 수 있다―그의 눈빛은 이런 의미를 암시하고 있는 것 같았다.

"알겠네. 그렇다면 나는 이것으로 실례하겠네. 이제 이 집에는 아무 볼일이 없는 인간이니 말이네."

이렇게 내뱉고는 후다닥 문 쪽으로 나가는 내 뒷모습을 그는 딱히 말리려는 기색도 없이 의자에 기대고 앉아 느긋하게 배웅 을 했다.

○ ○ ○

이렇게 해서 나는 소노무라와 절교를 해버렸다. 그는 워낙 변 덕스러우니 조만간 다시 외로워져서 이런 저런 말을 하며 사과 를 하러 올 것이다. 나를 화나게 한 것을 후회할 것이 틀림없다. 그렇게 생각하면서 나는 덧없이 한 달 정도를 지냈는데, 소노무 라는 그 후 전화도 없고 편지도 한 장 없었다. 그 때는 그런 처지 였기 때문에 그만 버럭버럭 화를 냈지만 나도 진심으로 소노무 라와 마음이 멀어진 것은 아니었고, 결국에는 너무 소식이 뚝 끊 긴 것이 어쩐지 걱정되어서 견딜 수 없게 되었다.

"어쩌면 소노무라는 살해당한 것이 아닐까? 연미복 남자와 같 은 꼴을 당하지 않았을까? 그렇지 않다면 이렇게 언제까지고 나 를 내버려둘 리가 없어."

나는 시종일관 그 일이 신경 쓰였다. 또한 나에게는 우정 이외의 호기심도 어느 정도 남아 있었다. 에이코라는 여자와 깍두기 머리 남자는 이후 어떻게 되었을까? 이상한 그들의 내막을 소노무라도 조금은 알게 되었을까?……

그렇게 기다리고 기다리던 소노무라로부터의 소식이 내게 전해진 것은 9월 상순이었다.

"흥, 역시 그도 참을 수 없게 되었나보군."

나는 갑자기 그 남자가 귀엽게 여겨져서 서둘러 봉투를 뜯어보았다. 하지만 편지 첫줄이 눈에 들어옴과 동시에 내 얼굴은 순식간에 새파래졌다. 왜냐하면, 그 첫줄에는ㅡ'이것을 내 유서라고 생각하고 읽어주게.'ㅡ이렇게 적혀 있었기 때문이다.

"이것을 내 유서라고 생각하고 읽어주게. 나는 최근에 아마 오늘밤 안에 에이코를 위해 살해당할 것을 예기하고 있네. 그들은 아마 예의 그 방법으로 내 목숨을 빼앗으려 하고 있네. 그리고 그것은 아무리 벗어나려 해도 벗어날 수 없는 운명이며 또 나로서도 별로 벗어나고 싶은 생각이 없네. 요컨대 내가 죽는 것은 확실하다고 생각해주게.

이렇게 말하면 분명 자네는 깜짝 놀라겠지. 나의 엉뚱하고도 독특한 취향을 불쌍히 여기며 비웃기도 하고 개탄도 하겠지. 하지만 부디 나를 미워하는 일 만큼은, 만약 미워한다면, 다시 생각해주게. 목숨을 버려가면서까지 뛰어 들어가는 나의 독특한 취향을, 그저 단순히 독특한 취향이라고만 생각하지 말아주게. 나는 일전에 확실히 자네에게 무례를 범했네. 그 때 나의 태도는 자네와 절교를 당하기에 충분했네. 솔직하게 말하면 나는 그 때 사랑스럽고 사랑스러운 에이코를 위해서라면 나의 마지막 친구인 자네를 잃어도 아깝지 않다고 각오를 했네. 오히려 쓸데없는 참견을 하는 자네 따위는 이후 찾아오지 않는 것이 좋다고까지 생각했네. 그런 심정으로 나는 일부러 자네를 화나게 하려고 작정을 했네. 목숨조차 아깝지 않은 나에게 어찌 자네와의 우정을 아쉬워할 여유가 있었겠는가? 이도저도 모두 나의 정신 나간 연애의 결과이니 부디 기분 나쁘게 생각지 말아주게. 내 성격을 뻔히 알고 있는 자네이니, 이제는 그 때의 무례를 틀림없이 용서해줄 것이라 나는 굳게 믿고 있네. 평소 늘 이해심 많고 동정을 해주던 자네가 오늘밤을 끝으로 이 세상을 떠나는 나를 불쌍히 여길지언정 미워할 리는 없을 거다. 그렇게 생각하고 나는 안심하고 죽을 생각이네.

그러나 내가 왜 죽어야만 하는지, 어떻게 해서 사건이 여기까지 진행되었는지, 그 경과를 지금 이 순간 일단 자네에게 보고하여 자네의 쓸데없는 걱정을 없애주는 것은 내 의무라고 생각하네. 나는 이 편지로 내 의무를 다함과 동시에 새삼 나의 가장 사랑하는 친구인 자네에게 내 사후에 관한 건을 부탁하고 싶은 것이라네.

그 후 사건의 경과에 대해서 자세히 쓰자면 한정이 없겠지만, 그냥 지극히 간단히 쓰고 나머지는 대략 자네의 추측에 맡기겠네. 즉 그들이 나를 죽이고자 하는 첫 번째 이유는 에이코에게 있어 나라는 인간의 존재가 지금은 번거롭기만 할 뿐 아무런 쾌감도 이익도 주지 않게 되었기 때문이네. 왜냐하면 그녀는 이미 내 전 재산을 남김없이 알겨냈기 때문이네. 그녀가 나와 깊은 사이가 된 것은 생각건대 처음부터 우리 집 재산에 목적이 있었던 것 같네.

……나는 그것을 다 알면서도 역시 그녀를 사랑하지 않을 수가 없었네. 그리고 두 번째 이유는, 그들의 비밀을 조금씩 내가 알게 된 것으로, 이것이 나를 죽이고자 하는 가장 중대한 동기인 것 같네. 그들은 자신들을 지키기 위해 나를 살려둘 수 없게 되었네.

그들이 나를 죽이고자 하는 계획이 있다는 것을 내가 어떻게 눈치를 챘는지, 그것은 자세히 설명할 필요도 없이 이 편지에 동봉한 별지의 암호 문자를 읽어보면 자네도 저절로 납득이 갈 것이네. 이 암호 문자는 우리 집 마당에 떨어져 있는 것을 어젯밤에 내가 주운 것으로 의심할 여지없이 에이코와 깍두기머리 남자 사이에 오간 비밀통신이네. 그들은 예의 부호를 사용하여 나를 암살할 의논을 하고 있네. 이 통신의 내용이 어떤 의미를 포함하고 있는지 일전의 그 방법으로 해석을 해보면 바로 명확해지네. 요컨대 그들은 오늘밤 12시 50분에 또 예의 그 장소에서 예의 그 수단에 의지하여 나를 죽이려는 것이네. 나는 아마 그녀에게 목이 졸린 끝에 사체 사진을 찍힐 것이네. 그리고 그 약액을 채운 통 안에 담궈지겠지. 이렇게 해서 내일 아침 전에 내 육체는 영원히 이 지구상에서 흔적도 없이 사라질 것이네. 생각해보면, 뇌졸중으로 급사하는 것보다, 대포 탄환으로 몸이 부서지는 것보다 더 기분 좋게 죽는 방법이네. 하물며 그것이 내 한 목숨을 바치고 있는 여자의 손에 의해 이루어지는 것이니 더할 나 위없네. 나는 그런 식으로 해서 내 생애를 마치는 것을 아무 과 장 없이 더 없는 행복으로 생각하네.

그러나 에이코는 어떤 식으로 나를 스이텐구 뒤쪽으로 데려 갈 생각인지 그것은 아직 모른다네. 물론 나는 오늘 그녀와 함께 제국극장에 갈 약속을 했으니까 거기에서 돌아가는 길에 뭔가 이유로 나를 속여서 끌고 갈 계략이겠지. 대략 그럴 것이라고 나 는 짐작하고 있네.

나의 독특한 취향은 처음에는 단지 그녀에게 접근해보고 싶 은 것에 지나지 않았네. 하지만 지금은 내 전신을 바치지 않으면 그칠 수 없게 되었네. 나도 목숨을 아끼자면, 오늘 밤 운명을 벗 어날 방법이 없는 것은 아니지만 그런 짓을 하고 싶은 생각은 꿈 에도 없네. 게다가 또 그들에게 일단 표적이 된 이상 오늘밤은 어떻게든 도망을 친다고 해도 도저히 언제까지고 무사할 리가 없네. 어쨌든 오늘밤의 운명은 예전부터 내가 바라던 바이네.

하지만 자네를 안심시키기 위해서 나는 특별히 단서를 달아 두겠네. 그들은 자신들의 비밀 중 일부를 내가 눈치를 챈 것을 어렴풋이 알고 있기는 하지만, 자네와 내가 그날 밤 옹이구멍으 로 엿본 일이나 암호통신을 주워서 읽은 일 등은 아직 눈치 채 지 못한 것 같네. 적어도 나 이외에 그들의 비밀을 알고 있는 자 네라는 사람이 있다는 것을 그들은 전혀 상상도 하지 못하고 있 네. 그러니까 내가 살해를 당한 후에 자네도 스스로 나서서 그들 의 죄상을 폭로하는 행위를 하지 않는 한, 자네의 위치는 절대로 안전한 셈이네. 여기에 동봉한 암호통신 조각은 단지 나의 기념물로 오랫동안 자네 수중에 감추어두었으면 하네. 이 종잇조각을 증거로 그들을 신고하려는 경솔한 짓은 거듭 말하지만 신중하기를 부탁해두네. 물론 나도 자네에게 피해가 가지 않도록 옹이구멍에 관한 일은 마지막까지 입 밖에 내지 않을 각오를 하고 있네. 나는 어디까지나 그녀의 색향(色香)에 미혹되어 그녀의 계략대로 죽은 사람이라고 에이코에게 믿게 하고 싶네. 그녀를 사랑하고 숭배하는 나로서는 그 쪽이 그녀에 대해 더 친절하고 충실하다고 생각하네.

그래서 내가 오늘밤 자네에게 부탁한다는 것은 다른 것이 아니라네. 오늘 밤 12시 50분에 자네는 예의 그 스이텐구 뒷골목으로 숨어들어가서 다시 일전의 밤에 그랬던 것처럼 창문 구멍으로 나의 마지막을 지켜봐줄 수 없나 하는 것이네. 나라는 존재가 어떻게 이 세상에서 사라져 가는지 그 모습을 몰래 지켜봐주지 않겠나? 이미 이야기한 대로 에이코를 위해서 있는 재산을 다 날려버린 나는 이 세상에 남길 재산도 한 푼 없고, 있다고 해도 그것을 물려줄 자손도 없고 또 자네처럼 예술상의 저술이 있는 것도 아니네. 게다가 사체까지도 약액으로 녹아버리고 나면, 일찍이 내가 이 세상에 존재했던 흔적은 완전히 사라지는 것이네. 내가 살아 있었다는 사실은 단지 자네 머릿속에 기억으로만 남을 뿐이네. 그렇게 생각하니 나는 어쩐지 쓸쓸한 기분이 든다네. 하다못해 내 생전의 모습을 조금이라도 깊이 자네 머릿속에 각인시켜두고 싶네. 그러기에는 자네에게 내가 죽는 모습을 보여주는 것이 가장 좋네. 자네가 옹이구멍으로 엿보아주지 않을까 하고 생각하면, 나도 마음 편히 아무 미련 없이 죽을 수 있을 것 같네. 지금까지도 충분히 내 멋대로 행동해서 자네에게 폐를 끼쳤는데 마지막에 또 이런 부탁을 하는 것은 거듭 제 멋대로 하는 자식이라고 생각할지 모르지만, 이것도 뭐 인연이라고 생각해주게. 그리고 제발 나의 이 마지막 부탁을 들어주게.

죽기 전에 자네를 한번 만나고 싶지만 요즘은 끊임없이 그 두 사람이 내 신변에 들러붙어 있어서 이 편지를 쓰는 것조차 여의치가 않았네. 오늘 중으로 이것이 자네 손에 배달될지 어떨지, 그리고 자네가 오늘밤 12시 50분에 시간 맞춰 올지 어떨지, 나는 그 걱정만 하고 있네.

그리고 한 가지 더 긴요한 부탁은 절대로 내 한 목숨을 구해주고자 하는 친절한 마음은 거두어달라는 것이네. 내가 그녀에게 살해당하기를 기도하는 것은 지기 싫어서 오기를 부리는 것이 절대로 아니네. 만약 자네가 쓸데없이 이리저리 뛰어다닌다거나 간섭을 한다면 설령 그 동기가 우정에서 나온 것이라 해도 나는 오히려 자네를 원망하지 않을 수 없네. 그 때는 정말로 자네하고 절교를 할지도 모르네. 내 성정을 이해해주지 못하는 사람이라면 친구로 지낼 필요가 없으니까 말이네."

소노무라의 편지는 이것으로 뚝 끊겼다. 이것이 우리 집에 도착한 것은 그날 밤 저녁의 일이었다.

그래서 나는 그날 밤 어찌했을까? 그의 절실한 부탁을 물리치고 그를 위급상황에서 구하기 위해 악당 일당을 경찰에 신고했을까? 아니면 그의 희망을 받아들여 어디까지나 그의 유일한 친구로서 의무를 다했을까? 물론 나로서는 후자를 선택하는 수밖에 없었다.

나는 그날 밤 옹이구멍으로 엿본 광경을 도저히 여기에 상세히 쓸 용기는 없다. 같은 살인 참극이라 해도, 지난 번 때는 나와 아무 관계도 없는 연미복을 입은 한 남자에 불과했지만, 이번에는 내 친구가 처참하게 살해당하는 광경을 눈앞에서 생생하게 본 것이다. 어떻게 내가 그것을 자세히 묘사할 만큼 냉정할 수 있을까?……

일찍이 소노무라를 따라 어두운 골목을 이리저리 빙빙 돌아다니던 나는 그 집 위치가 어느 방향에 있는지 잊어버렸기 때문에 그것을 찾아내기까지 한 시간 정도 근처 골목을 헤매어야만 했다. 그리고 마침내 그 집을 찾아낸 것은 지정 시간인 12시 50분보다 5,6분 정도 이른 시각이었다.—말할 것도 없이 비늘 표시는 그 날 밤도 문에 그려져 있었다. 만약 표시가 없었다면 나는 아마 찾아낼 수 없었을지도 모른다.—이렇게 나는 그가 그녀에게 교살당하는 순간부터 사진을 찍히고 욕조에 던져질 때까지의 상황을 시종일관 남김없이 목격했다. 게다가 지난번에는 모든 것이 뒤를 향하고 이루어졌던 것 같은데, 그날 밤은 가해자도 피해자도 옹이구멍 쪽으로 정면을 향하고는, 마치 내게 관람을 하게 하는 듯한 자세를 취하고 있었다. 소노무라의 눈은 사체가 되고나서도 이쪽 옹이구멍 쪽에 있는 내 눈을 가만히 노려보고 있는 것 같았다.

그가 목에 쪼글쪼글한 비단 끈을 둘둘 말리고 괴로움에 발버둥치며 마침내 숨을 거두려는 순간에 낸, 무겁고 고통스러운 세상에 더 없이 슬프고 애절한 신음소리. 동시에 얼굴에 생긋 미소를 띤 에이코의 차가운 웃음. 깍두기머리 남자의 잔인한 조소를 포함한 하얀 눈동자. 그것들이 나를 얼마나 위협했는지는 독자 여러분의 상상에 맡기는 수밖에 없다.

사체 촬영이나 약의 조합, 만사가 지난번과 똑같은 순서로 이루어졌다. 마지막으로 상처 난 그의 사체가 서양식 욕조에 풍덩하고 가라앉자 깍두기머리 남자는 에이코에게 말했다.

"이 자식도 마쓰무라처럼 말라빠져서 녹여버리는 건 일도 아니군."

"하지만 이 남자는 행복해요. 자신이 사랑에 빠진 여자의 손에 목숨을 잃는다면 정말이지 더 바랄 게 없지 않나요."

깍두기머리는 낮은 목소리로 이렇게 말하며 껄껄 웃었다.

실내 전등이 꺼지기를 기다렸다가 발소리를 죽이고 골목을 빠져나온 나는 망연한 걸음으로 닌교초 거리를 바쿠로초(馬喰町) 쪽으로 걸어갔다.

"이것으로 끝인가? 이것으로 소노무라라는 인간은 끝이 난 것인가?"

그렇게 생각하자 슬프다기보다는 뭔가 너무 맥이 탁 풀리는 기분이었다. 평소 변덕스럽고 배배 꼬인 남자였던 만큼 죽는 방법까지 뒤틀려 있었다. 독특한 취향도 어느 정도에 이르니, 오히려 장렬하다고 나는 생각했다.

그런데 그 일이 있고나서 이틀째 되던 날 아침이 되어 내게 사진 한 장을 우송한 자가 있었다. 뜯어보니 그것은 틀림없이 그 저께 밤에 죽은 소노무라의 얼굴을 찍은 것으로 물론 발송인은 적혀 있지 않았다.

사진을 뒤집어 뒤를 보니 낯선 필적으로 아래와 같은 문구가 적혀 있었다.

"우리들은 귀하가 소노무라 씨의 친구라는 이야기를 듣고 이 사진을 기념으로 귀하에게 보낸다. 귀하는 어쩌면 소노무라 씨의 이상한 행방불명에 대해 다소 소식을 들었을지도 모른다. 그러나 이 상처받은 사진을 본다면, 그간의 비밀이 더 한층 분명해질 것이라 생각한다. 어쨌든 소노무라 씨는 모월 모일 모소에서 비명횡사했다.

또한 우리들은 소노무라 씨가 귀하에게 남긴 유서를 위탁받았다. 그것은 시바 야마노우치에 있는 소노무라 씨의 저택 서재 책상 서랍에 약간의 돈을 넣어 두었으니, 부디 그것을 귀하가 마음대로 써주었으면 한다는 것이다. 그것은 소노무라 씨가 결국 자신의 운명을 피할 수 없다는 것을 알았을 때, 우리들에게 남긴 말이므로 우리들은 그저 정직하게 그것을 귀하에게 전하는 것일 뿐이다.

우리들은 귀하의 인격을 신뢰하고 있다. 귀하가 그 신뢰를 져 버리지 않는 이상 우리들 역시 절대로 귀하에게 해를 끼치는 사람들이 아니라는 것을 이에 덧붙여둔다."

이 문구를 읽자마자 나는 몰래 그것을 문갑 속에 넣고 열쇠를 채운 후 바로 시바에 있는 소노무라의 집으로 향했다. 그런데 이게 어찌된 일인가? 그의 저택 현관에서는 오늘도 여전히 깍두기 머리 남자가 떡하니 서생 노릇을 하고 있다. 그리고 또 이건 어찌된 일인지, 서재 중앙의 안락의자에는 그저께 밤에 살해되었을 것인 소노무라가 떡하니 앉아서 느긋하게 담배를 피우고 있는 것이었다. 나는 헉하고 생각한 순간 모든 사실을 깨달았다.

"아, 이 자식! 그럼 소노무라 이 자식! 오랫동안 나를 가지고 놀았네."

그에게 성큼성큼 다가간 나는 말했다.

"뭔가 자네. 대체 어찌된 것인가? 지금까지 있었던 그 일들은 모두 거짓말이었나? 나는 나를 가지고 노는 것도 모르고 쓸데없는 걱정을 하고 있었던 게 아닌가?"

이렇게 말하면서 그의 얼굴을 구멍이 뚫어져라 쳐다보았다. 실제로 다른 사람이라면 몰라도 상대가 소노무라라면 나도 화를 낼 수는 없었다.

"아니, 자네에게는 정말 미안하네."

소노무라는 먼 곳을 응시하며 서서히 입을 열었다. 그 표정은 늘 그렇듯이 우울하여, '한방 먹였다'라는 자신만만한 기색은 추호도 드러내지 않았다.

"자네가 엄청 농락을 당한 것은 확실하네. 하지만 이 사건은 처음부터 내가 자네를 가지고 논 것은 아니네. 전반은 에이코가 나를 가지고 논 것이고 후반은 내가 자네를 가지고 논 것이네. 그것도 절대로 한때의 위안거리로 가지고 논 것은 아니니 부디 그 점은 충분히 양해를 해주게."

그는 이렇게 말하며 그 이유를 아래와 같이 설명했다.

에이코라는 여자는 일찍이 모 극장의 여배우를 한 적도 있고 그 용모와 재기를 내세우고 있었는데, 선천적인 배덕광(背德狂)인데다가 성욕적으로도 잔인한 특질을 가지고 있어서 얼마 안 있어 극단에서 배척되어 불량소년 무리에 들어갔고, 요즘에는 상습적으로 오로지 돈이 있어 보이는 남자를 속이는 일만 하고 있었다. 그런데 전에 소노무라 저택의 서생을 하고 있던 S라는 남자가 있었고, 그 후 타락한 결과 에이코와 알게 되었다. 그리고 그녀는 소노무라의 소문을 S에게서 종종 듣게 되었다. 소노무라라는 사람은 돈이 있고 시간적 여유가 있고 늘상 취향이 독특한 여자를 찾는 별난 남자였다. 까탈스러운 대신 다소 미친 듯한 성질이 있고 자신이 반한 여자에게라면 자신의 전 재산뿐 아니라 목숨까지도 던지지 말라는 법이 없는 사람이므로 당신의 지혜와 미모로 속이면 필시 성공할 것이다. 당신을 한번 보기만 해도 첫눈에 바로 홀리게 할 수 있는 멋진 계획을, 도와줄 테니 꼭 한 번 시도해보라.—이렇게 S는 에이코에게 권했다.

소노무라가 예의 암호 문자 종잇조각을 주운 활동사진 사건에서 스이텐구 골목 연립주택에서 연미복 남자가 살해당하기까지, 그 모든 것들은 S가 생각해낸 방책 하에 에이코가 동료 남자들을 이용하여 소노무라를 일부러 옹이구멍으로 유인하는 수단이었던 것이다. 암호 문자의 문장은 S가 재미 삼아 생각해낸 것으로 깍두기머리 남자는 그것을 일부러 소노무라가 주울 수 있도록 떨어뜨린 것이다. 인체를 녹인다는 푸른색과 보라색 약액도 물론 아무렇게나 지어낸 이야기로, 연미복 남자는 단지 살해당한 흉내를 낸 것에 불과했다. 마쓰무라 씨라는 말도 우연히 그녀가 신문에 나온 마쓰무라 자작 사건을 생각해내서 교묘히 활용한 것이었다. 이렇게 해서 소노무라의 취향이나 성벽을 모두 알고 있는 S의 책략은 멋들어지게 적중하여 그는 바로 에이코에게 사로잡히게 되었다.

이렇게 해서 여기까지는 에이코가 소노무라를 속인 것이고, 그 다음은 내가 그 친구에게 속은 것이다. 그는 에이코와 깊은 관계가 되고 나서 얼마 지나지 않아 자신이 속았다는 사실을 깨달았음에도 불구하고 그 정도로까지 해서 남자를 속이려는 그녀의 독특한 취향을—자신 못지않은 독특한 취향을 오히려 기뻐하지 않을 수 없었다. 그녀에 대한 그의 애착은 그 때문에 한층 더 정도를 더해갈 뿐이었다. 속았다는 사실을 알면서도 그는 그날 밤 골목의 옹이구멍에서 본 광경이 거짓말 같지 않았다. 자신도 어떻게든 해서 그 연미복 남자처럼 에이코의 손에 의해 목숨이 끊겼으면 좋겠다. 그런 원망이 새록새록 일어나는 것을 어찌할 수 없었다.

그는 에이코가 자신을 마음대로 가지고 놀게 했다. 돈이든 물건이든 원하는 대로 주었다. 그리고 마지막으로, '내 재산은 남김없이 네게 줄 테니까 부디 나를 네 손으로 지난번에 했던 것처럼 진짜로 죽여 달라, 이게 내가 네게 바라는 유일한 부탁이다' 이렇게 말하며 열심히 부탁을 했다. 그러나 에이코가 아무리 취향이 독특한 불량소녀라도 차마 이 소원만큼은 승낙할 수 없었다.

"그렇다면 하다못해 죽이는 시늉이라도 내줘. 나는 그 광경을 내 친구에게 보여주고 싶어서 그래."

그래서 소노무라는 이렇게 부탁했다. 아마 소노무라가 이런 흉내를 내고 싶어 하는 것은 단순한 호기심만이 아니라 뭔가 그의 독특하고 이상한 성욕 충동이 가세했을 것이리라.

"여기까지 이야기했으니 이제 대략 이해가 되었지? 자네를 가지고 놀려 해서 가지고 논 것이 아니라네. 소노무라라는 인간이 그녀에게 살해당한 사실을 나도 될 수 있는 한 자네와 마찬가지로 진짜로 받아들이고 싶었네. 자네가 옹이구멍에서 엿봐준다면, 그날 밤의 기분이나 광경이 더 진짜처럼 다가올 것이라 생각했네. 에이코만 승낙을 해준다면 나는 언제라도 진짜 죽어줄 걸세."

이렇게 소노무라는 말했다.

이윽고 문 밖에서 가벼운 슬리퍼 소리가 들렸고, 에이코가 서재로 들어왔다. 그녀는 종종 끔찍한 장난에 사용한 쪼글쪼글한 비단 끈을 두 손으로 만지작거리며 내게 소개를 해주었으면 하는 듯이 두 남자 사이에 서서 겸연쩍어 하는 기색도 없이 생긋 웃고 있었다.

길 위에서

다니자키 준이치로

도쿄 T·M주식회사 사원 법학사 유가와 가쓰타로(湯河勝太郎)
가 12월도 다 끝나가는 어느 날 저녁 5시 무렵 가나스기바시(金
杉橋)교의 전찻길을 따라 신바시(新橋) 쪽으로 어슬렁거리며 산
책을 하고 있을 때였다.

"저, 실례합니다만 유가와 씨 아니십니까?"

마침 그가 다리를 절반 정도 건넜을 무렵 그렇게 말하며 뒤에
서 말을 건넨 사람이 있었다. 유가와는 뒤돌아보았다. 그러자 그
곳에 그로서는 전혀 면식이 없는, 그러나 풍채가 훌륭한 신사가
한 명 있었고, 그는 정중하게 중절모를 벗고 인사를 하면서 그의
앞으로 다가왔다.

"그래요. 제가 유가와입니다만……."

유가와는 그 타고난 호인물다운, 약간 허둥거리는 모습으로
작은 눈을 껌뻑거렸다. 그러면서 자신의 회사 중역을 대할 때처
럼 벌벌 떠는 태도로 말했다. 왜냐하면 그 신사는 정말로 회사

중역 같은 당당한 품격을 발하고 있었기 때문에, 그를 본 순간 한눈에 그는 '길거리에서 말을 거는 무례한 작자'라는 느낌은 금세 지워버리고 자신도 모르게 월급쟁이 근성을 드러낸 것이다. 신사는 해달 깃이 달린, 스페인견 털처럼 복슬복슬한 검은 라사 외투(외투 밑에는 아마 모닝코트를 입고 있을 것으로 추정된다)에 줄무늬 바지를 입고는 상아 손잡이가 달린 지팡이를 짚은, 피부가 흰 마흔 정도 되는 뚱뚱한 남자였다.

"음, 이런 곳에서 갑자기 불러 세워서 실례입니다만, 저는 실은 이런 사람으로, 당신 친구인 와타나베(渡辺) 법학사의 소개장을 받고 바로 지금 회사로 찾아갔었습니다."

신사는 그렇게 말하고 명함 두 장을 내밀었다. 유가와는 그것을 받아들고 가로등 불빛 아래 비추어 보았다. 한 장은 틀림없이 그의 친구 와타나베의 명함이다. 명함 위에는 와타나베의 필적으로 이런 문구가 적혀 있다.―"친구 안도 이치로(安藤一郎) 씨를 소개하네. 위 사람은 소생과 같은 고향 사람으로 소생과는 오래 전부터 친하게 지내는 사람임. 자네 회사에 근무하고 있는 모 사원의 신원에 대해 알아보고 싶은 사항이 있다 하니 면회를 잘 부탁하네."―또 한 장의 명함을 보니 '사립탐정 안도 이치로 사무소 니혼바시구(日本橋區) 가키가라초(蠣殻町) 3가 4번지. 전화 나니와(浪花) 5010'이라고 적혀 있다.

"그럼 당신이 안도 씨라는 것인지요."

유가와는 그곳에 서서 새삼 신사의 모습을 빤히 바라보았다. '사립탐정'―일본에는 드문 이 직업이 도쿄에도 대여섯 군데 탐정사무소가 생긴 것은 알고 있지만, 실제로 만난 것은 오늘이 처음이다. 그래도 일본 사립탐정은 서양보다 풍채가 훌륭한 것 같다고 그는 생각했다. 유가와는 활동사진을 좋아해서 필름으로 서양의 사립탐정을 몇 번 본 적이 있었으니까 말이다.

"그렇습니다. 제가 안도입니다. 그래서 그 명함에 적혀 있는 용건에 대해, 다행히 당신이 회사 인사과에 근무하고 계신다는 말씀을 듣고 지금 막 당신 회사로 찾아가서 면회를 부탁했습니다. 어떠세요. 바쁘신 가운데 대단히 죄송합니다만, 잠깐 시간을 내주실 수 있겠는지요?"

신사는 그의 직업에 어울리는 힘 있고 단단한 목소리로 시원시원하게 말했다.

"아니, 뭐 이제 한가하니 나는 언제라도 지장이 없습니다……."

유가와는 탐정이라는 말을 듣고 '저'를 '나'로 바꾸어 이야기했다.

"내가 아는 것이라면 원하시는 대로 무엇이든지 대답을 하죠. 그러나 그 용건이 많이 급한 것인가요? 만약 급한 것이 아니라면 내일은 어떠세요? 오늘도 별 문제가 되는 것은 아니지만 이렇게 길바닥에서 이야기하는 것도 이상하니까."

"지당하신 말씀이시지만 내일부터 회사를 쉬시기도 하고 또 일부러 댁으로 찾아뵐 만한 용건도 아니니까, 좀 폐가 되기는 하지만 이 근처를 산책하면서 말씀해주세요. 게다가 당신은 항상 이렇게 산책하는 것을 좋아하시잖아요. 하하하."

이렇게 말하며 신사는 가볍게 웃었다. 그것은 정치가연 하는 남자들이 자주 사용하는 호쾌한 웃음소리였다. 유가와는 명백하게 불쾌한 표정을 지었다. 왜냐하면 그의 주머니에는 지금 막 회사에서 받은 월급과 연말 보너스가 들어 있기 때문이다. 그 돈은 그로서는 적지 않은 액수였기 때문에, 남몰래 오늘밤 자신이 행복하다고 느끼고 있었다. ─이제부터 긴자(銀座)에라도 가서 얼마 전부터 아내가 사달라고 조르던 장갑과 숄을 사고, 하이칼라한 그녀의 얼굴에 어울리는 풍성한 모피를 사고, 그리고 빨리 집에 돌아가서 그녀를 기쁘게 해줘야지─방금 전까지 그런 생각을 하며 걷던 중이었다. 그는 이 안도라는 듣도 보도 못한 사람때문에 갑자기 즐거운 공상을 망쳤을 뿐만 아니라 오늘밤 모처럼 맞은 행복에 금이 가는 느낌이 들었다. 그건 그렇다 치고 남이 산책을 좋아하는 것을 알면서 회사에서부터 따라오다니, 아무리 탐정이라도 불쾌한 놈이다, 이 작자는 내 얼굴을 어떻게 아는 것일까 생각을 하니 기분이 나빴다. 게다가 그는 배도 고팠다.

"어떠세요. 시간을 많이 빼앗지는 않을 생각이니 시간을 좀 내주시지 않겠습니까? 저는 어떤 개인의 신원에 대해 자세히 여쭙고 싶어서요. 회사에서 뵙는 것보다 차라리 길거리가 더 편합니다."

"그러세요, 그럼 어쨌든 저기까지 같이 갑시다."

유가와는 할 수 없이 다시 신사와 나란히 신바시 쪽으로 걷기 시작했다. 신사가 하는 말도 일리는 있었고, 게다가 내일 탐정 명함을 들고 집으로 찾아오는 것도 귀찮을 것임을 깨달았기 때문이다.

걷기 시작하자 바로 신사—탐정은 주머니에서 담배를 꺼내 피우기 시작했다. 하지만 100m나 걷는 동안 그는 그렇게 담배만 피울 뿐이었다. 유가와가 무시당한 기분이 들어 안절부절 못하게 된 것은 말할 것도 없다.

"그러니 용건을 들어봅시다. 우리 사원의 신원이라고 하시면 누구 말입니까? 내가 아는 것이라면 무엇이든지 대답을 할 생각입니다만……."

"물론 당신이라면 아실 거라고 생각합니다."

신사는 다시 2, 3분 입을 다물고 있다가 담배를 피웠다.

"그게 뭐 그러니까 그 남자가 결혼이라도 해서 신원을 조사하신다는 것인가요?"

"네, 그렇습니다. 추측하신 대로입니다."

"나는 인사과에 있기 때문에 그런 일이 종종 있습니다. 대체 누구입니까? 그 남자가?"

유가와는 심지어 그 일에 흥미를 느끼는 듯이 호기심을 드러내며 말했다.

"글쎄요, 누구냐고 하시면…… 그렇게 말씀하시면 말씀드리기 좀 곤란합니다만, 그 사람은 바로 당신입니다. 당신의 신원조사를 부탁받았습니다. 이런 일은 남한테 간접적으로 듣는 것보다는 당신에게 직접 털어놓는 것이 빠르다고 생각했기 때문에, 그래서 여쭙는 것입니다."

"그런데 나는…… 당신은 모르실지도 모르겠지만 이미 결혼을 한 남자입니다. 뭔가 착오가 있으신 것 같네요."

"아니, 착오가 아닙니다. 당신에게 부인이 계신 것은 저도 알고 있습니다. 하지만 당신은 아직 법률상 결혼 수속을 끝내지 않으셨지요? 그리고 조만간 가급적이면 하루라도 빨리 그 수속을 끝내고 싶으신 것도 사실이죠?"

"아아, 그래요, 알겠습니다. 그러면 당신은 내 아내의 친정에서 신원조사를 의뢰받은 것이네요?"

"누구에게 부탁받았는지는 제 직업상 말씀드리기 곤란합니다. 당신에게도 아마 짚이는 데가 있을 테니까 그 점은 부디 모르는 척 해주세요."

"예, 좋습니다. 그런 일이라면 조금도 상관없습니다. 내 자신에 관한 것이라면 무엇이든지 내게 물어보세요. 간접적으로 조사하시는 것보다는 그쪽이 나도 기분이 좋을 테니까요. ……당신이 그런 방법을 취해주신 데 대해 감사드립니다."

"하하, 감사하기까지 하신다니 송구스럽습니다. 나는 항상(신사도 '나'라고 하면서) 결혼신원조사를 할 때는 이런 방법을 쓰고 있습니다. 상대가 상당한 인격이 있고 지위가 있는 경우에는 실제로 직접 부딪히는 것이 더 확실합니다. 그리고 또 아무래도 본인에게 물어보지 않으면 알 수 없는 정보도 있으니까요."

"그렇죠, 그렇죠. 당연히!"

유가와는 기쁜 듯이 찬성했다. 그는 어느새 기분이 좋아졌다.

"뿐만 아니라 나는 당신의 결혼문제에는 적지 않은 동정심을 품고 있습니다."

신사는 유가와의 기뻐하는 얼굴을 흘끔 보고 웃으며 말을 이었다.

"부인과 혼인신고를 하시기 위해서는 부인이 친정과 하루라도 빨리 화해하셔야죠. 그렇지 않으면 부인이 스물다섯이 되기까지 아직 3, 4년 기다려야 합니다.* 그렇지만 화해를 하시기 위해서 실은 부인보다 당신을 먼저 이해시킬 필요가 있습니다. 무엇보다 그것이 중요합니다. 해서 나도 될 수 있는 한 온 힘을 기울이기는 하겠습니다만, 뭐, 당신도 그런 줄 아시고 내 질문에 숨김없이 대답해주세요."

"예, 그야 물론 잘 알고 있습니다. 그러니까 부디 어려워 마시고."

"그런데 당신은 와타나베 군과 같은 시기에 재학했다고 하니까, 대학을 졸업한 것은 확실히 1913년이었던 거죠? 우선 그것부터 여쭤보죠."

"그렇습니다. 1913년에 졸업했습니다. 그리고 졸업하자마자 곧 지금의 T·M회사에 들어왔습니다."

"그래요. 졸업하고 바로 지금의 T·M회사에 들어오셨다. ……그것은 알고 있습니다만, 당신이 전 부인과 결혼하신 것은, 그것은 언제였나요? 그건 아무래도 회사에 들어가신 때와 같은 시기였던 것으로 알고 있습니다만."

"예, 그래요. 회사에 들어간 것이 9월이었고, 다음달 10월에 결혼했습니다."

* 일본의 구민법에서 혼인은 가문과 가문의 계약이었기 때문에 남자 30세, 여자 25세 이전에 혼인을 하기 위해서는 가장인 호주의 동의가 필요했다.

"1913년 10월, ……그렇게 말하며 신사는 오른손 손가락으로 세어보며, 그러면 딱 만 5년 정도 함께 사신 거네요. 전 부인이 티푸스로 돌아가신 것은 1919년 4월이었으니까요."

"예."

짧게 대답했지만 유가와는 이상한 생각이 들었다. '이 남자는 나를 간접적으로는 조사하지 않겠다고 해놓고서는 이것저것 알아보았군.' ……해서 그는 다시 불쾌한 표정이 되었다.

"당신은 전 부인을 몹시 사랑하셨다고 하던데요."

"예, 사랑했습니다. 그러나 그렇다고 해도 이번 아내를 그 정도로 사랑하지 않는다는 것은 아닙니다. 죽은 본인은 물론 미련이 있겠지만, 그 미련은 다행히 치유되기 힘든 것이 아니었습니다. 이번 아내가 그것을 치유해주었습니다. 그러니까 나는 그 점에서 봐도 반드시 구마코(久滿子)와—구마코란 지금 아내의 이름입니다. 굳이 설명하지 않아도 당신은 이미 알고 계실 거라 생각합니다만—정식으로 결혼해야 할 의무감을 느끼고 있습니다."

"그야 물론."

신사는 그의 열띤 어조를 가볍게 흘려보냈다.

"나는 전 부인 성함도 알고 있습니다. 후데코(筆子) 씨라고 했죠? 그리고 또 후데코 씨가 여기 저기 병이 몹시 많았던 것으로 생각됩니다만, 티푸스로 돌아가시기 전에도 종종 병을 앓은 것은 알고 있습니다."

"대단히, 놀랍군요. 역시 직업이 직업이니만큼 무엇이든지 알고 계시는군요. 그 정도까지 알고 계신다면 더 이상 조사할 것이 없겠네요."

"하하하하, 그렇게 말씀하시니 황송하네요. 어쨌든 그것으로 먹고 살고 있으니 뭐 너무 나무라지 마세요. 그리고 그 후데코의 병에 대한 말씀인데요, 그분은 티푸스를 앓기 전에 파라티푸스를 앓은 적이 한 번 있었죠? ……그러니까 그게 아마 1917년 가을 10월쯤이었죠. 꽤 심한 파라티푸스로 열이 좀처럼 내려가지 않아서 당신이 몹시 걱정했다는 이야기를 들었습니다. 그리고 그 다음 해 1918년이 되어서 정월에 감기에 걸려 5, 6일 누워 계신 적이 있었죠?"

"아아, 그래요, 그래. 그런 일도 있었죠."

"그 다음에는 또 7월에 한 번, 8월에 두 번, 여름에는 누구나 걸리기 쉬운 설사를 하셨죠. 그 세 번의 설사 가운데 두 번은 극히 경미한 것이어서 누워 있을 정도는 아니었지만, 한 번은 좀 심해서 하루 이틀 누워 있었죠. 그 후 가을이 되자 예의 유행성 독감이 유행해서 후데코 씨는 두 번이나 독감에 걸리셨고요. 즉 10월에 한 번 가볍게 걸렸고, 두 번째는 다음 해인 1919년 정월이었을 겁니다. 그때는 폐렴이 동반되어 위독한 상태였다고 들었습니다. 그 폐렴이 겨우 낫고 두 달도 채 되지 않아 티푸스로 돌아가신 겁니다. 그렇죠? 아마 내가 하는 말에 틀림은 없겠죠?"

"예."

유가와는 고개를 숙이고 무엇인가 생각하기 시작했다. 두 사람은 벌써 신바시를 건너 세모를 맞은 긴자 거리를 걷고 있었다.

"전 부인은 정말이지 불쌍했어요. 돌아가시기 전 반년 정도는 죽을 정도로 큰 병을 두 번이나 앓으셨을 뿐만 아니라 그 사이에 또 가슴이 철렁 내려앉을 만큼 위험한 일을 몇 번 당했으니까요. ……그 질식사건이 있었던 것은 언제쯤이었죠?"

그런 말을 해도 유가와가 입을 다물고 있자 신사는 혼자서 끄덕이며 이야기를 계속했다.

"그러니까 그게, 부인의 폐렴이 완전히 다 나아서 2, 3일 안에 병상을 털고 일어나려는 상황에서, 병실 가스 스토브가 잘못 되어서 꽤 추웠을 무렵이었으니까, 2월 말쯤의 일이었죠. 가스통 마개가 풀려서 한밤중에 부인이 거의 질식할 뻔한 것이. 다행히 큰 일이 벌어지지는 않았지만 그 때문에 부인이 병상을 털고 일어난 것이 2, 3일 늦춰진 것은 사실입니다. ……그래요, 그래요. 그리고 또 이런 일도 있었지 않나요, 부인이 버스를 타고 신바시에서 스다초(須田町)로 가시던 도중 그 자동차가 전차와 충돌하여 하마터면……."

"잠깐, 잠깐만 기다리세요. 나는 아까부터 당신의 탐정안(探偵眼)에 적잖이 탄복하고 있습니다만, 대체 무슨 필요에서 어떤 방법으로 그런 것을 조사하셨죠?"

"아니 별 필요가 있었던 것은 아닙니다. 나는 아무래도 탐정벽이 너무 심해서 나도 모르게 쓸데없는 일까지 조사해서 사람을 놀래보고 싶은 생각이 듭니다. 스스로도 나쁜 버릇이라는 것을 알고는 있습니다만, 좀처럼 그만둘 수가 없습니다. 이제 곧 본론에 들어갈 테니까, 조금만 더 참고 들어주세요. ……그래서 그때 부인은 자동차 창문이 깨지는 바람에 유리 파편 때문에 이마에 상처를 입었습니다."

"그래요. 하지만 후데코는 비교적 느긋한 여자라서 그렇게 놀라지는 않았습니다. 다쳤다고는 해도 아주 사소한 찰과상이었으니까요."

"하지만 그 충돌사건에 대해서는 내가 생각건대 당신에게도 다소 책임이 있습니다."

"왜요?"

"왜라니요, 부인이 버스를 타신 것은 당신이 전차를 타지 말고 버스를 타라고 명령하셨기 때문이잖아요."

"그야 그런 말을 하기는 했지만…… 그랬나? 나는 그런 세세한 일까지는 확실히 기억 못하겠습니다만, 듣고 보니 그런 말을 한 것 같기도 합니다. 그래요, 그래, 확실히 그런 말을 한 것 같아요. 그게 왜 그러냐 하면요. 어쨌든 후데코는 두 번이나 유행성 독감에 걸린 후였을 거예요. 그래서 그 당시 사람들이 북적거리는 전차를 타는 것이 독감에 걸리기 쉬운 가장 큰 원인이라는 말이 신문 등에 나돌던 때였을 거예요. 내 생각으로는 전차보다 버스가 덜 위험하다고 여긴 것입니다. 그래서 절대로 전차를 타지 말라고 단단히 일렀던 것입니다. 설마 후데코가 탄 자동차가 운 나쁘게도 충돌하리라고는 생각지도 못했으니까요. 내게 책임이 있을 리가 없어요. 후데코도 그런 일은 생각도 못했고, 내 충고를 고마워했을 정도였으니까요."

"물론 후데코 씨는 당신의 친절을 고마워했고, 돌아가시는 마지막 순간까지 고마워했습니다. 하지만 나는 그 자동차 사고만은 당신에게 책임이 있다고 생각합니다. 그야 당신은 부인의 병때문에 그렇게 하라고 말씀하셨겠죠. 그것은 필시 그랬을 겁니다. 그럼에도 불구하고 나는 역시 당신에게 책임이 있다고 생각합니다."

"왜죠?"

"이해가 안 되신다면 설명하죠. 당신은 지금 설마 그 자동차가 충돌하리라고는 생각지도 못했다고 말씀하셨습니다. 그렇지만 부인이 자동차를 타신 것은 그날 하루만이 아닙니다. 그때 부인은 큰 병을 앓고 난 후로, 아직 의사에게 진찰을 받을 필요가있어서 하루 걸러 한 번씩 시바구치(芝口) 자택에서 만세이바시(萬世橋) 병원까지 다녔어요. 그것도 한 달 정도 다녀야 한다는사실을 처음부터 알고 있었죠. 그리고 그동안은 항상 버스를 타셨고요. 충돌사고가 있었던 것은 결국 그 기간의 일입니다. 그렇죠? 그런데 또 한 가지 주의할 것은 그때는 버스가 운행된 지 얼마 안 돼서 충돌사고가 종종 일어났다는 점입니다. 조금 예민한사람들은 충돌하지는 않을까 하고 꽤 걱정을 했습니다. ……잠깐 짚어두겠습니다만, 당신은 예민한 사람입니다. 그런 당신이가장 사랑하는 부인을 그렇게 자주 버스를 타게 한다는 것은 적어도 당신답지 않은 부주의한 처사 아닙니까? 하루 걸러 한 달동안 그 버스로 왕복한다면 그 사람은 30번 충돌위험에 노출되는 셈입니다."

"하하하하, 그 이야기를 듣고 보니 당신도 나 못지않게 예민하군요. 과연 그 말씀을 듣고 보니, 나는 그때 일이 점점 생각이 납니다만, 나도 그때 그런 사실을 전혀 신경쓰지 않은 것은 아닙니다. 하지만 나는 이렇게 생각했습니다. 자동차가 충돌할 위험과 전차에서 독감에 전염될 위험 중 어느 쪽이 더 가능성이 높을까? 그리고 또 만약 위험 가능성 면에서 양쪽이 똑같다면 어느 쪽이 생명에 더 위험할까? 그 문제를 생각해보고 결국 버스가 더 안전하다고 생각한 것입니다. 왜냐하면 지금 당신이 말씀하신 대로 한 달에 30회 왕복한다고 치고 만약 전차를 타면 그 30대에 모두 반드시 독감 세균이 있다고 생각해야 합니다. 그때는 유행 절정기였기 때문에 그렇게 보는 것이 지당했습니다. 이미 세균이 있다고 한다면 거기서 전염되는 것은 우연이 아닙니다. 그런데 자동차 사고는, 이것은 완전히 우연의 재앙입니다. 물론 어느 자동차나 충돌 가능성은 있습니다만, 그러나 처음부터 재앙의 원인이 명확하게 존재하는 경우와는 다르기 때문입니다. 다음으로는 저는 이런 말씀도 드려야겠습니다. 후데코는 두 번이나 유행성 독감에 걸렸습니다. 그것은 그녀가 보통 사람들보다 그것에 걸리기 쉬운 체질을 갖고 있다는 증거입니다. 그러니까 전차를 타면 그녀는 많은 승객 중에서도 위험에 노출될 사람 중의 한 사람이 되어야 합니다. 자동차의 경우에는 승객이 느끼는 위험은 평등합니다. 뿐만 아니라 나는 위험의 정도에 대해서도 이렇게 생각했습니다. 그녀가 만약 세 번째 유행성 독감에 걸린다면 반드시 또 폐렴에 걸리기 쉬울 것이라는 말도 들었고 또 게다가 그녀는 병을 앓은 후 쇠약해진 상태로 아직 충분히 회복된 상태가 아니라서 나의 그런 염려는 기우가 아니었던 것입니다. 그런데 충돌 쪽은 충돌한다고 해서 반드시 죽는 것도 아니니까요. 어지간히 재수가 없는 경우가 아니라면 크게 다칠 일도 없고 크게 다쳐서 목숨을 잃는 일은 좀처럼 없으니까요. 그리고 나의 그런 생각은 역시 틀리지 않았습니다. 보세요. 후데코가 30번 왕복하는 동안 충돌 사건이 한 번 있었습니다만 겨우 찰과상으로 끝나지 않았습니까?"

"역시 그냥 단순하게 듣고 있으면 당신 말씀은 그럴 듯합니다. 어디에도 파고들 틈이 없는 것처럼 들립니다. 하지만 지금 당신이 말씀하시지 않은 부분 중에 실은 간과해서는 안 될 것이 있습니다. 그게 뭐냐 하면 지금 그 전차와 자동차의 위험 발생 확률 문제 말입니다만, 자동차가 전차보다 위험 확률이 적다, 또 위험성이 있어도 그 정도가 경미하다, 그리고 승객이 평등하게 그 위험성에 노출된다, 이것이 당신의 의견인 것 같습니다만, 적어도 당신 부인의 경우에는 자동차를 타도 전차와 마찬가지로 위험에 노출되도록 뽑힌 사람 중의 한 사람이었다고 저는 생각합니다. 절대로 다른 승객들과 평등하게 위험에 노출되지는 않았을 것입니다. 즉 자동차가 충돌했을 경우에 당신 부인은 누구보다 먼저 그리고 또 아마 누구보다도 중한 부상을 입을 운명에 놓여 있었습니다. 당신은 그것을 간과해서는 안 됩니다."

"어떻게 그런 일이 있을 수 있죠? 저는 납득이 잘 안 됩니다만."

"하하하, 납득이 안 된다고요? 아무래도 이상하군요. 하지만 당신은 그때 후데코 씨에게 이런 말씀을 하셨죠? 버스에 탈 때는 가급적이면 항상 제일 앞쪽에 타라, 그것이 가장 안전한 방법이라고요."

"그렇습니다. 그 안전이란 의미는 이런 것입니다."

"아니 기다리세요. 당신의 안전이란 의미는 이런 것이었겠죠. ……자동차 안에도 역시 독감 세균이 어느 정도 있다, 그러니 그 것을 들이마시지 않기 위해서는 가급적 바람 반대 방향에 있는 것이 좋겠다라는 논리겠죠. 그러면 버스도 전차만큼 사람들로 혼잡스럽지 않다고 해도 독감 전염 위험성이 전혀 없는 것은 아 니죠. 당신은 아까 그 사실을 잊으신 것 같습니다. 그리고 당신 은 지금 논리에 덧붙여서 버스는 앞쪽에 타는 것이 진동이 적다, 부인은 병후로 아직 기력을 회복하지 못했기 때문에 될 수 있는 한 몸을 진동시키지 않는 것이 좋다. 이 두 가지 이유를 들어 당 신은 부인에게 앞에 타라고 권했던 것입니다. 권했다기보다는 오히려 엄하게 명령하신 거죠. 부인은 너무나 정직한 분으로, 당 신의 친절을 무시하면 미안하다고 생각해서 될 수 있는 한 말씀 하신 대로 하려고 마음먹고 계셨습니다. 그래서 당신 말씀은 착 착 실행되고 있었습니다."

"……."

"그렇죠? 당신은 버스의 경우에 독감이 전염될 위험을 처음 에는 계산에 넣지 않았다고 했죠. 넣지 않았음에도 불구하고 그 것을 구실로 앞쪽에 앉게 하셨죠. 여기에 한 가지 모순이 있습니 다. 그리고 또 한 가지 모순은 처음 계산에 넣은 충돌 위험성이 그때가 되면 완전히 등한시된다는 것입니다. 버스 가장 앞에 탄 다,─충돌할 경우를 생각하면 그만큼 위험한 것은 없을 겁니다.

거기에 자리를 잡은 사람은 그 위험에 대해 선택된 한 사람이 되는 거죠. 그러니까 보세요. 그때 다친 것은 부인뿐이지 않았습니까? 정말 그런 사소한 충돌로, 다른 손님은 무사했는데 부인만 찰과상을 입으셨죠. 그게 더 심한 충돌이었다면 다른 손님이 찰과상을 입고 부인만 중상을 입습니다. 더 심한 경우에는 다른 손님들이 중상을 입을 때 부인만 목숨을 잃습니다.─충돌이란 것은 말할 필요도 없이 우연임에는 틀림없습니다. 그러나 그 우연이 일어난 경우에 부상을 입는다는 것은 부인의 경우에는 우연이 아니라 필연입니다."

두 사람은 교바시를 건넜다. 하지만 신사도 유가와도 자기들이 지금 어디를 걷고 있는지 까맣게 잊은 듯이 한 사람은 열심히 이야기를 하고 있고, 한 사람은 가만히 입을 다물고 귀를 기울이며 똑바로 걸어갔다.

"그러니까 당신은 어떤 일정한 우연의 위험 속에 부인을 더 밀어 넣었고, 그리고 그 우연의 범위 내의 필연적 위험 속에 부인을 더 밀어 넣은 것입니다. 그것은 단순히 우연에 의해 일어난 위험과는 의미가 다릅니다. 그렇게 되면 과연 전차보다 안전한지 어떤지 알 수 없게 됩니다. 첫째, 그 당시 부인은 두 번째 유행성 독감이 나은 지 얼마 안 되었을 때였습니다. 따라서 그 병에 대한 면역성을 가지고 있었다고 생각하는 것이 마땅하지 않을까요? 제 생각에는 그 당시 부인께는 전염 위험성이 절대로 없었습니다. 선택된 한 사람이라고 해도 그것은 안전한 쪽으로 선택된 것이었습니다. 폐렴에 걸린 사람이 다시 폐렴에 걸리려면 일정한 기간이 지나야 합니다."

"하지만 말입니다. 그 면역성이라는 것도 나는 몰랐습니다만, 어쨌든 10월에 한 번 걸리고 또 정월에 걸렸잖아요. 그러면 면역성이라는 것도 믿을 게 못 된다고 생각했기 때문에……."

"10월과 정월 사이에는 두 달의 기간이 있습니다. 그런데 그 당시 부인은 아직 완전히 회복되지 않았고 기침을 하고 있었습니다. 다른 사람에게서 병이 옮기보다는 다른 사람에게 병을 옮기는 쪽이었죠."

"그리고 말입니다, 지금 말씀하신 충돌 위험성이라는 것도 이미 충돌 그 자체가 몹시 위험한 경우니까요. 그 범위 내에서의 필연이라고 해봤자 지극히 너무나 지극히 드문 일 아닐까요? 우연 중의 필연과 단순한 필연은 역시 의미가 다릅니다. 하물며 그 필연이라는 것이 '반드시 다칠 것이다'라는 정도의 일이지, '반드시 목숨을 잃을 것이다'라는 것은 아니니까요."

"하지만 우연히 심한 충돌이 있을 경우에는 '반드시 목숨을 잃을 것이다'라고 할 수는 있지 않습니까?"

"예, 그렇겠죠. 하지만 그런 논리적인 유희를 해도 별 소용없지 않습니까?"

"하하하하, 논리적 유희라고요, 나는 그것을 좋아해서요. 우쭐거리다 그만 너무 깊이 들어갔네요. 아, 실례했습니다. 이제 곧 본론에 들어가겠습니다. ……그래서 본론에 들어가기 전에 지금의 논리적 유희를 정리해보죠. 당신도 나를 비웃고 계시지만 실은 상당히 논리를 좋아하시는 것 같기도 하고 그 방면에서는 어쩌면 내 선배일지도 모를 정도니까 흥미가 전혀 없지는 않을 거라고 생각합니다. 그래서 지금 우연과 필연을 잘 생각해서, 그것을 한 개인의 심리와 결부시켜 보면 거기서 새로운 문제가 발생한다고 하는, 논리가 이미 단순한 논리가 아니게 된다는 사실, 당신은 그것을 모르시겠습니까?"

"글쎄요. 상당히 어려워졌군요."

"뭐, 어려울 것 없습니다. 어떤 인간의 심리라는 것은 요컨대 범죄심리라는 것입니다. 어떤 사람이 어떤 사람을 간접적인 방법으로 아무도 모르게 죽이고자 합니다. ―죽인다는 말이 온당하지 않다면 죽음에 이르게 하려 합니다. 그리고 그것을 위해 그 사람을 가급적 많은 위험에 노출시킵니다. 그 경우에 그 사람은 자신의 의도를 알아차리지 못하게 하기 위해서라도, 그리고 또 상대를 그곳으로 몰래 이끌어가기 위해서라도 우연한 위험을 선택하는 수밖에 없습니다. 그러나 그 우연 중에 얼핏 보기에는 눈에 띄지 않는 어떤 필연이 포함되어 있다고 한다면 더욱 더 안성맞춤이라는 것입니다. 그래서 당신이 부인을 버스에 타게 한 것은 우연히 그런 경우와 외견상 일치하고 있지 않습니까? 나는 '외견상'이라고 했습니다. 아무쪼록 마음 상하지 않았으면 합니다. 물론 당신에게 그런 의도가 있었다고는 할 수 없지만 당신도 그런 사람의 심리가 이해는 되시겠죠?"

"당신은 직업상 묘한 생각을 하시는군요. 외형상 일치하는지 어떤지 당신 판단에 맡기는 수밖에 없지만, 그러나 겨우 한 달 동안 자동차로 30회 왕복하게 하는 것만으로 그동안 사람 목숨을 잃게 할 수 있다고 생각하는 사람이 있다면 그것은 바보 아니면 미치광이죠. 믿을 수 없는 그런 우연을 믿는 작자도 없을 것입니다."

"그렇습니다. 단 30번 자동차를 태우기만 한다면 그 우연이 명중할 기회는 적을 것이라고 할 수 있습니다. 하지만 여러 가지 방면에서 여러 가지 위험한 요소를 찾아서 그 사람에게 우연을 수없이 겹치게 한다면 결국 명중률이 몇 배나 증가하게 됩니다. 무수하게 많은 우연한 위험이 몰려와서 하나의 초점을 만들고 그 가운데 그 사람을 끌어다 놓는 경우에는 이제 그 사람이 처하게 될 위험은 우연이 아니라 필연이 되는 것입니다."

"……그렇다면, 예를 들면 어떤 식으로 그렇게 하죠?"

"예를 들면 말입니다, 여기 한 남자가 있고 그가 그 아내를 죽이고자,—죽음에 이르게 하고자 합니다. 그런데 그 아내는 선천적으로 심장이 약합니다. 심장이 약하다는 그 사실 속에는 이미 우연한 위험의 씨앗이 포함되어 있습니다. 그래서 그 위험을 증대시키기 위해 점점 더 심장이 나빠질 조건을 그녀에게 만들어 줍니다. 예를 들면 그 남자는 아내에게 음주습관을 들이게 하려고 술을 마시라고 권했습니다. 처음에는 자기 전에 포도주를 한 잔씩 마시라고 권한다, 그 한 잔을 점점 늘려서 식후에는 반드시 마시게 한다, 그렇게 해서 차츰 알코올 맛을 알게 했습니다. 그러나 그녀는 원래 술을 즐기는 성향이 아니라서 남편이 원하는 만큼 술을 마시지는 않았습니다. 그래서 남편은 제2의 수단으로 담배를 권했습니다. '여자도 이 정도의 즐거움을 모르면 안 돼'라고 하며 향기 좋은 외국산 담배를 사다 그녀에게 피우게 했습니다. 그런데 그 계략은 보기 좋게 성공해서 한 달 정도 돼서 그녀는 정말로 흡연가가 되었습니다. 이제 끊으려고 해도 끊을 수 없게 되었습니다. '당신은 감기에 걸리기 쉬운 체질이니까 매일 아침 거르지 말고 냉수욕을 하도록 해'라고 그 남자는 친절하게 아내에게 말했습니다. 진심으로 남편을 신뢰하는 아내는 곧 그대로 실행했습니다. 그리고 그런 일들 때문에 결국 자기 심장이 나빠지는 것을 모르고 있었습니다. 하지만 그것만으로는 남편의 계획이 충분히 수행되었다고 할 수는 없었습니다. 그녀의 심장을 그렇게 나빠지게 해놓고 나서 이번에는 그 심장에 타격을 주는 것입니다. 즉 될 수 있으면 고열을 내는 병,—티푸스라든가 폐렴에 걸리기 쉬운 상태에 그녀를 두는 것입니다. 그 남자가 처음에 선택한 것은 티푸스였습니다. 그는 그럴 목적으로 티푸스균이 있을 것 같은 것을 아내에게 자꾸 먹였습니다. '미국인은 식사 때 냉수를 마신다, 물을 베스트 드링크라고 해서 자주 먹는다'라고 하며 아내에게 냉수를 마시게 하거나 회를 먹게 합니다. 그리고 생굴과 우무에 티푸스균이 많은 것을 알고 그것을 먹게 합니다. 물론 아내에게 권하기 위해서는 남편 자신도 그렇게 해야 했지만, 남편은 이전에 티푸스를 앓은 적이 있기 때문에 면역이 생겨 있었죠. 남편의 그런 계획은 그가 희망한 결과를 초래하지는 않았지만, 거의 70%는 성공했습니다. 왜냐하면 아내는 티푸스에 걸리지는 않았지만 파라티푸스에 걸렸으니까요. 그리고 일주일이나 고열에 시달렸습니다. 하지만 파라티푸스의 사망률은 10% 내외에 지나지 않기 때문에 다행인지 불행인지 심장이 약한 아내는 살아났습니다. 남편은 70% 정도 성공의 기세를 몰아 그 후에도 여전히 날 음식 먹이기를 게을리하지 않았기 때문에 아내는 여름이 되면 자주 설사를 했습니다. 남편은 그때마다 안절부절 못하며 상태를 지켜보았습니다만 얄궂게도 그가 주문하는 티푸스에는 좀처럼 걸리지 않았습니다. 그런데 마침내 남편에게는 뜻하지 않은 기회가 찾아왔습니다. 그것은 재작년 가을부터 그 다음해 겨울에 걸쳐 악성 독감이 유행한 것입니다. 남편은 그 시기에 어떻게든 그녀가 독감에 걸리게 하려고 계략을 짰습니다. 드디어 10월에 그녀는 독감에 걸렸습니다. ……왜 걸렸냐 하면 그녀는 당시 목 상태가 나빠졌기 때문입니다. 남편은 독감예방 양치질을 하라고 하면서 일부러 농도가 진한 과산화수소를 만들어 그것으로 계속 그녀에게 양치질을 시켰습니다. 그것 때문에 그녀는 인후카타르에 걸렸습니다. 뿐만 아니라 마침 그때 친척 아주머니가 독감에 걸렸는데 남편은 그녀로 하여금 재삼 병문안을 가게 했습니다. 그녀는 다섯 번째 병문안을 갔다가 돌아와서는 바로 열이 나기 시작했습니다. 그러나 다행히 그때도 살아났습니다. 그리고 정월이 되어서 이번에는 더 중해져서 결국은 폐렴을 일으킨 것입니다……."

그런 이야기를 하면서 탐정은 좀 이상한 짓을 했다.—가지고 있던 궐련초 재를 탁탁 터는 것처럼 보이게 하고는 유가와의 손목 주변을 두세 번 쿡 쿡 찌르는 것이었다.—무엇인가 무언중에 주의를 촉구라도 하는 듯이. 그리고 마침 두 사람은 니혼바시 바로 앞에 와 있었는데, 탐정은 무라이(村井) 은행 앞을 오른쪽으로 끼고 돌아 중앙우체국 방향으로 걸어갔다. 물론 유가와도 그를 따라가야만 했다.

"이 두 번째 독감에도 역시 남편의 책략이 숨어 있었습니다." 탐정은 계속했다.

"그 당시 아내의 친정 아이가 심한 독감에 걸려 간다(神田)의 S병원에 입원을 하게 되었습니다. 그러자 남편은 부탁을 받은 것도 아닌데 아내에게 그 아이를 간병하게 했습니다. 그것은 이런 이유에서였습니다.─'이번 감기는 전염성이 강해서 아무나 간병하게 할 수는 없다. 내 아내는 얼마 전에 독감을 앓았기 때문에 면역이 되어 있으니까 간병인으로는 가장 적당하다'─그렇게 말을 하니 아내도 그렇다고 생각하고 아이를 간병하는 동안 다시 독감에 걸린 것입니다. 그리고 아내의 폐렴은 상당히 중태였습니다. 몇 번이나 위험한 고비를 넘겼습니다. 이번에야말로 남편의 계략이 십분 그 효과를 거둔 것입니다. 남편은 여자의 머리맡에서 그녀가 남편의 부주의로 이런 큰 병에 걸린 것을 사과했습니다. 아내는 남편을 원망하려고 하지도 않고 어디까지나 생전의 애정을 감사하며 조용히 죽어가는 듯 보였습니다. 하지만 조만간 곧 죽을 것 같은 상태를 보이더니 이번에도 아내는 살아났습니다. 남편 입장에서 보면 다 된 밥에 코를 빠트렸다고나 할까요. 그래서 남편은 다시 궁리를 했습니다. 이건 병만으로는 안 된다, 병 말고 다른 재난을 당하게 해야 한다,─그렇게 생각을 하고 그는 우선 아내의 병실에 있는 가스 스토브를 이용했습니다. 그 당시 아내는 상태가 상당히 좋아져서 이제 간호사도 옆에 없었습니다만, 아직 1주일 정도는 남편과 다른 방에서 잘 필요가 있었던 것입니다. 그런데 남편은 어느 날 우연히 다음과 같은 사실을 발견했습니다.—아내는 밤에 잠을 잘 때는 불이 날 것을 염려하여 가스 스토브를 끄고 잔다는 사실. 가스 스토브 마개는 병실에서 복도로 나오는 문지방 옆에 있다는 사실. 아내는 밤중에 한 번 화장실에 가는 습관이 있으며, 그럴 때는 반드시 그 문지방 옆을 지난다는 사실. 문지방 옆을 지날 때 아내는 긴 잠옷자락을 질질 끌며 걷기 때문에 그 옷자락이 다섯 번에 세 번 정도는 반드시 가스 마개에 닿는다는 사실. 만약 가스 마개가 조금만 더 헐거워진다면 옷자락이 닿을 경우 그것이 열릴 것이 틀림없다는 사실. 병실은 일본식 방이지만 방풍이 잘 되어 있어서 바람이 들어올 틈이 없게 되어 있다는 사실.—우연히도 거기에는 그런 정도의 위험의 씨앗이 준비되어 있었습니다. 이에 남편은 그 우연을 필연으로 이끌기 위해서는 정말이지 약간의 수고만 하면 된다는 사실을 알게 된 것입니다. 그것은 즉 가스 마개를 좀 더 헐겁게 해두는 것입니다. 그는 어느 날 아내가 낮잠을 자는 동안 몰래 그 마개에 기름을 쳐서 그곳을 미끄럽게 해두었습니다. 이런 그의 행동은 지극히 비밀리에 이루어졌겠지만 불행히도 그 자신도 모르는 동안에 다른 사람이 그것을 보고 있었습니다.—본 것은 그 당시 그의 집에서 일하던 식모였습니다. 식모는 아내가 시집올 때 아내 친정에서 따라온 사람으로, 아내에게 몹시 충성스럽고 똑똑한 여자였습니다. 뭐, 그런 것은 아무려면 어떻습니까……."

탐정과 유가와는 중앙우체국 앞에서 가부토바시(兜橋)교를 건너 요로이바시(鎧橋)교를 건넜다. 두 사람은 어느새 스이텐구마에(水天宮前) 전차로를 걷고 있었다.

"……그래서 이번에도 남편은 70% 정도 성공하고 나머지 30%는 실패했습니다. 아내는 위험하게도 가스에 질식해가고 있었습니다만, 큰 일이 나기 전에 잠을 깨서 한밤중에 야단이 났습니다. 가스가 어떻게 새었는지 원인은 한동안 알 수 없었지만 그것은 아내 본인의 부주의로 밝혀졌습니다. 그 다음에 남편이 선택한 것은 버스입니다. 이것은 아까 말씀드린 바와 같이 아내가 병원에 다니는 것을 이용했기 때문에 그는 가능한 한 모든 기회를 놓치지 않았던 것입니다. 그런데 자동차 역시 실패로 끝나자, 더 새로운 기회를 잡았습니다. 그에게 그 기회를 준 것은 의사였습니다. 의사는 아내의 병후 요양을 위해 거처를 옮길 것을 권했습니다. 어딘가 공기 좋은 곳으로 한 달 정도 가 있으라고…… 그런 권고가 있었기 때문에 남편은 아내에게 이렇게 말했습니다. '당신 계속 병만 앓고 있었으니까 한두 달 거처를 옮기기보다는 차라리 집안 전체가 공기가 더 좋은 곳으로 이사를 가기로 해. 그렇다고 너무 멀리 갈 수는 없으니까 오모리(大森) 근처로 이사하는 게 어때? 그곳이라면 바다도 가깝고 내가 회사에 다니기도 편하니까 말야' 그 의견에 아내는 바로 찬성했습니다. 당신은 아시는지 모르겠지만, 오모리는 식수가 굉장히 안 좋은 지역이라고 합니다. 그리고 그런 탓인지 전염병이 끊이지 않는다고 합니다.—특히 티푸스가. 즉 그 남자는 재난이 소용없었기 때문에 다시 병을 노리기 시작한 것입니다. 그래서 오모리에 이사를 하고 나서는 더 한층 맹렬하게 생수나 날 것을 아내에게 주었습니다. 여전히 냉수욕을 하도록 장려했고 흡연도 권했습니다. 그리고 그는 마당을 손질하며 수목을 많이 심고 연못을 파서 웅덩이를 만들고 또 화장실 위치가 좋지 않다고 하며 그것을 서향으로 바꾸었습니다. 그것은 집안에 파리와 모기를 발생시키는 수단이었던 것입니다. 아직 더 있습니다. 그의 지인 중에 티푸스 환자가 생기면 그는 자신은 면역이 있다고 하며 자주 그곳으로 병문안을 가고 가끔은 아내도 가게 했습니다. 그렇게 해서 그는 끈질기게 결과를 기다리고 있었을 테지만, 그 계략은 의외로 빨리, 이사를 하고나서 채 한 달도 되지 않은 사이 이번에야말로 십분 그 효과를 낸 것입니다. 그가 어느 날 티푸스에 걸린 친구 병문안을 하고 나서 얼마 지나지 않아, 또 어떤 음험한 수단을 강구한 것인지 모르겠지만 아내가 그 병에 걸렸습니다. 그리고 마침내 그것이 원인이 되어 죽은 것입니다. ……어떠세요. 이것은 당신의 경우 외형만은 완전히 들어맞지 않습니까?"

"예, ……그, 그야 외형만은……"

"하하하하, 그렇습니다. 지금까지는 '외형만은'입니다. 당신은 전 부인을 사랑하셨죠. 어쨌든 외형만은 사랑하셨습니다. 그러나 그와 동시에 당신은 2, 3년 전부터 전 부인 모르게 지금의 부인을 사랑했죠. 외형상으로 사랑했죠. 그런데 지금까지의 사실에 이 사실이 더해지면 앞의 경우가 당신에게 들어맞는 정도는 단순히 외형만은 아니게 됩니다."

두 사람은 스이텐구 전차로에서 오른쪽으로 꺾인 좁은 골목길을 걷고 있었다. 골목길 왼쪽에 '사립탐정'이라고 쓴 간판을 내건 사무실 같은 건물이 보였다. 유리문이 끼워진 2층에도 아래층에도 등불이 환히 빛나고 있었다. 그 앞까지 왔을 때 탐정은 '하하하하' 하고 큰 소리로 웃기 시작했다.

"하하하하, 이제 안 되겠습니다. 이제 숨기셔도 소용없습니다. 당신은 아까부터 떨고 계시지 않습니까? 전 부인의 아버님이 오늘 밤 우리 집에서 당신을 기다리고 있습니다. 뭐, 그렇게 겁내지 않아도 됩니다. 잠깐 이리로 들어오세요."

그는 갑자기 유가와의 손목을 잡고 어깨로 탁 문을 열며 밝은 집안으로 끌고 들어갔다. 전등에 비친 유가와의 얼굴은 새파랬다. 그는 상심한 듯이 휘청휘청 비틀거리며 그곳에 있는 의자에 털썩 주저앉았다.

도둑과 나

다니자키 준이치로

벌써 몇 년 전 내가 일고(一高)* 기숙사에 있었을 때 이야기이다.

어느 날 밤의 일이다. 그 당시에는 늘 같은 방 친구들이 침실에서 이마를 맞대고는 밤늦게까지 랍(蠟)공이라고 해서 촛불을 켜고 공부하는(실상은 잡담을 즐기는) 것이 습관처럼 되어 있었는데 그날 밤도 불이 꺼지고 나서 오랫동안 서너 명이 촛불 그늘 밑에 모여서 계속 수다를 떨고 있었다.

그때 왜 화제가 그런 쪽으로 갔는지는 확실치 않지만, 어쨌든 우리들은 그 무렵의 우리들에게는 극히 흔한 연애문제에 대해 열을 올리며 제멋대로 떠들어대고 있었다. 그러고 나서 자연스런 경로로 인간의 범죄라는 것이 화제가 되어 살인이라든가 사기라든가 절도 등과 같은 말을 제각각 입에 올리게 되었다.

"범죄 중에서 우리가 가장 저지르기 쉬운 것은 살인이지."

* 1886년 개설된 구제 제일고등학교(第一高等学校)의 약칭. 1945년 이후 도쿄대학 교양학부로 통합.

모 박사의 아들인 히구치(樋口)라는 남자가 말했다.

"무슨 일이 있어도 도둑질만큼은 하지 않을 것 같아. 어쨌든 그건 정말이지 곤란해. 다른 사람은 친구로 삼을 수 있지만, 도둑이라면 아무래도 인종이 다른 것 같아서 말이야."

히구치는 타고난 고상한 얼굴을 찌푸리며 불쾌한 듯이 미간에 여덟팔자를 그렸다. 그 표정은 그의 인상을 한층 더 고상해 보이게 했다.

"그러고 보니 요즘 기숙사에서 도난사고가 자주 일어난다는데 사실이야?"

이번에는 히라다(平田)라는 남자가 말했다. 히라다는 그렇게 말하고는 나카무라(中村)라는 남자를 돌아보며 말했다.

"그런가, 나카무라군?"

"응, 사실인 것 같아. 그런데 도둑이 외부 사람이 아니라 기숙사 학생임에 틀림없다는 얘기야."

"왜?" 내가 물었다.

"왜인지는 자세히 모르지만…… 도난사고가 너무 자주 일어나서 외부 사람의 소행은 아닐 거라는 거야."

나카무라는 소리를 죽여 조심스런 말투로 말했다.

"아냐, 그것만이 아냐."

히구치가 말했다.

"확실히 기숙사 학생임에 틀림없다는 것을 눈으로 보고 확인한 사람이 있어. 얼마 전 대낮이라던데 북동 7번에 있는 남자가 볼일이 좀 있어서 침실에 들어가려는데, 안에서 갑자기 문을 열고 그 남자를 순식간에 퍽 치고 복도로 다다닥 도망친 놈이 있었다는 거야. 맞은 남자는 바로 쫓아갔는데 사다리를 내려와서 보니 어디로 갔는지 알 수 없었다는 거야. 나중에 침실에 돌아와 보니 옷 궤짝과 책 상자가 흩어져 있었다니까 그 놈이 도둑임에 틀림없어."

"그래서 그 남자는 도둑의 얼굴을 보았을까?"

"아니, 갑자기 뛰쳐나오는 바람에 얼굴은 보지 못했지만, 복장이나 분위기 상으로는 기숙사 학생임에 틀림없다는 거야. 글쎄 복도로 도망칠 때 머리에서부터 하오리(羽織)*를 뒤집어쓰고 달렸다는데 그 하오리가 등나무 꽃 무늬였다는 것만 알아."

"등나무 꽃 무늬라고? 단서가 그것뿐이라면 어쩔 수가 없네."

그렇게 말한 것은 히라다였다. 기분 탓인지 모르겠지만 히라다는 내 얼굴을 힐끗 훔쳐보는 것 같았다. 그리고 또 나는 그때 나도 모르게 싫어하는 내색을 한 것 같다. 왜냐하면 우리 집 가문(家紋)이 등나무 꽃이고, 또 그 무늬가 있는 하오리를 그날 밤에는 입지 않았지만 가끔씩 입고 다닌 적이 있기 때문이다.

"기숙사 학생이라면 쉽게 잡히지 않겠는 걸. 자기 친구들 중에 그런 놈이 있다고 생각하면 불쾌하기도 하고 모두 마음을 놓고 있으니까 말이야."

나는 아주 잠깐 싫은 내색을 한 것이 내가 생각해도 창피했기 때문에 완전히 부정하려고 그렇게 말한 것이었다.

---

* 일본옷 위에 입는 짧은 겉옷

"하지만 2, 3일 안에 틀림없이 붙잡힐 거야."

히구치는 말끝에 힘을 주고 눈을 번득이며 허스키한 목소리로 말했다.

"……이건 비밀인데 말이야, 도난 사고가 가장 많이 발생하는 곳은 목욕탕 탈의실이라고 해서 2, 3일전부터 위원들이 몰래 망을 보고 있대. 글쎄 천정에 몰래 들어가서 조그만 구멍을 뚫고 상황을 살펴보고 있다는 거야."

"뭐라고? 그런 얘기를 누구한테 들었어?"

그런 질문을 한 것은 나카무라였다.

"위원 중 한 사람한테 들었는데, 뭐, 너무 떠벌리고 다니지는 말아."

"그런데 자네, 자네가 알고 있다면 도둑도 그 정도 일은 벌써 눈치를 채지 않았을까?"

그렇게 말하고 히라다는 씁쓸한 표정을 지었다.

여기서 잠깐 확인을 해두겠는데, 이 히라다라는 남자와 나는 예전에는 심각한 정도까지는 아니었지만, 어느 날 어떤 일 때문에 감정이 상해서 요즘에는 서로 달갑지 않은 심정으로 지내고 있다. 물론 서로라고는 해도 내가 그러는 것은 아니다. 히라다가 나를 몹시 싫어해서, '스즈키는 자네들이 생각하는 것만큼 그렇게 훌륭한 사람은 아니야. 나는 어떤 일이 계기가 돼서 그 자식 뱃속까지 훤히 들여다보게 되었어'라고 어느 날 나를 몹쓸 놈으로 만들었다는 이야기를 일찍이 친구에게서 들었다. '그 자식은 넌덜머리가 나. 안 된 마음에 상대를 해주고는 있지만, 절대로 진심으로 마음을 터놓을 수는 없어'라는 말도 했다는 것이다. 하지만 그는 뒤에서 흉을 볼 뿐, 한 번도 내 면전에서 그런 말을 한 적은 없었다. 그냥 나를 엄청나게 싫어하고 모멸하기까지 하는 것 같은 느낌은 그의 태도에 역력히 드러났다. 상대가 그런 태도를 보일 때 내 성격상 먼저 설명을 요구할 생각도 들지 않았다. '나에게 나쁜 점이 있다면 충고를 하는 것이 당연하다, 충고를 할 만큼의 애정도 없다면, 혹은 충고할 만큼의 가치도 없다고 생각한다면 나도 그 자식을 친구로 생각하지 않겠다'라고 생각하자, 좀 씁쓸한 느낌이 들기는 했지만 그것 때문에 특별히 마음이 상하거나 하지는 않았다. 히라다는 체격이 다부진, 소위 '향릉*건아(向陵健兒)'의 모범이라 할 만한 남성적인 남자, 나는 비리비리하고 창백한 신경질적인 남자, 두 사람의 성격에는 근본적으로 융화하기 어려운 면도 있었고 전혀 다른 두 세계에 살고 있는 사람이기 때문에 어쩔 수 없다는 식으로 체념하고 있기도 했다. 다만 히라다는 유도 3단의 강자로, '여차하면 패줄 거야'라는 듯이 완력을 과시하는 구석이 있어서 이쪽이 얌전히 나오는 것은 비겁한 것 아니냐는 생각도 들지만—그리고 사실 마음속으로는 그 완력을 두려워하고 있었던 것도 사실이지만—나는 다행히도 그런 쓸데없는 오기나 명예심에 대해서는 지극히 담백한 편이었다. '상대가 아무리 내 자신을 경멸해도 내가 내 자신을 믿으면 되는 거지. 조금도 상대를 원망할 필요 없어.' 그렇게 마음

* 구제(舊制) 제일고등학교(第一高等學校)의 별명. 도쿄도(東京都) 분쿄구(文京區) 무코가오카(向丘)에 있었던 데서 유래

을 먹고 있던 나는 히라다의 고압적인 태도에 대응하여 늘 냉정하고 관대한 태도를 유지했다. '히라다가 나를 이해해주지 않는 것은 어쩔 수 없지만, 내 쪽에서는 히라다의 장점을 인정하고 있어'라고, 경우에 따라서는 제3자에게 이야기하기도 하고 또 실제로 그렇게 생각하고 있기도 했다. 나는 내 자신을 비겁하다고 느끼는 일 없이 진심으로 히라다를 칭찬할 수 있는 내 자신을 고결한 인격자라고 우쭐해하기조차 했다.

"등나무 꽃 무늬라고?"

그렇게 말하고 히라다가 아까 나를 힐끗 보았을 때의, 그 무어라 형언할 수 없는 불쾌한 눈빛이 그날 밤은 기묘하게도 내 신경을 건드렸다. 대체 그 눈빛은 무엇을 의미하는 것일까? 히라다는 나의 옷 무늬가 등나무 꽃임을 알고서 그런 눈빛을 한 것일까? 아니면 그렇게 생각하는 것은 내가 속이 꼬여 있어서 그러는 것일까? 하지만 만약 히라다가 나를 조금이라도 의심하고 있다면 나는 이럴 때 어떻게 해야 하는 것일까?

"그러면 나에게도 혐의가 있겠네. 내 옷 무늬가 등나무 꽃이니까."

나는 그렇게 말하고 허심탄회하게 웃어버려야 하나? 하지만 그랬을 경우에 여기에 있는 세 명이 나와 함께 기분 좋게 웃어주면 다행이지만 그 중 한 명—히라다 한 명이 꿈쩍도 않고 점점 더 쓸쓸한 표정을 짓는다면 어떡하지? 나는 그 광경을 상상하니 생각 없이 아무 말이나 할 수는 없었다.

그런 일에 머리를 쓰는 것은 바보 같은 이야기이지만, 그래서 나는 순간적으로 많은 생각을 했다. '지금 내가 처한 상황에서 진짜 범인과 그렇지 않은 자는 각각 심리작용에 있어 과연 얼마나 차이가 있을까?' 그런 생각을 하니 지금의 나는 진짜 범인이 맛보는 것과 같은 번민, 같은 고독을 맛보고 있는 것 같았다. 방금 전까지 나는 확실히 이 세 명의 친구였다. 학생들의 선망의 대상인 천하의 '일고' 수재 중의 한 명이었다. 그러나 지금은 적어도 내 자신의 기분으로는 이미 세 명의 친구가 아니다. 정말이지 사소한 일이지만 나는 그들에게 털어놓을 수 없는 고민을 가지고 있다. 나와 대등해야 할 히라다가 일희일비하는 모습에 신경을 쓰고 있다.

"도둑이라면 아무래도 인종이 다른 것 같아서 말이야."

히구치가 한 말은 별 생각 없이 한 말임에 틀림없지만, 지금은 그것이 내 가슴을 바위처럼 짓누르고 있었다. '도둑은 인종이 다르다'—도둑! 아아 얼마나 불쾌한 말이냐.—생각건대 도둑이 보통 인종과 다른 이유는 그의 범죄행위 그 자체에 있는 것이 아니라 범죄행위를 어떻게든 숨기려고 하고, 혹은 자기 자신도 가급적 그 사실을 잊으려고 하는 심리적 노력, 절대로 남에게는 털어놓을 수 없는 끊임없는 우려, 그것이 그를 알게 모르게 암흑 속으로 이끄는 것일 것이다. 그런데 지금의 나는 확실히 그 암흑의 일부분을 가지고 있다. 나는 내 자신이 범죄 혐의를 받고 있다는 사실을 내 자신도 믿지 않으려 하고 있다. 그리고 그 때문에 어느 친구에게도 털어놓지 못하는 우려를 느끼고 있다. 히구치는 물론 나를 신용하고 있기에 위원에게서 들은 목욕탕 이야기를 흘렸을 것이다. '뭐, 너무 떠벌리고 다니지는 말아'라고 그가 말했을 때 나는 어쩐지 기뻤다. 하지만 동시에 그 기쁨이 내 마음을 더 한층 어둡게 한 것도 사실이다. '왜 그런 일을 기뻐하는 거지. 히구치는 처음부터 나를 의심한 것 아닐까?' 그렇게 생각하자 나는 히구치의 심사가 어쩐지 꺼림칙했다.

그리고 또 이런 생각도 했다. 아무리 착한 사람이라도 다소의 범죄성이 있다고 한다면 '만약 내가 진짜 범인이라면……'이라는 상상을 하는 것은 나만 그런 것은 아닐지도 모른다. 내가 느끼는 불쾌감이나 기쁨을 여기에 있는 세 명도 조금은 느끼고 있을지 모른다. 그렇다고 한다면 위원에게서 특별히 비밀 이야기를 들은 히구치는 마음속으로 가장 득의양양할 것이다. 그는 우리 네 명 중에서 어느 누구보다 위원들에게 신뢰받고 있다. 그야말로 도둑에서 가장 먼 인종이다. 그리고 그가 그 신뢰를 얻은 원인이 그의 고상한 인상과 부유한 가정의 자제이며 박사의 아들이라는 사실로 귀착된다면 나는 그런 처지에 있는 그를 부러워하지 않을 수 없다. 그가 가지고 있는 물질적 우월이 그의 품성을 고상하게 하는 것처럼 내가 가지고 있는 물질적 빈약함—S현 소작농의 자식이며 구번주(舊藩主)의 장학금으로 겨우 재학하고 있는 가난한 서생이라는 의식—은 나의 품성을 천하게 한다. 내가 그의 앞에서 주눅이 드는 것은 내가 도둑이든 아니든 똑같다. 나와 그는 역시 인종이 다른 것이다. 그가 허심탄회한 태도로 나를 믿으면 믿을수록 나는 점점 더 그에게서 멀어져감을 느낀다. 친해지려고 하면 할수록—표면적으로 흉허물 없이 터놓고 농담을 하고 수다를 떨고 웃고 할수록 점점 더 나와 그 사이의 거리가 벌어지는 것을 느낀다. 그런 기분이 드는 건 내 자신도 어쩔 수 없다.

'등나무 꽃 무늬'는 그날 밤 이후 오랫동안 내 고민의 씨앗이 되었다. 나는 그것을 입고 돌아다녀도 될지 안 될지에 대해 고민을 했다. 만약 아무렇지도 않게 입고 다녀서 모두 아무렇지 않게 봐주면 좋겠지만, '어, 저 자식이 저걸 입고 있네'라는 듯한 눈으로 볼 것이다. 그리고 어떤 사람은 나를 의심하고 또 어떤 사람은 의심해서 미안하다고 생각할 것이고, 또 어떤 사람은 의심을 받으니 딱하다고 생각할 것이다. 나는 히라다와 히구치에 대해서만이 아니라 모든 동창생에게 불쾌감과 찜찜함을 느낄 것이고, 그래서 또 하오리가 싫어서 안 입게 되고, 그 다음에는 또 안 입은 게 이상해질 것이다. 내가 두려운 것은 범죄 혐의 그 자체가 아니라 그에 수반되어 여러 사람 마음에 일게 되는 더러운 감정이다. 나는 누구보다도 먼저 내 자신을 의심하게 되고 그래서 많은 사람들에게 의심을 받고 지금까지는 흉허물 없이 지내던 친구들 사이에 이상한 거리감이 생길 것이다. 내가 설령 진짜 도둑이었다 해도 그 폐해는 거기에서 오는 불쾌감에 비하면 아무 것도 아니다. 아무도 나를 도둑이라고 생각하고 싶어 하지는 않을 것이고, 도둑이라고 확실히 밝혀지기 전까지는 꿈에라도 그 것을 믿지 않고 나를 대하고 싶을 것이다. 그 정도가 아니면 우리들의 우정은 성립되지 않을 것이다. 그래서 친구의 물건을 훔치는 죄보다 우정을 망친 죄가 더 크다고 하면 나는 도둑이든 아

니든 모두에게 의심받을 원인을 제공했다는 점이 미안해질 것
이다. 도둑질을 하는 것보다 더 미안해질 것이다. 내가 만약 현
명하고 교묘한 도둑이라면—아니, 그렇게 말하면 안 돼지.—만
약 조금이라도 배려심이 있고 양심이 있는 도둑이라면 될 수 있
는 한 그들을 우정으로 대하고 도둑질은 몰래 해야 할 것이다.
'도둑이 큰 소리 친다'는 말은 과연 이런 경우를 두고 하는 말이
겠지만, 도둑의 기분이 되고 보면 그것이 가장 정직하고 거짓 없
는 태도일 것이다. 그는 '도둑질을 하는 것도 진심이고 우정도
진심입니다'라고 할 것이다. '양쪽 모두 진심인 것이 도둑의 특
색, 인종의 차이입니다'라고도 할 것이다. 어쨌든 그런 식으로
생각하기 시작하면 내 머리는 한 걸음 한 걸음 도둑 쪽으로 기울
어져가고 친구와의 거리를 점점 더 의식하지 않을 수 없었다. 나
는 어느새 훌륭한 도둑이 된 것 같았다. 어느 날 나는 과감하게
등나무 꽃 무늬 하오리를 입고 운동장을 돌아다니다 나카무라
에게 이런 이야기를 했다.

"그런데 아직 도둑이 잡히지 않았다지?"

"으응."

나카무라는 갑자기 고개를 숙였다.

"어떻게 된 거지? 목욕탕에서 망을 보고 있었지만 소용이 없
었나봐."

"목욕탕은 그것으로 끝났는데 지금도 여기저기서 마구 훔친
대. 목욕탕 전략을 흘리고 다녔다고 얼마 전 히구치가 위원들에
게 불려가서 혼이 났대."

나는 안색이 싹 바뀌었다.

"뭐라고, 히구치가?"

"으응, 히구치가, 히구치가 말이야…… 스즈키 군, 용서해주게."

나카무라는 괴로운 듯이 한숨을 쉬며 눈물을 뚝뚝 흘렸다.

"……나는 지금까지 자네에게 숨기고 있었는데 아직까지 입을 다물고 있는 것이 오히려 미안한 생각이 들어서. 자네는 아마 불쾌하게 생각하겠지만 실은 위원들이 자네를 의심하고 있었어. 그런데 자네…… 이런 말 하는 것 싫기는 한데 나는 절대로 자네를 의심하지 않아, 지금 이 순간도 자네를 믿고 있네. 믿기 때문에 입을 다물고 있는 것이 너무 괴로워서 견딜 수가 없었지. 너무 서운해 하지 말게."

"고마워, 얘기 잘 해줬어. 나는 자네에게 감사하네."

그렇게 말하고 나도 그만 눈물을 글썽거렸다. 하지만 동시에 '드디어 올 것이 왔군'이라는 기분이 들지 않는 것도 아니었다. 나는 내심 오늘이 올 것을 미리 알고 있었다.

"이제 이 이야기는 그만두세. 나도 다 털어놓으면 마음이 편해질 것 같아서 그만."

나카무라는 위로하듯 말했다.

"하지만 이 이야기는 입에 올리기 싫다고 해서 도중에 그만둘 수는 없다고 생각하네. 자네 호의는 잘 알고 있지만, 확실히 나만 망신을 당한 것이 아니라 친구인 자네까지도 망신을 당하게 했네. 나는 이제 의심받았다는 사실만으로도 자네들의 친구가 될 자격을 잃었네. 어느 쪽이든 나는 훼손당한 명예를 회복할 길이 없네. 그렇지 않은가? 그렇게 되도 자네는 나를 버리지 않겠나?"

"나는 맹세코 자네를 버리지 않을 거네. 나는 자네 때문에 망신을 당했다는 생각도 하지 않네."

나카무라는 유례없이 격분한 내 모습을 보고 부들부들 떨면서 말했다.

"히구치도 그렇지, 히구치는 위원들 앞에서 강력히 자네를 위해 변호했다고 하네. '친구의 인격을 의심할 지경이라면 저는 제 자신을 의심하겠습니다'라고까지 했대."

"그래도 위원들은 여전히 나를 의심했겠지? 뭐, 주저할 것 없네. 자네가 알고 있는 것은 숨김없이 말해주게. 그게 더 기분이 좋으니까."

내가 그렇게 말하자 나카무라는 자못 말을 꺼내기 힘들어 하며 말했다.

"글쎄 사방팔방에서 위원들 앞으로 투서도 오고 고자질을 하는 녀석들도 있다더군. 게다가 어느 날 밤 히구치가 쓸데없는 말을 하고 나서 목욕탕에 도난이 없어졌다는 것이 혐의의 원인이 되었대."

"하지만 목욕탕 이야기를 들은 것은 나만이 아니잖나."─물론 나는 이 말을 입 밖에 내지는 않았지만, 바로 내 마음에 떠올렸다. 그리고 나는 더 외롭고 한심하다는 생각이 들었다.

"하지만 히구치가 이야기한 것을 위원들이 어떻게 알았지? 그 날 밤 거기에 있던 것은 우리 네 명뿐이었잖아. 네 명 이외에 알고 있는 사람이 없다고 한다면, 그리고 히구치와 자네가 나를 믿는다면……"

"뭐, 그 이상은 자네 추측에 맡기는 수밖에 없네."

그렇게 말하고 나카무라는 애원하는 눈빛을 했다.

"나는 그 사람을 알고 있어. 그 사람은 자네를 오해하고 있는 사람이네. 하지만 내 입으로 그 사람이 누군지 말하고 싶지는 않아."

히라다인가? ……그렇게 생각하자 나는 오싹했다. 히라다의 눈이 집요하게 나를 노려보는 것 같았다.

"자네 그 사람하고 나에 대해 뭔가 이야기했나?"

"그야 이야기한 적은 있지만…… 하지만 자네 생각해보게. 나는 자네의 친구임과 동시에 그 사람의 친구이기도 하기 때문에, 그래서 몹시 괴롭다네. 솔직히 말하자면 나하고 히구치는 어젯밤 그 사람과 의견 충돌을 일으켰어. 그리고 그 사람은 오늘 중으로 기숙사를 떠나겠다고 했네. 나는 한 친구를 위해 또 한 명의 친구를 잃는 것이 아닌가 하는 생각이 들자, 그렇게 슬픈 처지가 된 것이 너무 유감스러웠다네."

"아아, 자네하고 히구치가 그렇게나 내 생각을 해주었나, 미안하네, 미안해……."

나는 나카무라의 손을 있는 힘껏 꼭 잡았다. 내 눈에서는 한없이 눈물이 흘렀다. 물론 나카무라도 울었다. 태어나서 처음으로 나는 진정으로 인정의 따뜻함을 맛본 기분이었다. 얼마 전부터 서글픈 고독감에 시달리던 내가 구해 마지않았던 것은 실로 이런 것들이었다. 설령 내가 어떤 도둑이라도 도저히 그 사람의 물건을 훔칠 수는 없다.

"자네, 내가 솔직히 말하겠는데……"

잠깐 있다가 내가 말했다.

"나는 자네들에게 그런 걱정을 끼칠 정도의 인간이 아니라네. 나는 자네들이 나 같은 인간 때문에 훌륭한 친구를 잃는 것을 가만히 보고 있을 수 없네. 그 남자는 나를 의심하고 있을지 모르겠지만 나는 아직 그 남자를 존경하고 있네. 나보다 그 남자가 훨씬 더 훌륭하네. 나는 누구보다도 그 남자의 가치를 인정하고 있네. 그러니까 그 남자가 기숙사를 나갈 정도라면 내가 나가기로 해야 하지 않겠나? 그러니까 제발 그렇게 하게 해주게. 그리고 자네들은 그 남자와 사이좋게 지내주게. 나 혼자 외톨이가 되어도 그렇게 하는 것이 마음이 홀가분하니까 말일세."

"그런 말 말게. 자네가 나가라는 법은 없네."

사람 좋은 나카무라는 몹시 격분한 어조로 말했다.

"나도 그 남자의 인격은 인정하네. 하지만 지금의 경우 자네는 부당하게 시달리고 있는 사람이네. 나는 그 남자와 어깨를 나란히 하고 부정한 세계에 들어갈 수는 없네. 자네를 쫓아낼 정도라면 우리들이 나가겠네. 그 남자는 자네도 알고 있는 것처럼 자부심이 아주 높아서 좀처럼 뒤로 물러설 줄을 모르니까 나간다고 하면 나갈 거니까, 마음대로 하라고 내버려두면 되네. 그리고 그 남자가 스스로 깨닫고 사과하러 오기를 기다리면 된다네. 그것도 아마 머지않은 일이니까 말이네."

"하지만 그 남자는 강고하니까, 자기 쪽에서 사과를 하러 올 일은 없을 거야. 언제까지고 나를 계속 싫어하겠지."

내가 그렇게 말한 것을, 내가 히라다를 원망해서 그 일단을 흘린 것이라는 의미로 나카무라는 받아들인 것 같다.

"뭐, 설마 그런 일은 없을 거네. 내가 이렇게 말하면 어디까지나 내 주장 같지만, 그 남자의 장점이자 단점이기도 한데 잘못했다고 생각하면 깨끗하게 사과하러 올 것이네. 그게 그의 매력이지."

"그래 주면 좋겠지만……"

나는 깊이 생각하며 말했다.

"그 남자는 자네에게 돌아와도 나하고는 영원히 화해하지 않을 것 같아. ……아아, 그는 정말로 매력 있는 인간이야. 나도 그 남자에게 매력적으로 보이고 싶네."

나카무라는 내 어깨에 손을 올리고 이 불쌍한 친구 하나를 감싸주듯이 풀 위를 발로 걷어찼다. 때는 저녁 무렵으로 운동장 사방에는 안개가 엷게 깔려 있어 바다처럼 막막해 보였다. 길 저편에서 가끔씩 학생들 두세 명이 무리지어 나를 힐끗힐끗 쳐다보며 지나갔다.

"이제 저 사람들도 알고 있군. 모두가 나를 밀쳐내고 있어."

그렇게 생각하니 말할 수 없는 외로움이 내 가슴을 엄습했다.

그날 밤 기숙사를 나갔을 터인 히라다는 뭔가 다른 생각이 있었는지 나갈 기미가 보이지 않았다. 그리고 나는 물론 히구치나 나카무라와 한 마디도 말을 하지 않고 입을 다물고 있었다. 사태가 이 지경이 된 이상 내가 기숙사를 나가는 것이 당연하다는 생각이 들었지만, 두 친구의 호의를 저버리는 것도 괴롭고 게다가 나로서는 지금 나가는 것은 뭔가 켕기는 것이 있어서 그러는 것으로 받아들여질 것이고 점점 더 의심을 받을 뿐이라서 그럴 수도 없었다. 나간다고 해도 조금 더 기다렸다가 기회를 봐서 나가야 한다고 나는 생각했다.

"너무 신경 쓰지 않아도 돼. 조만간 범인이 잡히기만 하면 자연히 해결될 걸, 뭐."

두 친구는 시종일관 내게 그렇게 말해주었다. 하지만 그러고 나서 1주일이 지나도 범인은 잡히지 않을뿐더러 여전히 도난사고가 빈발하는 것이었다. 마침내 내 방에서도 히구치와 나카무라가 지갑의 돈과 영어 원서 두세 권을 도둑맞았다.

"드디어 두 사람까지 도둑을 맞았군. 마지막 두 사람은 괜찮을 거라고, 도둑맞을 일이 없을 거라고 생각했는데……."

그때 히라다가 묘한 표정으로 이죽거리며 그런 불쾌한 말을 한 것을 나는 기억하고 있다. 히구치와 나카무라는 밤이 되면 보통 도서관에 공부를 하러 가기 때문에 자연히 히라다와 나는 둘이서만 얼굴을 마주하는 일이 종종 있었다. 그래서 나는 그것이 괴로워서 나도 도서관에 가든가 산책을 하든가 해서 밤에는 될 수 있는 한 방에 있지 않으려고 했다. 그러던 어느 날 밤의 일이었다. 9시 반 무렵 산책을 하고 돌아와서 자습실 문을 열자 항상 거기서 혼자 공부를 하고 있을 히라다도 보이지 않고 다른 두 사람도 아직 돌아오지 않은 것 같았다. '침실에 있나?'라고 생각하며 2층에 올라가 보았지만 역시 아무도 없었다. 나는 다시 자습실로 돌아가서 히라다 책상 옆으로 갔다. 그리고 조용히 그 서랍을 열고 2, 3일 전에 그의 고향에서 온 등기우편 봉투를 찾기 시작했다. 봉투 안에는 10원짜리 소액우편환 3장이 들어 있었다. 나는 유유히 그 중 1장을 꺼내 가슴속 주머니에 집어넣고 서랍을 원래대로 해놓았다. 그리고 지극히 태연하게 복도로 나갔다. 복도에서 마당으로 내려와 테니스 코트를 가로질러 늘 훔친 물건을 묻어두는 무성한 풀숲의 어두컴컴한 구덩이로 가려는데, "도둑이야!"라고 외치며 뒤에서 갑자기 달려들어 억 소리가 날 만큼 내 뺨을 후려치는 자가 있었다. 그것은 히라다였다.

"자, 내놔. 네 놈이 지금 가슴 속에 넣은 것을 꺼내 보여봐!"

"흠, 그렇게 큰 소리 칠 것 없어."

나는 침착하게 웃으며 말했다.

"내가 자네 소액환을 훔친 것은 사실이야. 돌려달라면 돌려줄 것이고 오라면 어디든지 가겠어. 어떻게 된 것인지 다 알고 있으니까 됐잖아."

히라다는 잠깐 움찔하는 것 같더니 곧 다시 생각을 하고는 맹렬한 기세로 계속해서 내 따귀를 후려쳤다. 나는 아프기도 했지만 동시에 기분이 좋기도 했다. 요 며칠 동안의 무거운 짐을 일시에 모두 내려놓은 기분이었다.

"그렇게 때려 봤자 소용없어. 나는 뻔히 알면서 자네 덫에 걸려준 거야. 자네가 너무 삐기고 다니니까 '젠장! 그 자식 물건이라고 훔치지 못할 게 뭐 있어'라고 생각한 것이 실수의 원인이지. 하지만 뭐 알았으니까 이제 됐지? 이젠 서로 웃으면서 이야기하자고."

그렇게 말하고 나는 사이좋게 히라다의 손을 잡으려고 했지만 그는 순식간에 내 멱살을 잡고 방으로 끌고 갔다. 내 눈에 히라다라는 인간이 하찮게 보인 것은 그때뿐이었다.

"어이 이보게들, 내가 도둑을 잡아왔어. 내가 잘 알지 못한 죄를 사과할 필요가 없는 거야."

히라다는 오만하게 방으로 들어가서 거기에 돌아와 있던 두 친구 앞에 나를 거칠게 내동댕이치며 말했다. 소동이 벌어진 것을 알고 기숙사 학생들이 시시각각 구경을 하러 방 입구로 몰려들었다.

"히라다 군 말이 맞아. 도둑은 나였네."

나는 바닥에서 일어나서 두 사람에게 말했다. 지극히 태연하게 평소처럼 너무나 자연스럽게 말을 한 것 같은데, 역시 얼굴이 새빨개졌던 모양이다.

"자네들은 내가 미운가? 아니면 부끄러운가?"

나는 두 사람을 향해 계속 말을 했다.

"……자네들은 선량한 사람들이지만, 그러나 잘 알지 못한 죄는 자네들에게 있어. 나는 얼마 전부터 몇 번이고 몇 번이고 솔직하게 말하려고 했잖은가. '나는 자네들이 생각하는 것 같은 가치 있는 인간이 아니네. 히라다야말로 확실한 인물이지. 그 사람이 잘 알지 못했다고 사과할 일은 절대로 없어'라고, 그렇게나 말했는데도 몰랐단 말이지. '자네들이 히라다 군과 화해할 날은 있어도 나하고 화해할 날은 영원히 없어'라는 말도 했지. 나는 '히라다 군이 훌륭한 것은 누구보다도 내가 잘 알고 있어'라고까지 했네. 알겠나, 그렇지, 나는 절대로 일언반구 거짓말은 하지 않았어. 거짓말은 하지 않았지만 왜 확실히 진실을 이야기하지 않았느냐고, 자네들은 말할지 몰라. 역시 자네들을 속이고 있었다고 생각할지도 몰라. 하지만 말이네, 그 점은 도둑인 내 처지에서도 생각해봐주게. 나는 슬픈 일이기는 하지만 아무래도 도둑질을 멈출 수가 없네. 하지만 자네들을 속이는 것은 싫었기 때문에 진실을 될 수 있는 한 우회적으로 말한 것이지. 내가 도둑질을 멈출 수 없는 한 더 이상 정직해질 수 없기 때문에 그것을 알아차리지 못한 자네들이 잘못한 거네. 이렇게 말하면 굉장히 빈정대는 것처럼 들리겠지만, 그럴 생각은 조금도 없으니까 부디 진지하게 들어들 주게. 그렇게 정직하기를 원한다면 왜 도둑질을 멈추지 않느냐고 자네들은 묻고 싶겠지. 하지만 그 질문에 내가 대답할 책임은 없네. 내가 도둑으로서 태어난 것은 사실이니까. 그러니까 나는 그 사실이 허락하는 범위 안에서 될 수 있는 한 성의를 다해 자네들과 지내려고 노력한 것이네. 그 외에 내가 선택할 방법은 없기 때문에 어쩔 수가 없어. 그래도 나는 자네들에게 미안한 생각이 들었기 때문에 '히라다 군을 내쫓을 정도라면 나를 내쫓아주게'라고 한 것 아닌가? 그건 속이려 든 것도 아니고 아무 것도 아니네. 진심으로 자네들을 위해서 생각했기 때문이야. 자네들의 물건을 훔친 것도 사실이지만 자네들에게 우정을 가지고 있었던 것도 사실이지. 도둑에게도 그 정도의 배려는 있다는 것을 나는 자네들의 우정에 호소하여 들어주길 원했던 것이네."

나카무라와 히구치는 어이가 없다는 듯이 가만히 눈을 껌뻑이고 있을 뿐이었다.

"아아, 자네들은 나를 뻔뻔한 자식이라고 생각하겠지. 역시 자네들은 내 기분을 이해하지 못하는군. 그것도 인종의 차이니 어쩔 수 없는 건가?"

그렇게 말하고 나는 비통한 감정을 웃음으로 얼버무리며 한마디 더 덧붙였다.

"그러나 나는 아직 자네들에게 우정을 가지고 있으니까 충고하겠는데. 앞으로 조심들 하게. 도둑을 친구로 둔 것은 뭐니 뭐니 해도 자네들이 잘 몰라서이네. 그런 식으로라면, 앞으로 사회에 나가는 것이 걱정되네. 학교 성적은 자네들이 위일지 모르지만, 인간적으로는 히라다 군이 더 성숙하지. 히라다 군은 속지 않아. 이 사람은 확실히 훌륭해!"

히라다는 내게 손가락질을 당하자 이상한 표정을 짓고는 고개를 돌렸다. 그때만큼은 그 완고한 남자도 묘하게 어색한 표정을 지었다.

그러고 나서 몇 년이 흘렀다. 나는 그 후 몇 번이나 어두운 곳에 들어가기도 했고, 지금은 본직이 도둑이 되었는데 그때 일은 잊을 수가 없다. 특히 잊을 수 없는 것은 히라다이다. 나는 아직도 나쁜 짓을 할 때마다 그 남자의 얼굴을 떠올린다. '어때, 내가 제대로 본 게 틀림없지?'라고 하며 그 남자가 뻐기고 있는 것 같다. 어쨌든 그 녀석은 야무지고 장래가 촉망되는 녀석이었다. 그러나 세상이란 신기한 것으로 '사회에 나가는 것이 걱정되네'라고 했던 나의 예언은 멋지게 빗나가서 세상 물정 모르는 철부지 히구치는 부친의 위엄이 있어서인지 출세가도를 달려 유학도 하고 학위도 받아서 지금은 철도원 ○○과장인가 국장인가 하는 자리에 앉아 있는데, 히라다는 어찌 되었는지 행방이 묘연하다. 그러니까 우리들이 '어차피 세상은 적당히 살아야 한다'고 생각하는 것도 당연한 일이다.

독자들이여! 이상은 나의 거짓 없는 기록이다. 나는 여기에 거짓말은 하나도 쓰지 않았다. 그리고 히구치나 나카무라에 대해서와 마찬가지로 여러분에 대해서도 '나 같은 도둑의 마음 안에도 이 정도로 미묘한 감정이 있다'는 것을 알아주길 바란다.

하지만 독자 역시 나를 믿어주지 않을지도 모른다. 그러나 만약—매우 실례되는 말이기는 하지만—제군들 중에 나 같은 인종이 한 명이라도 있다면 그 사람만은 꼭 믿어줄 것이다.

개화의 살인

아쿠타가와 류노스케

이하에서 말씀드리는 내용은 최근 내가 혼다(本多) 자작(가명)에게서 들은, 기타바타케 기이치로(北畠義一郎) 박사(가명)의 유서이다. 기타바타케 박사는 설사 실명을 밝힌다 해도 이제는 아는 사람도 없을 것이다. 나 자신도 혼다 자작과 친분을 맺어 메이지 초기의 소소한 일화를 듣고 나서야 비로소 이 박사의 이름을 들을 수 있었다. 그 인물됨과 품행은 아래 유서에도 어느 정도 설명되어 있기는 하지만 두세 가지 내가 얼핏 들은 사실을 덧붙이자면 박사는 당시 내과 전문의로 유명했던 동시에 연극의 새로운 형태에 대해서도 어떤 급진적 의견을 가지고 있던 연극통이었다고 한다. 정말이지 연극에 대해서는 박사 자신이 직접 집필한 희곡도 있는데 그것은 볼테르(François-Marie Arouet, 1694~1778)*의 「캉디드(Candide)」**의 일부를 도쿠가와(德川) 시

* 프랑스 문학자, 사상가

대의 사건으로 각색한 2막짜리 희극이었다고 한다.

기타니와 쓰쿠바(北庭筑波, 1841~1887)***가 촬영한 사진을 보니 기타바타케 박사는 영국풍 구레나룻을 기른 우람한 신사이다. 혼다 자작에 의하면 체격도 서양인을 능가할 정도로, 소년시절부터 무엇을 해도 열정적인 것으로 알려져 있다고 한다. 그렇다 보니 유서의 글도 정판교(鄭板橋, 1693~1765)****풍의 자유분방한 글 그 자체여서 뚝뚝 듣는 그 먹물의 흔적 안에서도 그의 풍모를 알아볼 수 있다.

물론 나는 이 유서를 공개하며 어느 정도 개찬(改竄)을 가했다. 예를 들어 당시에는 아직 작위제도가 없었음에도 불구하고 훗날 호칭에 따라 혼다 자작 부인의 이름을 사용하는 등 말이다. 다만 문체는 거의 원문 그대로 베꼈다고 해도 될 것이다.

○ ○ ○

혼다 자작 각하 및 부인.

나는 나의 죽음을 맞이하여 지난 3년 동안 늘 내 마음속에 도사리고 있던 저주스러운 비밀을 고백함으로써 경들 앞에 나의 추악한 마음을 폭로하고자 하오. 경들이 만약 이 유서를 읽은 후에도 고인인 나의 기억에 대해 한 조각 연민의 정을 품는 일이

** 1759년 발간. 부제목 '낙천주의(樂天主義)'가 암시하는 바와 같이 라이프니츠 등의 낙천적 세계관을 조소하고 사회적 부정·불합리를 고발하는 철학적 콩트의 대표작
*** 메이지 시대의 사진가
**** 본명은 정섭(鄭燮). 판교는 호. 중국 문인. 관직을 그만두고 양주(揚州)에서 서화를 팔아 생활. 강렬하고 자유분방한 개성을 발휘, 전통적 낭만시나 독자적인 글을 남김

있다면 그것은 물론 내게는 뜻하지 않은 큰 행운이오. 하지만 또한 나를 죽어 마땅한 미친 자로 간주하고 그야말로 시체에라도 채찍을 내리쳐야 속이 시원하다고 해도 나로서는 추호도 원망할 것이 없소. 다만 내가 고백하고자 하는 사실이 너무나도 뜻밖의 일이라서 함부로 나를 모함하여 신경병 환자 취급하는 일은 없기를 바라오. 나는 최근 수개월에 걸쳐 불면증으로 고통스러워하긴 했지만 내 의식은 선명하고 또한 지극히 예민하오. 혹시 경들은 내가 20년 지기임을 상기하지는 않았는지.(나는 감히 친구라고 할 수 없소) 청컨대, 나의 정신적 건강을 의심하지 말길 바라오. 그렇다면 내 일생의 오욕을 피력하고자 하는 이 유서도 결국은 무용지물과 다를 바가 없을 것이오.

각하, 그리고 부인. 나는 과거에 살인죄를 저질렀음과 동시에 앞으로도 또한 동일한 죄악을 저지르려고 하는 위험하고 비천한 인물이오. 게다가 그 범죄가 경들에게 가장 친근한 인물을 향해 기획되었을 뿐만 아니라 또 기획될 뻔했다고 한다면 경들로서는 그야말로 뜻밖의 일 중의 뜻밖의 일일 것이오. 나는 이에 다시 경고할 필요성을 느끼오. 나는 온전한 정신이고 내 고백은 빈틈없는 사실이오. 경들은 제발 그것을 믿기 바라오. 그리고 내 평생의 유일한 기념인 이 몇 장의 유서를 미친 사람의 헛소리로 여기지 말길 바라오.

나는 이제 더 이상 내가 건전하다고 떠들 여유가 없소. 내가 생존할 수 있는 얼마 남지 않은 시간은 당장 나를 움직여 나의 살인 동기와 실행과정을 서술하고 더 나아가 살인 후의 내 기괴한 심경에 대해 언급해야만 끝날 것이오. 하지만, 아아, 나는 붓을 앞에 놓고 종이를 앞에 놓고 여전히 당황스러워 영 편안하지 못한 느낌이오. 생각건대 내가 과거를 뒤돌아보고 기록을 한다 해도, 다시 과거와 같은 생활을 영위하게 된다면 대체 무슨 차이가 있겠소? 나는 다시 살인을 계획하고 또 그것을 실행하고, 더 나아가 최근 1년간의 가공할 고통을 또 맛봐야 하지 않겠소? 그 것을 과연 내가 잘 견뎌낼 수 있겠소? 지금으로서는 내가 수년 동안 실각한 나의 주 예수 그리스도에게 기도하오. 바라옵건대 나에게 힘을 주소서.

나는 어렸을 때부터 나의 사촌 여동생인 지금의 혼다 자작 부인(3인칭으로 부르는 것을 용서하시라), 왕년의 간로지 아키코(甘露寺明子)를 사랑했소. 기억을 거슬러 올라가 내가 아키코와 함께한 행복한 시간을 열거하고자 하오. 그것은 아마 경들이 읽기에 너무나 번거로울 것이오. 하지만 나는 그 예증으로 오늘날도 여전히 내 가슴속에 역력한 어느 광경을 얘기해야만 하오. 나는 당시 16세 소년이었고 아키코는 아직 10세 소녀였소. 5월 어느 날, 우리들은 아키코의 집 잔디밭에 있는 등나무 덩굴 아래서 재미있게 놀고 있었는데, 아키코는 나보고 한 발로 오랫동안 잘 서 있을 수 있느냐고 물었소. 그리고 내가 아니라고 대답하자 그녀는 왼손을 늘어뜨려 왼발 발가락을 잡고 오른손을 올려 균형을 잡고서는 한 발로 서서 오랫동안 있었소. 머리 위의 보라색 등나무 꽃은 봄 햇살에 빛나며 늘어져 있고, 등나무 아래의 아키코는 꼼짝 않고 조소(彫塑)처럼 서 있었소. 나는 그 그림 같은 몇 분간의 그녀를 지금에 와서도 잊을 수 없소. 내 스스로를 돌아보며 내가 이미 마음속 깊이 그녀를 사랑하고 있음을 알고 깜짝 놀란 것도 실은 그 등나무 덩굴 아래에서였던 것이오. 이후 나의 아키코에 대한 사랑은 점점 더 열렬해졌고 시시각각 그녀를 생각하며 거의 학문을 폐할 지경에 이르렀지만, 나의 소심함으로 인해 끝내 한 마디도 나의 속마음을 토로하지 못했소. 변덕스런 감정으로 인해 어떨 때는 울고 어떨 때는 웃으며 망망하게 수년의 세월을 지냈지만, 내가 스물한 살이 되자 나의 아버지는 갑자기 내게 명해 가업인 의학을 배우게 하기 위해 멀리 런던으로 유학을 보냈소. 나는 결별에 즈음하여 아키코에게 나의 사랑을 전하고자 했으나 엄숙한 우리의 가정은 그런 기회를 주는 데 인색했던 동시에 유교주의 교육을 받은 나 역시 상간복상(桑間濮上)*의 비난을 두려워하여 무한한 이별의 슬픔을 안고 표연히 런던으로 유학을 떠났소.

영국 유학 3년 동안 나는 하이드 공원에서 고국의 보랏빛 등나무 꽃 아래 있는 아키코를 얼마나 그리워했던가. 또한 나는 펠맬(Pall Mall) 거리를 돌아다니며 천애의 나그네인 내 자신을 얼마나 불쌍히 여겼던가. 여기에 그것을 새삼 서술할 필요는 없을 것이오. 나는 단지 런던에 있을 때 소위 나의 장밋빛 미래 속에서 우리들의 미래의 결혼 생활을 꿈꾸고, 그럼으로써 조금이나

---

* 중국에서 세상의 문란함을 반영한 음란한 음악을 일컫는 말. '상간복상(桑間濮上)'이란 말 자체는 위(衛)나라의 군주가 복수(濮水) 상류(上流)의 뽕나무 숲(桑林) 사이에서 거문고 소리를 들은 것이 계기가 되어 나라가 멸망하기에 이르렀다는 고사

마 나의 고통을 잊을 수 있었음을 이야기하는 것으로 족하오. 그런데 나는 영국에서 귀국하자마자 아키코가 이미 결혼하여 제×은행 대표이사 미쓰무라 교헤이(滿村恭平)의 아내가 되었음을 알게 되었소. 나는 즉시 자살을 결심했지만, 천성적으로 겁 많은 성격과 유학 중 귀의한 기독교 신앙은 불행하게도 내 손을 마비시켰으니 그것을 어찌 하겠소. 경들이 만약 당시 내가 얼마나 상심했는지 알고 싶다면 내가 귀국 후 열흘 정도 지나 다시 영국으로 돌아가려 해서 나의 아버지의 격노를 샀던 일을 상기하기 바라오. 당시의 내 심경으로 치면 실로 아키코 없는 일본은 고국이되 고국이 아니고, 이 고국 아닌 고국에 머물며 쓸데없이 정신적 패배자의 생애를 보내기보다는 오히려 차일드 헤럴드 한 권을 안고 멀리 만 리 타향의 외로운 나그네가 되어 그 뼈를 이역 땅에 묻는 것이 훨씬 마음에 위로가 될 것이라 믿었소. 하지만 내 신변의 사정은 결국은 나로 하여금 영국으로 떠날 계획을 포기하게 했고, 그뿐만이 아니라 내 아버지 병원에서 갓 귀국한 일개 박사로서 많은 환자의 진찰에 정신없다 보니 지루한 자리에 눌러 앉아버리게 되었소.

이에 나는 나의 실연에 대한 위로를 신에게서 구했소. 당시 쓰키지(築地)에 거주하고 있던 영국 선교사 헨리 타운젠트 씨는 그동안 나의 잊을 수 없는 친구가 되었고, 나의 아키코에 대한 사랑이 수많은 악전고투 후에 점차 열렬하면서도 평정한 혈육의 정으로 변화한 것도 오로지 그가 나를 위해 해석해준 성서 몇 페이지의 결과였소. 나는 종종 헨리 씨와 신을 논하고 신의 사랑을 논하고 더 나아가 인간의 사랑을 논한 후 한밤중에 인적 드문 쓰키지 거류지를 돌아다니다가 나 혼자 집에 돌아온 일을 기억하오. 만약 경들이 여자처럼 나약한 나의 성격을 비웃지 않는다면 나는 거류지 하늘의 반달을 올려다보며 몰래 사촌동생 아키코의 행복을 신에게 기도하며 감정에 복받쳐 흐느껴 운 이야기도 할 것이오.

나의 사랑이 새로운 전환점을 맞이할 수 있었던 것을 소위 '체념'하는 마음으로 설명할 수 있을까? 그에 대해 자세히 이야기할 용기와 여유는 없지만 그 혈육에 대한 애정을 통해 비로소 내 마음의 상처를 치유할 수 있었던 일 한 가지는 의심할 여지없이 확실하오. 이로써 귀국 이후 아키코 부부의 소식 듣기를 질색으로 여기며 두려워하던 나는 그제야 나의 그 혈육애에 의지하여 스스로 그들에게 접근하기를 희망했던 것이오. 그것은 내가 만약 그들에게서 행복한 부부의 모습을 발견한다면 나의 위안이 커져 머릿속 고민이 조금이나마 없어질 것이라고 섣불리 믿었기 때문이오.

나는 그 신념에 마음이 움직인 결과 마침내 1879년 8월 3일 료코쿠바시(兩國橋) 강변 불꽃놀이에 즈음하여 지인의 소개를 계기로 마침 예기 십수 명과 함께 강변에 있는 야나기바시 만파치(柳橋萬八) 기루에 있다가 아키코의 남편 미쓰무라 교헤이와 처음으로 즐거운 저녁 한 때를 함께했소. 그런데 그것이 과연 즐거움이었을까, 정말 즐거움이었을까? 나는 그에서 느낀 고통이 즐거움보다 훨씬 더했던 까닭을 생각하지 않을 수 없었소. 나는 일기에 '나는 아키코가 그 미쓰무라처럼 음란하고 호색하기 짝이 없는 작자의 아내임을 생각하면 가슴 가득한 분노를 어디로 대고 쏟아내야 할지 몰랐다. 신은 내게 아키코 보기를 여동생으로 보아야 한다고 가르치셨다. 그러나 나의 여동생을 그런 금수의 손에 맡기시다니 대체 그것이 무슨 뜻인지. 나는 더 이상 잔혹하고 악질적인 신의 장난을 견딜 수 없다. 누가 자기 아내나 여동생이 날강도에게 능욕당하는 것을 보고도 여전히 하늘을 우러르며 신의 이름을 받들 것인가? 나는 이후 절대로 신에 의지하지 않고 내 자신의 손으로 내 여동생 아키코를 그 색귀의 손에서 구해야 한다'라고 썼소.

나는 이 유서를 적으며 다시 당시의 저주스런 광경이 눈앞에 펼쳐지는 것을 금할 길이 없소. 그 창연한 물안개와 수많은 홍등, 그리고 서로 꼬리에 꼬리를 물고 끝없이 줄지어 서 있는 유람선들과—아아, 나는 평생 그날 밤 허공에 퍼지는 불꽃의 명멸을 기억함과 동시에 오른편엔 나이 든 기생을 안고 왼편에는 어린 기생을 거느리고 듣기에도 추잡한 외설스런 속요를 소리 높여 부르며 오만하게 평상 위에서 술에 잔뜩 취해 있던 그 돼지 같은 미쓰무라도 기억해야 하오. 아니, 그의 검은 비단 하오리에 양하 무늬가 있었던 것은 지금에 이르러서도 잊을 수 없소. 나는 믿고 있소. 내가 그를 살해하고자 하는 의지를 굳힌 것은 바로 물 위의 누각에서 불꽃을 보던 그날 저녁에 시작되었음을. 또한 믿고 있소. 내 살인 동기는 결코 단순한 질투심에 있는 것이 아니라 오히려 불의를 징벌하고 부정을 막고자 하는 도덕적 격분에 있었음을.

이후 나는 마음속 몰래 미쓰무라 교헤이의 행적에 주목하여 그가 정말 내가 어느 날 하루저녁에 관찰했던 바와 다르지 않은 치한인지 아닌지를 조사했소. 다행히 내 지인 중 신문기자를 업으로 하는 자도 한둘이 아니어서 그의 음란하고 잔악하며 도리를 모르는 행적도 내가 보고 듣지 않은 것이 하나도 없다고 할 수 있소. 내 선배이자 지인인 나루시마 류호쿠 선생으로부터 그가 사이쿄기온(西京祇園)이라는 기루에서 아직 남녀 간의 정을 알지도 못하는 어린 예기를 농락하여 죽음에 이르게 한 사실을 듣게 된 것도 실로 그 같은 일에 속하오. 게다가 그 무뢰한 남편은 일찍이 온순하고 정숙한 것으로 평이 자자한 부인 아키코를 대할 때 노비와 매한가지로 대했다고 하는 데 이르러서는 누가 그를 인간 말종으로 보지 않을 수 있겠소? 그는 이미 존재 자체가 풍속을 해치고 세상을 어지럽히는 것이며 그를 없애는 것이 노인을 돕고 어린 것을 불쌍히 여기는 이치임을 알았소. 이로써 나의 살해의지는 서서히 살해계획으로 변화했소.

하지만 만약 이에 머물렀다면 나는 아마 나의 살인계획을 실행하는 데 얼마간 더 주저했을 것이오. 다행인지 불행인지 운명은 그 위험한 시기에 즈음하여 어느 날 저녁 나를 나의 어릴 적 친구인 혼다 자작과 보쿠조(墨上)의 기정(旗亭) 가시와야(柏屋)에서 만나게 했소. 술을 마시는 동안 그는 슬픈 이야기 하나를 들려주었소. 나는 이때에 이르러서야 비로소 혼다 자작과 아키코가 약혼을 한 상태였음에도 불구하고, 미쓰무라 교헤이가 재력의 위세로 압력을 가해 마침내 파혼할 수밖에 없는 처지에 이르렀음을 알게 되었소. 내 마음에 어찌 분노가 일지 않았겠소? 혼다 자작과 둘이 마주 앉아 술잔을 나누는 가운데 외로운 등불, 아름다운 그림이 그려진 기루 포렴에 어두운 그림자를 드리우니 미쓰무라를 사정없이 매도하던 그 당시를 생각하면, 나는 지금도 저절로 살이 떨리는 것을 느끼오. 하지만 또한 동시에 그날 밤 인력거를 타고 가시와야에서 돌아가는 길에 혼다 자작과 아키코와의 옛 혼약을 생각하며 무어라 표현할 길 없는 일종의 비애를 느꼈던 것을 나는 아직도 똑똑히 기억하는 바이오. 원컨대 내 일기를 다시 인용하는 것을 용서하길. '나는 오늘 저녁 혼다 자작과 만나 마침내 열흘 안에 미쓰무라 교헤이를 살해해야겠다고 결심했다. 자작의 이야기로 추측건대 그는 아키코와는 단지 혼약을 한 것만이 아니라 실로 서로 사랑하는 마음을 품었던 것 같다.(나는 오늘에서야 자작의 독신생활 이유를 알게 된 같다) 만약 내가 미쓰무라를 살해한다면 자작과 아키코가 부부로서 맺어지는 것은 반드시 어려운 일이 아닐 것이다. 다행히 아키코가 미쓰무라에게 시집을 가서 아직 아이를 하나도 낳지 않은 것은 마치 하늘이 나의 계획을 돕는 것으로 여겨진다. 내가 그 인면수심의 괴물을 살해한 결과 나의 사랑하는 자작과 아키코가 하루라도 빨리 행복한 생활에 들어갈 것을 생각하면 저절로 입가에 미소가 번지는 것을 금할 길이 없다.'

바야흐로 나의 살인계획은 일대 전기를 맞이하여 살인을 실행으로 옮기려 하오. 나는 몇 번인가 주도면밀한 사려에 사려를 거듭한 후 마침내 미쓰무라를 살해하기에 적당한 장소와 수단을 선정했소. 그곳이 어디이고 그 수단이 무엇인지는 애써 상세히 서술할 필요가 없을 것이오. 경들이 1879년 6월 12일 독일 황손 전하가 신토미좌(新富座)에서 일본연극을 보던 날 밤, 그 미쓰무라 교헤이가 같은 극장 무대에서 자택으로 돌아가던 도중 마차 안에서 갑자기 병사한 사실을 기억한다면, 나는 신토미좌에서 미쓰무라의 혈색이 좋지 않은 까닭을 묻고 그때 소지하고 있던 환약 복용을 권유한 한 장년(壯年) 의사가 있었음을 이야기하면 될 것이오. 아아, 원컨대 경들은 그 의사의 얼굴을 상상해보시오. 그는 겹겹이 켜진 홍등 불빛을 받으며 신토미좌 입구에 서서 장맛비 속으로 달려가는 미쓰무라의 마차를 떠나보내며 어제의 울분, 오늘의 환희가 가슴속에서 똑같이 들끓으며 웃음소리와 오열이 함께 입가에 흘러넘쳐, 장소가 어디인지 때가 어느 때인지도 거의 잊고 있었던 것이오. 게다가 그런 그가 또한 울고 웃으며 추적추적 내리는 비를 무릅쓰고 진흙탕에 발을 디디며 미친 듯이 돌아갈 무렵 그가 입 속에서 중얼거려 마지 않은 것은 아키코의 이름이었음을 잊지 마시오.—"나는 밤새도록 잠 못 이루고 내 서재를 배회했다. 환희인지 비애인지 분간할 수 없다. 단지 말할 수 없는 어떤 강렬한 감정이 나의 전신을 지배했고 한시도 나로 하여금 편안히 앉아 있을 수 없게 함을 어찌하랴. 내 테이블 위에는 샴페인이 있다. 장미꽃이 있다. 그리고 또 그 알약 상자가 있다. 나는 마치 천사와 악마를 좌우에 거느리고 기괴한 향연을 여는 것 같다……."

나는 이후 그 수개월처럼 행복한 나날을 보낸 적이 없을 것이오. 미쓰무라의 사인은 내 예상에서 조금도 빗나가지 않고 경찰에 의해 뇌출혈이라는 병명을 부여받았고 즉각 지하 6척 어둠 속에서 썩은 살은 구더기 먹이가 되다시피 했소. 이미 그럴진대 누가 또 내게 살인 혐의가 있다고 하겠소? 게다가 소문에 듣자니 아키코는 그 남편의 죽음에 의해 비로소 생기를 회복했다고 하지 않겠소? 나는 만면에 희색을 띠고 나의 환자를 진찰하다 틈만 있으면 곧 혼다 자작과 함께 어울려 신토미좌에서 연극을 보았소. 이는 나의 최후의 승리를 만끽하고 영광스런 전장에서 그 화려한 샹들리에와 융단을 바라보고자 하는 이상한 욕망을 느꼈기 때문이오.

하지만 이는 실로 수개월 동안의 일이었소. 행복한 수개월이 경과하면서 나는 점차 내 평생 가장 증오스런 유혹과 싸울 운명에 다가갔소. 그 싸움은 얼마나 가혹하고 치열하기 짝이 없었던가, 얼마나 일일이 나를 사지로 몰아넣었던가? 나는 도저히 여기에 그것을 서술할 용기가 나지 않소. 아니 이 유서를 적는 현재에도 나는 여전히 이 히드라* 같은 유혹과 죽을 힘으로 싸워야 하오. 경들이 만약 나의 번민의 흔적을 보고자 한다면 원컨대 이하 초록(抄錄)으로 적고자 하는 내 일기를 한 번 보시오.

"10월 ×일, 아키코가 자식이 없는 것을 이유로 미쓰무라가를 떠났으므로 나는 근일 혼다 자작과 함께 6년 만에 그녀를 만날 수 있을 것이다. 귀국한 이후 처음에는 그녀를 보는 것이 나

* 그리스 신화에 나오는 머리 아홉 달린 바다뱀

때문에 견딜 수 없었고 나중에는 그녀를 보는 것이 그녀 때문에
견딜 수 없어 결국 세월이 흘러 오늘에 이르렀다. 아키코의 맑은
눈은 여전히 6년 전과 같을까, 어떨까?"

"10월 ×일, 나는 오늘 혼다 자작을 찾아 처음으로 함께 아키
코의 집으로 향하고자 했다. 그런데 맙소사, 뜻밖에도 자작이 나
를 앞질러서 이미 그녀를 세 번이나 만났다니. 자작이 나를 소외
시키는 것, 어찌 이리 심한가? 나는 몹시 불쾌함을 표시하고 환
자의 진찰을 핑계로 서둘러 자작의 집을 뒤로 했다. 자작은 아마
내가 떠난 후 혼자서 아키코를 찾아가지는 않았을까?"

"11월 ×일, 나는 오늘 혼다 자작과 함께 아키코를 찾았다. 아
키코는 안색은 다소 안 좋아졌지만, 지금도 여전히 보라색 등나무
꽃 아래에 서 있던 당시의 소녀를 방불케 했다. 아아, 나는 이제 아
키코를 만났다. 그런데 나의 가슴 속에서 오히려 끊임없는 비애를
느끼는 것은 웬일인가? 나는 그 이유를 알 수가 없어 괴롭다."

"12월 ×일, 자작은 아키코와 결혼할 의지가 있는 것 같았다.
이렇게 해서 내가 아키코의 남편을 살해한 목적은 비로소 완성
의 경지에 달할 수 있었다. 하지만…… 하지만 나는 내가 다시
아키코를 잃는 것 같은 이상한 고통에서 벗어날 길이 없다."

"3월 ×일, 자작과 아키코의 결혼식은 올해 연말을 기해 거행
될 것이라 한다. 나는 그날이 하루라도 빨리 지나가길 바란다.
현재 상태로서는 나는 영원히 이 멈출 수 없는 고통에서 벗어날
수 없을 것 같다."

"6월 12일, 나는 혼자서 신토미좌로 향했다. 작년 이 달 이 날,

내 손에 쓰러진 희생자를 생각하면 나는 연극을 관람하는 도중에
도 스스로 회심의 미소를 띠지 않을 수 없다. 하지만 같은 극장에
서 돌아오는 길에 문득 내 살인 동기에 생각이 미치자 나는 갑자
기 거의 그 끝을 잃은 것 같은 느낌이 들었다. 아아, 나는 누구를
위하여 미쓰무라 교헤이를 죽였던가? 혼다 자작을 위해서인가,
아키코를 위해서인가, 아니면 처음부터 내 자신을 위해서였던
가? 그에 대해 나 역시 대답을 하지 못하겠는 것을 어찌하랴."

　"7월 ×일, 나는 자작과 아키코와 함께 오늘 저녁 마차를 달려
스미다가와(隅田川)의 유등회(流燈會)*를 구경했다. 마차 창문으
로 흘러들어오는 등의 불빛보다 아키코의 눈동자가 더 아름다
운 바람에 나는 곁에 자작이 있다는 사실조차 거의 잊고 말았다.
하지만 그것은 내가 이야기하고자 하는 바가 아니다. 나는 마차
안에서 자작이 위통을 호소하자 주머니에 손을 넣어 더듬어 알
약 상자를 찾았다. 그리고 그것이 '그 약'임을 알고는 깜짝 놀랐
다. 나는 무엇 때문에 오늘 저녁 이 알약을 휴대한 것일까? 우연
일까, 나는 절실하게 그것이 우연한 일이기를 바라고 바란다. 하
지만 그것은 꼭 우연만은 아닌 것 같다."

　"8월 ×일, 나는 자작과 아키코와 함께 우리 집에서 함께 만찬
을 했다. 게다가 나는 시종, 내 주머니 속에 있는 그 알약을 잊을
수 없었다. 내 마음은 거의 내 자신조차 알 수 없는 괴물을 숨기
고 있는 것이나 마찬가지다."

* 물에 등불을 흘려보내는 우란분재(盂蘭盆齋) 행사

"11월 ×일, 자작은 마침내 아키코와 결혼식을 올렸다. 나는 나 자신에 대해 뭐라 말할 수 없는 분노와 원망을 느끼지 않을 수 없다. 그 분노와 원한은 마치 한 번 내달리기 시작한 병사가 겁 많은 자신에게 느끼는 수치심과 같았다."

"12월 ×일, 나는 자작의 청에 따라 병상에서 그를 진찰했다. 곁에서 아키코가 밤새도록 발열이 심했다고 한다. 나는 진찰 후 그것이 독감에 불과하다고 하고 바로 집으로 돌아가서 자작을 위해 직접 조제를 했다. 그러기를 약 2시간, '그 알약' 상자는 내내 내게 공포스러운 유혹을 계속했다."

"12월 ×일, 나는 어젯밤 자작을 살해하는 악몽에 시달렸다. 하루 종일 가슴 속에서 불쾌함을 떨쳐버릴 수 없다."

"2월 ×일, 아아, 나는 지금에서야 비로소 알았다. 내가 자작을 살해하지 않기 위해서는 내 자신을 살해해야 함을. 하지만 아키코는 어쩌랴."

자작 각하 및 부인, 이것이 내 일기의 대략이오. 대략이라고 하지만 연일 밤낮 계속되는 나의 고통을 경들은 아마 잘 모를 것이오. 나는 혼다 자작을 죽이지 않기 위해서는 내 자신을 죽여야 하오. 하지만 내가 만약 내 자신을 구하기 위해 혼다 자작을 죽인다면 나는 내가 미쓰무라 교헤이를 죽인 이유를 어디서 구해야 하겠소? 또한 만약 그를 독살한 이유가 나의 무의식적 이기주의에 잠재된 것으로 간주한다면 나의 인격, 나의 양심, 나의 도덕, 나의 주장은 세상에서 모두 소멸할 것이오. 원래 그것은 내가 잘 견딜 수 있는 것이 아니오. 나는 오히려 내 자신을 죽이는 것이 나의 정신적 파산보다 나을 것이라 믿소. 따라서 나는 나의 인격을 지키기 위해 오늘 밤 '그 알약' 상자에 의해 일찍이 내 손으로 쓰러진 희생자와 같은 운명을 맞이하고자 하오.

혼다 자작 각하 및 부인, 나는 이런 이유로 인해 경들이 이 유서를 손에 넣었을 때는 이미 사체가 되어 내 침대에 누워 있을 것이오. 다만 죽음을 맞이하여 세세히 나의 저주스런 반생의 비밀을 고백한 것 또한 경들을 위해 조금이나마 스스로 깨끗해지기를 바라는 마음에서일 뿐. 경들이 만약 미워하고 싶으면 바로 미워하고 불쌍히 여기고 싶으면 바로 불쌍히 여기시오. 나는—스스로 미워하고 스스로 불쌍히 여기는 나는 기꺼이 경들의 증오와 연민의 마음을 받을 것이오. 그럼 나는 붓을 놓고 내 마차를 명하여 바로 신토미좌로 향할 것이오. 그리고 한나절 연극을 본 후 나는 '그 알약' 몇 알을 먹고 다시 내 마차에 오를 것이오. 계절은 그때와 다르지만 흩날리는 이슬비는 다행히 나로 하여금 장마날씨를 방불케 하오. 이리하여 나는 그 돼지 같은 미쓰무라 교헤이처럼 차창 밖으로 왕래하는 불빛을 보며 마차 지붕 위에 소슬하니 떨어지는 밤비 소리를 들으며 신토미좌를 떠난 지 얼마 안 돼 반드시 내 마지막 숨을 거둘 것이오. 또한 아마 내 유서를 발견하기에 앞서, 경들은 내일 신문을 펼쳤을 때 기타바타케 기이치로 의사가 연극을 보고 귀가하던 중 마차 안에서 뇌일혈로 급사했다는 기사를 읽게 될 것이오. 마지막으로 나는 진심으로 경들의 행복과 건재를 비오. 경들에게 늘 충실한 하인, 기타바타케 기이치로 배상.

의혹

아쿠타가와 류노스케

지금은 벌써 10여 년 정도 전의 일이 되었지만, 어느 해 봄 나는 실천윤리학 강의 의뢰를 받고 약 1주일 정도 기후현(岐阜縣) 오가키마치(大垣町)에 머물게 되었다. 원래부터 지방 유지들의 친절이 성가셔서 진절머리가 나 있던 나는 초청해준 어느 교육가 단체에 미리 거절 편지를 보내 송영이나 연회, 혹은 명소 안내, 기타 여러 가지 강연에 따르는 일체의 쓸데없는 시간 때우기 계획을 거절한다는 뜻을 전해두었다. 그러니 다행히 그 지역에 내가 좀 별난 사람이라는 평판이 나 있었는지, 내가 그곳에 가자 그 단체의 회장인 오가키마치 촌장의 주선으로 모두 내 희망대로 조처되어 있을 뿐 아니라 숙소도 보통 여관을 피해서 한가하고 조용한, 지역 내 재산가 N씨의 별장을 수배해주었다. 내가 이제부터 하려는 이야기는 그 별장에 머물던 중 우연히 들은 비참한 사건의 전말이다.

　그 별장은 고로쿠조(巨鹿城) 성에서 가까운 구루와마치(廓町)

에 있었고, 그곳은 속세의 번잡스러움과는 가장 멀리 떨어진 지역이었다. 특히 내가 기거하고 있던 쇼인즈쿠리(書院造り)*의 다다미 8장짜리 방은 채광이 좋지 않은 점이 조금 아쉽기는 하지만, 장지문이나 미닫이문에 적당히 손때가 묻은 분위기가 아주 차분한 방이었다. 내 시중을 들어주는 별장지기 부부는 특별한 볼일이 없는 한, 항상 부엌에 가 있었기 때문에 이 침침한 8장짜리 방은 거의 늘 한적하고 인기척이 없었다. 그곳은 화강암 조즈바치(手水鉢)** 위에 가지를 뻗치고 있는 목련나무에서 가끔씩 하얀 꽃이 떨어지는 소리조차 또렷하게 들릴 정도로 조용했다. 매일 오전에만 강연을 하러 나가는 나는 오후와 밤에는 그 방에서 아주 태평하게 지낼 수 있었다. 하지만 또한 동시에 가끔은 참고서와 갈아입을 옷을 넣은 가방 말고는 아무것도 없는 내 자신이 왠지 모르게 쓸쓸하게 여겨졌다.

물론 오후에는 이따금씩 방문객이 찾아와서 기분전환이 되었기 때문에 그렇게까지 외롭지는 않았다. 하지만 대나무 통으로 만든 고풍스런 램프에 이윽고 불이 켜지면, 순식간에 인간의 숨결이 느껴지는 세계는 그 희미한 불빛이 비추는 내 주위로 한정되어버린다. 게다가 내게는 그 주위조차 결코 편안하게 느껴지지 않았다. 내 뒤에 있는 도코노마(床の間)***에는 꽃도 꽂혀 있지

* 모모야마(桃山) 시대에 완성된 주택 건축의 양식. 선종(禪宗)의 서원 양식이 관원. 무사의 주택에 채택된 것으로 현재의 일본식 주택은 거의 이 양식임. 다다미방을 기본으로 하여, 현관, 도코노마, 책장, 책상, 장지문, 덧문 등을 갖추고 있다.
** 손 씻는 물을 떠 놓는 그릇
*** 일본 건축에서, 객실인 다다미방의 정면에 바닥을 한 층 높여 만들어놓은 곳

않은 청동 화병 하나가 위엄 있고 듬직하게 자리를 잡고 있었다. 그리고 그 위로는 이상한 양류관음(楊柳觀音)* 족자가 시커멓게 때가 묻은 비단 표구 속에서 몽롱하게 검은 빛을 발하고 있었다. 내가 가끔씩 책을 읽다 눈을 들어 그 낡은 불화(佛畵)를 돌아볼 때면 피우지도 않는 향냄새가 나는 것 같은 느낌이 들었다. 그 정도로 방 안에는 절 같은 한적한 분위기가 감돌았다. 그래서 나는 자주 일찍 잠자리에 들었다. 하지만 잠자리에 들어도 쉽게 잠이 들지는 않았다. 비를 막기 위한 덧문 밖에서는 밤새들이 우는 소리가 원근을 가리지 않고 나를 놀라게 했다. 그 새소리에 나는 이 집 위에 있는 천주각(天主閣)을 마음에 그리곤 했다. 천주각은 낮에 보면, 항상 울창한 소나무 숲 사이에 흰 벽을 3층으로 겹쳐놓고 당당하게 뒤로 젖혀져 있는 지붕 위의 하늘에 무수한 까마귀를 뿌려놓고 있었다. 어느새 나는 꾸벅꾸벅 선잠을 자면서 마음속으로는 아직 물속에 있는 것처럼 으스스한 추위를 느꼈다.

그러던 어느 날 밤의 일—그것은 예정된 강연 일수가 거의 다 끝나가던 무렵이었다. 나는 평소처럼 램프 앞에 책상다리를 하고 앉아서 느긋하게 독서삼매경에 빠져 있었는데, 갑자기 옆방으로 통하는 미닫이문이 불쾌할 정도로 조용히 열렸다. 문이 열린 것을 알았을 때 무의식적으로 별장지기라고 예견하고 있던 나는 마침 방금 전 써둔 엽서를 부쳐달라고 부탁하려고 무심결

* 불교에서 병고를 없애며 중생의 소원을 잘 들어준다는 관음

에 그쪽으로 눈길을 돌렸다. 그러자 그 어슴푸레한 미닫이문 쪽에 내가 전혀 모르는 마흔 정도 되는 남자가 혼자서 반듯하게 앉아 있었다. 솔직히 말하면, 그 순간 나는 경악—이라기보다는 오히려 일종의 미신적 공포에 가까운 감정의 위협을 받았다. 또한 실제로 그 남자는 그 정도로 충격적일 만큼 희미한 램프 불빛 속에서 유령 같이 이상한 모습을 하고 있었다. 하지만 그는 나와 얼굴을 마주치자 옛날식으로 두 팔을 높이 올리고 아주 공손하게 머리를 숙이면서 생각보다 젊은 목소리로 거의 기계적으로 다음과 같은 인사말을 늘어놓았다.

"이 늦은 밤에 더구나 바쁘실 텐데 방해를 하러 와서 뭐라 죄송스런 마음을 표해야 할지 모르겠습니다만, 좀 진지하게 선생님께 여쭈고 싶은 말씀이 있어서 실례를 무릅쓰고 찾아뵌 것이옵니다."

그제야 처음 받은 충격에서 벗어난 나는 그 남자가 이렇게 떠들어대고 있는 동안에 처음으로 침착하게 상대를 관찰했다. 그의 이마는 넓고 볼은 옴팍 패였으며, 나이에 어울리지 않게 눈이 살아 있는, 품격 있는 반백(半白)의 인물이었다. 게다가 가문(家紋)이 들어가지는 않았지만 보기 싫지 않을 정도로 격식을 차린 하오리와 하카마(袴)* 차림이었고, 무릎 아래에는 부채까지 제대로 갖추고 있었다. 단 그 짧은 순간에도 내 신경에 거슬린 것은 그의 왼쪽 손가락 하나가 없다는 것이었다. 그 사실을 알고 나는

* 겉에 입는 아래옷

나도 모르게 그 손에서 눈길을 돌리지 않을 수 없었다.

"무슨 일이신지요?"

나는 읽다만 책을 덮으며 퉁명스러운 말투로 그렇게 물었다. 말할 것도 없이 내게는 그의 갑작스런 방문이 의외였음과 동시에 짜증나는 일이었다. 또한 동시에 별장지기가 이 손님이 왔다는 사실에 대해 미리 한 마디도 하지 않은 것도 이상했다. 그러나 그 남자는 나의 냉담한 어투에도 굴하지 않고, 다시 한 번 이마를 다다미 바닥에 대고 여전히 낭독이라도 하는 것 같은 어조로 말했다.

"말씀이 늦었습니다만, 저는 나카무라 겐도(中村玄道)라 하옵니다. 매일 선생님의 강연을 들으러 다니고 있습니다만, 물론 많은 사람들 가운데 섞여 있으므로 기억이 없으시겠지요. 부디 이것도 연이라 생각하시고 앞으로도 계속 무슨 일이든지 잘 지도해주시기를 바라옵니다."

나는 그제야 겨우 이 남자가 나를 찾아온 뜻을 이해할 수 있을 것 같았다. 하지만 한밤중에 독서의 청흥(淸興)을 깬 불쾌함에는 여전히 변함이 없었다.

"그렇다면…… 제 강연에 뭔가 질문사항이라도 있다는 것인지요?"

이렇게 물은 나는 내심 살짝, '질문이라면 내일 강연장에서 하시죠'라는 정도의 적당한 핑계거리를 준비하고 있었다. 그러나 상대는 역시 얼굴 근육 하나 움직이지 않고, 가만히 하카마의 무릎 위로 시선을 떨어뜨렸다.

"아니, 질문은 아니옵니다. 그것은 아닙니다만, 실은 제 일신의 처신에 대해 선악 어느 쪽인지 선생님의 고견을 듣고 싶어서입니다. 무슨 말씀인고 하면, 바로 지금으로부터 약 적어도 20년 정도 전에 저는 뜻하지 않은 어떤 일을 겪게 되었고 그 결과 저로서도 제 자신을 통 알 수 없게 되었습니다. 그래서 선생님 같은 윤리학계 대가의 말씀을 들으면 자연히 분별이 될 것이라 생각하여 오늘밤 굳이 이렇게 불쑥 찾아뵌 것입니다. 어떠신지요. 재미는 없지만 제 신상 이야기를 한 번 들어주실 수는 없으신지요?"

나는 대답하기를 주저했다. 과연 전공으로 치자면 윤리학자임에는 틀림없지만, 유감스럽게도 그렇다고 해서 또 나는 그 전공 지식을 활용하여 바로 당면한 현실문제에 대해 기민하게 해결책을 제시할 수 있을 만큼 융통성 있는 두뇌의 소유자라고 착각하며 자부심을 느끼는 사람은 아니었다. 그러자 그는 내가 망설이는 것을 재빨리 알아차렸는지 지금까지 하카마 무릎 위로 향했던 시선을 들어 반쯤 탄원하듯이 내 안색을 살피며, 아까보다 좀 더 자연스런 목소리로 공손하게 다음과 같이 말을 이었다.

"아니요, 그것도 물론 굳이 선생님께서 시시비비를 가려주셔야 한다는 것은 아닙니다. 단지 제가 이 나이가 되도록 평생 고통스러웠던 문제이기 때문에 하다못해 그간의 고통만이라도 선생님 같은 분께 말씀을 드려 다소간이라도 제 자신의 응어리진 마음을 풀어보고 싶은 것입니다."

그 말을 듣고 보니, 나는 형식적으로라도 이 낯선 남자의 이야기를 듣지 않겠다고 할 수는 없었다. 하지만 동시에 또한 불길한 예감과 일종의 막연한 책임감이 무겁게 내 마음을 엄습하는 느낌도 들었다. 나는 오로지 그와 같은 불안한 느낌을 떨쳐버리고 싶은 마음 하나로 짐짓 가벼운 태도를 보이며, 희미한 램프 맞은 편으로 상대를 가까이 불러 말했다.

"그러면 어쨌든 말씀이나 들어봅시다. 물론 그 이야기를 듣는다고 해서, 특별히 참고가 될 만한 의견을 낼 수 있을지는 모르겠지만 말입니다."

"아니요, 그저 들어주시기만 한다면, 그것만으로도 이미 저로서는 너무나 만족스러울 정도입니다."

나카무라 겐도라 이름을 댄 인물은 손가락이 하나 없는 손으로 다다미에 놓여 있던 부채를 집어 올리더니 가끔씩 살짝 눈을 들어 나보다는 오히려 도코노마의 양류관음을 훔쳐보며, 역시 억양이 없는 침울한 어조로, 떠듬떠듬 다음과 같은 이야기를 하기 시작했다.

○ ○ ○

때는 바야흐로 1891년의 일입니다. 아시는 바와 같이 1891년이라고 하면 노비(濃尾) 대지진*이 있었던 해로, 그 이후 이곳 오가키(大垣)도 모습이 완전히 바뀌었습니다만, 그 무렵 마을에는 초등학교가 딱 두 개 있었는데 하나는 번(藩)의 영주가 지으신 것, 또 하나는 촌장이 지은 것, 그렇게 나뉘어 있었습니다. 저는

* 1891년 10월 28일 오전 6시 37분, 기후현(岐阜縣) 미노(美濃) 지방, 아이치현(愛知縣) 오바리(尾張) 지방에서 일어난 대지진

번의 영주가 지으신 K초등학교에 봉직하고 있었는데, 2, 3년 전에 현의 사범학교를 수석으로 졸업하기도 했고 그 후에 또 계속해서 교장의 신임도 상당히 두터워서 연배에 비해서는 15엔이라는 고액의 월급을 받고 있었습니다. 다만 지금은 15엔이라는 월급을 받는 것으로는 이슬같이 덧없는 목숨을 연명하기도 힘들겠지만, 뭐 20년이나 전의 일이므로 충분치는 못해도 생활에 불편함은 없었기 때문에 오히려 동료들 사이에서도 저는 선망의 대상이 되었을 정도였습니다.

가족이라고는 천지간에 아내 하나뿐으로, 그것도 결혼한 지 겨우 2년 정도밖에 되지 않았을 무렵이었습니다. 아내는 교장의 먼 친척뻘 되는 사람으로 어렸을 때 부모를 여의고 나에게 시집오기까지 교장부부가 딸처럼 쭉 보살펴 준 여자입니다. 이름은 사요(小夜)라고 하며 제 입으로 말씀드리기는 좀 뭐합니다만, 매우 고분고분하고 부끄럼을 잘 타는―대신 또 천성이 너무 말이 없어서 어딘가 그늘이 있는 것처럼 외로워 보였습니다. 하지만 저로서는 성격이 비슷해서 잘 맞는 부부로, 설령 이렇다 할만한 눈에 띄는 화려한 즐거움은 없어도 우선은 하루하루를 평온하게 지낼 수 있었습니다.

그런데 그 대지진으로―잊으려야 잊을 수 없는 10월 28일, 아마 오전 7시 무렵이었을 것입니다. 제가 우물가에서 이를 닦고 있고, 아내는 부엌에서 솥의 밥을 푸고 있는―그 위로 집이 무너져 내렸습니다. 그것은 불과 1, 2분 사이의 일로 마치 거센 바람이 불듯이 땅이 울리는 끔찍한 소리가 덮치는가 싶더니, 순식간에 집이 삐걱삐걱 기울었고 그 후로는 그저 기왓장이 날아가는 것이 보였을 뿐입니다. 저는 억 하고 소리를 지를 새도 없이 바로 무너져 내린 차양에 깔려 한동안 정신이 혼미한 상태에서 어디서 시작되는지 알 수도 없이 몰려오는 대진동의 파동에 흔들리고 있었습니다. 간신히 그 차양 밑에서 흙먼지 속으로 기어 나와 보니, 눈앞에 있는 것은 저희 집 지붕이었고 게다가 기왓장 사이에 나 있던 풀이 그대로 땅바닥에 널브러져 있었습니다.

그때 내 심정은 놀랐다고 해야 할까요, 당황스러웠다고 해야 할까요. 마치 넋을 잃은 것처럼 그 자리에 털썩 주저앉아서 폭풍이 몰아치는 바다처럼 왼쪽, 오른쪽 지붕이 떨어져 나간 집들 위로 눈길을 보내며, 땅이 울리는 소리, 동량이 떨어지는 소리, 수목이 꺾이는 소리, 벽이 무너지는 소리, 그리고 몇 천 명이나 되는 사람들이 도망을 치느라 갈팡질팡하는 소리, 물건이 부서지는 소리 등 무슨 소리인지 분간할 수 없는 울림이 소란스럽게 뒤엉키고 있는 것을 멍하니 듣고 있었습니다. 하지만 그것은 정말이지 순식간의 일로, 이윽고 저쪽 차양 아래에서 무엇인가 움직이고 있는 것을 발견하고는 나는 서둘러 벌떡 일어서서 악몽에서 깨어나기라도 한 듯이 의미를 알 수 없는 괴성을 지르며 쏜살같이 그쪽으로 달려갔습니다. 차양 아래에서는 아내 사요가 하반신이 동량에 깔린 채 고통스러워하고 있었던 것입니다.

저는 아내의 손을 잡아당겼습니다. 아내의 어깨를 누르며 일으키려 했습니다. 하지만 짓누르고 있는 동량은 벌레 한 마리 기어 나올 만큼도 움직이지 않습니다. 저는 어찌할 바를 몰라 차양의 나무판을 한 장 한 장 뜯어냈습니다. 뜯어내면서 몇 번이고 아내에게, '정신 차려'라고 울부짖었습니다. 아내를? 아니 어쩌면 제 자신을 격려하고 있었는지 모릅니다. 사요는 '괴로워요'라고 했습니다. '어떻게 좀 해주세요'라는 말도 했습니다. 하지만 제가 격려를 할 것까지도 없이, 사람이 완전히 바뀌어서 안간힘을 쓰며 필사적으로 동량을 들어 올리려 하고 있었기 때문에 저에게는 그때 아내의 두 손이 손톱도 보이지 않을 정도로 피범벅이 되어 떨며 동량을 더듬고 있던 모습이 지금도 여전히 생생하게 고통스런 기억으로 남아 있습니다.

그것은 아주 오랜 시간에 걸쳐 일어난 일이었습니다.―얼마 안 있어 정신을 차리고 보니 어디선가 검은 연기가 뭉게뭉게 일어나며 한 번 무너진 지붕을 건너와 내 얼굴로 확 몰려왔습니다. 그렇게 생각한 순간 그 연기 너머로 무엇인가 폭발하는 소리가 요란스럽게 나며 금가루 같은 불똥이 사방팔방 공중으로 흩어지며 날아올랐습니다. 저는 미친 듯이 아내에게 달려들었습니다. 그리고 다시 한 번 정신없이 아내의 몸을 동량 아래에서 끌어내려 했습니다. 하지만 역시 아내의 하반신을 눈곱만큼도 움직이게 할 수 없었습니다. 저는 또 몰려온 연기를 뒤집어쓰며 차양에 한 쪽 무릎을 대고 아내에게 잡아먹을 듯이 말했습니다. 무슨 말을 했냐고 물으실지도 모르겠습니다. 아니, 반드시 물어보시겠죠. 그러나 저도 무슨 말을 했는지, 통 기억이 나지 않습니다. 다만 저는 그때 아내가 피투성이가 된 손으로 내 팔을 잡으며 '여보'라고 한 마디 한 것밖에 기억나지 않습니다. 저는 아내의 얼굴을 바라보았습니다. 모든 표정을 잃은 눈만 하릴없이 크게 뜨고 있는, 음산한 얼굴이었습니다. 그러자 이번에는 연기만이 아니라 불똥을 뿜어내는 불길이 눈앞이 아찔할 정도로 저를 덮쳤습니다. 저는 이제 글렀다 생각했습니다. 아내는 산 채로 불에 타 죽을 것이라고 생각했습니다. 산 채로? 저는 피투성이가 된 아내의 손을 잡은 채, 또 뭐라고 울부짖었습니다. 그러자 아내도 역시 거듭, '여보'라는 말만 했습니다. 저는 그때 그 '여보'라는 말 속에서 무수한 의미, 무수한 감정을 느꼈습니다. 산 채로? 산 채로? 저는 무슨 말인지 세 번을 외쳤습니다. 그것은 '죽어'라고 한 기억이 나기도 합니다. '나도 죽을 거야'라고 한 기억도 납니다. 하지만 뭐라고 했는지 알기도 전에 저는 닥치는 대로 떨어지는 기와를 집어 들어 아내의 머리를 연달아 내리쳤습니다.

그러고 나서 그 뒤에 어떤 일이 일어났는지는 선생님 추측에 맡기는 수밖에 없습니다. 저는 혼자서 살아남았습니다. 온 마을을 거의 잿더미로 만들어버린 불과 연기에 쫓기며 산더미처럼 길을 막고 있던 집들의 지붕 사이를 빠져나가 간신히 위험한 목숨 하나를 건진 것입니다. 다행인지 불행인지 저는 아무것도 알수가 없었습니다. 단지 그날 밤 여전히 어두운 하늘에 타오르는 불빛을 바라보며 동료 한 사람 한 사람과 함께 역시 일격에 찌부러진 학교 밖 가건물에서 이재민에게 공급된 주먹밥을 손에 들었을 때 한없이 눈물이 흘러내린 것은 지금도 도저히 잊을 수 없습니다.

나카무라 겐도는 한동안 말을 끊고 겁에 질린 눈을 다다미 위로 떨구었다. 갑자기 이런 이야기를 듣게 된 나도 마침내 휑하고 을씨년스러운 방의 기운이 옷깃에까지 스며드는 기분이 들어 '과연'이라고 말할 기운조차 없었다.

방 안에서는 램프가 기름을 빨아올리는 소리가 날 뿐이었다. 그리고 책상 위에 올려놓은 나의 회중시계가 시간을 잘게 다지는 소리가 났다. 그러자 또 그 가운데, 도코노마의 양류관음이 몸을 움직였나 싶을 정도로 희미한 한숨소리가 났다.

나는 겁에 질린 눈을 들어 초연히 앉아 있는 상대의 모습을 지켜보았다. 한숨을 쉰 것은 그였을까? 아니면 내 자신이었을까.——하지만 그런 의문이 해소되기 전에 나카무라 겐도는 역시 낮은 목소리로 천천히 이야기를 계속했다.

○ ○ ○

말할 것도 없이 저는 아내의 마지막 순간을 슬퍼했습니다. 그뿐만 아니라 때로는 교장을 비롯해 동료들에게서 친절한 동정의 말을 듣고서는 체면 불구하고 염치없이 눈물을 흘린 일조차 있습니다. 하지만 묘하게도 제가 그 지진 속에서 아내를 죽였다는 말만은 입 밖에 낼 수 없었습니다.

"산 채로 불에 타 죽느니 차라리 죽는 것이 낫다고 생각해서 제 손으로 죽였습니다."—이 정도 말을 입 밖에 낸다고 해서 제가 감옥에 가는 것도 아닐 테지요. 아니, 오히려 그 때문에 세상 사람들은 저를 더 동정해줄지도 모를 일입니다. 그런데 그게 어찌된 일인지 말을 하려고 하면 금세 목구멍에 달라붙어 한 마디도 할 수 없게 혀가 움직여지지 않는 것입니다.

당시 저는 그 원인이 순전히 저의 겁 많은 성격 때문이라고 생각했습니다. 하지만 실은 단순히 겁이 많다기보다는 더 깊은 곳에 잠재되어 있는 원인이 있었습니다. 그러나 그 원인을, 마침내 제게 재혼 이야기가 들어오면서 다시 한 번 새로운 삶을 시작하기 전까지는 제 자신도 알지 못했습니다. 그리고 그 사실을 알았을 때 저는 두 번 다시 남들과 같은 생활을 할 자격이 없는 가엾은 정신적 패배자가 되는 수밖에 없었습니다.

재혼 이야기를 제게 꺼낸 것은 사요에게 아버지 같았던 교장으로, 그것은 순전히 저를 위해 마음을 써준 결과라는 것을 저도 잘 알고 있었습니다. 또한 실제로 그 무렵은 이미 그 대지진이 있고 나서 그럭저럭 1년 남짓 시간이 경과한 시점으로, 교장이 그 문제를 꺼내기 전에도 은근히 그런 비슷한 제안을 하며 제 속마음을 떠본 것이 한두 번이 아니었습니다. 그런데 교장 선생님의 이야기를 들어보니 뜻밖에도 그 혼담 상대가 지금 선생님이 계시는 이 N 집안의 둘째 딸로 당시 제가 학교 밖에서 가끔씩 출장 교습을 해준 초등학교 4학년인 장남의 누나였던 것이 아니겠습니까? 물론 저는 일단 사양을 했습니다. 첫째 교원인 저와 자산가인 N 집안은 신분상으로 격에 맞지 않았고, 가정교사라는 관계상 결혼까지는 뭔가 일이 있을 것이라 생각했고,

엄한 말을 듣게 되면 곤란할 것이라 생각했기 때문입니다. 또한 동시에 제가 마음이 내키지 않은 이유의 이면에는 제 자신이 쳐 죽인 사요의 마지막 모습이 혜성의 꼬리처럼 희미하게 내 마음을 휘감고 있었음에 틀림없습니다. 물론 산 사람은 어떻게든 살게 마련이라 이전만큼 슬픈 기억이 남아 있는 것은 아니었습니다. 하지만 교장은 제 심정을 십분 헤아린 후 저 정도 연배 되는 사람이 앞으로 혼자 살아가는 것은 곤란하다는 것, 게다가 이번 혼담은 상대방이 절대적으로 원한다는 것, 교장 자신이 먼저 나서서 중매를 선 이상 나쁜 소문이 날 일은 없다는 것, 그 외 평소 제가 희망하고 있던 도쿄(東京) 유학도 결혼만 하면 크게 편의를 봐줄 것이라는 것등등 그런 여러 가지 이유를 내세우며 끈질기게 저를 설득했습니다. 그런 말을 듣고 보니 저도 무조건 거절만할 수는 없었습니다. 게다가 상대 처녀는 소문난 미인이었고, 또 부끄럽습니다만 N가의 자산에도 눈이 어두워졌기 때문에 교장의 권유가 거듭됨에 따라 어느새 '숙고해보겠습니다'가 '조금 더있다 해라도 바뀌고 나면요'라는 식으로 점점 뜻을 굽히기 시작했습니다. 그렇게 해서 그 해가 바뀐 1893년 초여름에는 마침내 가을이 되면 식을 올리자고 하는 지경까지 되었습니다.

그렇게 그 이야기가 마무리 지어질 무렵부터 이상하게 저는 마음이 울적해졌고, 제가 생각해도 이상할 정도로 무엇을 해도 예전처럼 힘이 나지 않게 되었습니다. 예를 들면 학교에 가서도 교원실 책상에 기대어 뭔가 멍하니 생각에 잠겨 수업 시작을 알리는 종소리도 놓치는 일이 종종 있었습니다. 그렇다고 해서 뭔가 걱정거리가 있나 하면, 제 자신도 그것을 확실히 분간할 수 없었습니다. 다만, 머릿속의 톱니바퀴가 어딘가 딱 들어맞지 않는 것 같은―그리고 그 톱니바퀴가 딱 들어맞지 않는 이면에는 제 자각을 초월한 비밀이 똬리를 틀고 있는 것 같은 불쾌한 느낌이 도사리고 있었습니다.

그런 상태가 대략 두 달 정도 계속되고 나서의 일이었던 것 같습니다. 마침 여름휴가 중으로, 어느 날 저녁 산책을 하는 김에 혼간지 별원(本願寺別院) 뒤편에 있는 책방 앞에서 가게 안을 들여다보니, 그 무렵 평판이 자자했던 『풍속화보(風俗畵報)』라는 잡지 대여섯 권이 『야창귀담(夜窓鬼談)』, 『월경만화(月耕漫畵)』 등과 함께 석판쇄(石版刷) 표지를 늘어놓고 있었습니다. 그래서 가게 앞에 멈춰 서서 무심결에 그 『풍속화보』 한 권을 손에 들고 보니, 표지에 집이 쓰러지고 불이 나기 시작하는 그림이 있고 거기에 두 줄로 '1891년 11월 30일 발행, 10월 28일 지진 기문(記聞)'이라고 크게 인쇄되어 있는 것이었습니다. 그것을 본 순간 저는 갑자기 가슴이 미어져 내렸습니다. 내 귓가에 누군가 기쁜 듯이 비웃으며 '그거야, 그거'라고 속삭이는 기분이 들었습니다. 저는 아직 불을 켜지 않은 어둑어둑한 가게 앞에서 황급히 표지를 넘겨보았습니다. 그러자 제일 앞에 한 집안의 어린 아이와 어른이 무너져 내린 동량에 짓눌려 참사를 당한 그림이 나와 있었습니다. 그리고 땅이 두 개로 갈라져서 발을 헛디딘 여자아이들을 삼키고 있는 그림이 나와 있습니다.―일일이 헤아릴 수는 없습니다만, 그때 그 『풍속화보』는 2년 전 대지진의 광경을 다시

내 눈앞에 펼쳐 보여준 것이었습니다. 나가라가와(長良川)강 철도 붕괴도, 오와리(おわり) 방적회사 파괴도, 제3사단 병사 시체 발굴도, 아이치(愛知) 병원 부상자 구호도—그런 처참한 그림들은 잇달아 그 저주스러운 당시의 기억 속으로 저를 끌어들였습니다. 제 눈에는 눈물이 고였습니다. 몸도 떨리기 시작했습니다. 고통이랄 수도 없고 환희랄 수도 없는 감정이 가차 없이 제 정신을 뒤흔들어버렸습니다. 그렇게 해서 마지막 그림 한 장이 제 눈앞에 펼쳐진 순간—저는 지금도 그 경악스런 순간을 마음속에 생생히 기억하고 있습니다. 그것은 무너져 내린 동량에 허리가 깔린 한 여자가 고통에 몸부림치는 무참한 그림이었습니다. 가로놓인 그 동량 건너에는 검은 연기가 뭉게뭉게 피어오르고 붉은 불똥이 사방으로 날아오르는 것이 아니겠습니까? 그것이 제 처가 아니고 누구겠습니까? 아내의 최후의 모습이 아니고 무엇이겠습니까? 저는 하마터면 손에서 『풍속화보』를 떨어뜨릴 뻔했습니다. 하마터면 소리를 지를 뻔 했습니다. 게다가 그 순간 저를 더 한층 공포에 떨게 한 것은 갑자기 주위가 확 밝아지면서 화재를 연상케 하는 연기가 제 코에 확 밀려든 것입니다. 저는 억지로 마음을 가라앉히면서 『풍속화보』를 내려놓고 가게 앞을 여기저기 두리번거렸습니다. 가게 앞에서 마침 견습 점원이 걸어놓은 램프에 불을 붙이고 아직 연기가 나고 있는 성냥개비를 저녁 어둠이 깔린 길에 버리던 참이었던 것입니다.

그 이후 저는 전보다 더 음울한 인간이 되어버렸습니다. 그때까지 저를 위협한 것은 그저 무엇인지 모르는 불안한 심정이었습니다만, 그 후부터는 어떤 의혹이 제 머릿속에 똬리를 틀고 앉아 밤낮을 가리지 않고 저를 들들 볶는 것이었습니다. 무슨 말인가 하면, 그 대지진이 났을 때 내가 아내를 죽인 것은 과연 어쩔 수 없었던 것일까?―다시 한 번 노골적으로 말하자면 내가 처를 죽인 것은 처음부터 죽이고 싶은 마음이 있어서 죽인 것은 아닐까? 대지진은 단지 나를 위해 기회를 준 것은 아니었을까?―그런 의혹이었습니다. 물론 저는 그 의혹 앞에 몇 번이나 과감하게 '아니야, 아냐'라고 대답했는지 모릅니다. 하지만 책방 앞에서 내 귀에 '그거야, 그거'라고 속삭인 무언가는 또 그때마다 비웃으며 '그럼 너는 왜 아내를 죽인 사실을 입 밖에 내지 못하는 거지?'라고 추궁하는 것이었습니다. 저는 그 사실에 생각이 미치면 늘 움찔하게 됩니다. 아아, 저는 왜 아내를 죽였으면 죽였다고 털어놓지 못하는 것일까요? 왜 오늘까지 몰래 그렇게까지 엄청난 경험을 숨기고 있던 것일까요?

게다가 그 순간 제 기억에 선명하게 되살아난 것은 당시의 제가 아내 사요를 내심 미워했다고 하는, 끔찍한 사실입니다. 이것은 부끄럽지만 말씀을 드려야만 좀 납득이 되실 것입니다. 아내는 불행하게도 육체적으로 결함이 있는 여자였습니다.(이하 12줄 생략) ……그래서 저는 그때까지는 어렴풋하지만 제 도덕 감정이 어쩌면 이긴 것이라고 믿고 있었던 것입니다. 하지만 그 대지진 같은 흉변이 일어나고 일체의 사회적 속박이 지상에서 모습을 감추었을 때 어떻게 그와 함께 제 도덕 감정도 균열을 일으키지 않았다고 할 수 있을까요? 어떻게 제 이기심도 그 모습을 드러내지 않았다고 할 수 있을까요? 저는 여기에 이르러 역시 아내를 죽인 것은 죽이기 위해 죽인 것이 아니었을까 하는 의혹을 인정하지 않을 수 없었습니다. 결국 제가 우울해진 것은 오히려 자연스러웠다고 할 수 있습니다.

그러나 저는 아직 '그런 경우에 아내를 죽이지 않았다 해도 아내는 분명히 불에 타죽었을 것이다. 그렇다면 아내를 죽인 것을 특별히 내 죄악이라고 할 수는 없을 것이다'라는 한 가닥 희망이 있었습니다. 그런데 어느 날, 이미 계절이 한여름에서 늦여름으로 옮겨가고 새로운 학기가 시작될 무렵이었습니다. 저희 교원 일동이 교무실 테이블을 둘러싸고 차를 마시며 가벼운 잡담을 나누고 있다가, 무슨 계기에서인지 화제가 다시 2년 전의 그 대지진으로 돌아간 일이 있었습니다. 저는 그때도 혼자 입을 꾹 다물고 동료들의 이야기를 아무 생각 없이 흘려듣고 있었습니다. 혼간지 별원의 지붕이 떨어져 나간 이야기, 후나마치(船町)의 둑방이 무너진 이야기, 다와라마치(俵町)의 길바닥이 갈라진 이야기 ― 하는 식으로 이야기에서 이야기로 이어졌습니다. 그러다 어느 교원이 이야기하길, 나카마치(中町)인가 어딘가에 있는 빈고야(備後屋)라는 술집 안주인은 일단 동량에 깔려서 꼼짝도 하지 못하고 있었는데 얼마 안 있어 불이 나서 다행히 동량도 타서 무너지는 바람에 간신히 목숨을 건졌다고 하는 것이었습니다. 저는 그 이야기를 들었을 때 갑자기 눈앞이 캄캄해지며 그대로 한동안 숨이 막힐 지경이었습니다. 아마 실제로 잠시 거의 실신한 거나 마찬가지의 상태였을 겁니다. 겨우 정신을 차리고 보니 동료들은 갑자기 제 안색이 바뀌며 의자 째로 넘어질 뻔하자 놀라서 모두 제 주위에 모여들어 물을 먹이고 약을 먹이는 등 야단법석이 났습니다. 하지만 그 동료에게 고맙다는 말을 할 여유도 없을 만큼 제 머릿속은 그 공포스러운 의혹 덩어리로 가득 차 있었습니다. 나는 역시 아내를 죽이기 위해 죽인 것은 아니었을까? 설령 동량에 깔려 있더라도 만약의 경우 목숨을 건지게 될 것을 두려워해서 쳐죽인 것은 아니었을까? 만약 그대로 놔두었더라면 지금 빈고야의 안주인처럼 내 아내도 어떤 기회에 구사일생으로 살아났을지도 모른다. 그런데 그것을 나는 무참하게 기왓장으로 내려쳐 죽여버렸다.—그런 생각을 하는 저의 괴로움은 선생님께서 미루어 짐작하시는 수밖에 없습니다. 저는 그렇게 괴로운 가운데 하다못해 N가와의 혼담만이라도 거절해서 어느 정도 제 일신을 정화시키려고 결심했습니다.

그런데 마침내 이야기가 다음 단계로 넘어갈 단계가 되자 모처럼 한 제 결심은 미련하게도 다시 흔들리기 시작했습니다. 어쨌든 얼마 후 결혼식 직전이 되어 갑자기 파혼을 하겠다고 하는 것이므로, 그 대지진 때 제가 아내를 살해한 전말은 물론이고 그때까지의 괴로운 제 심정도 모두 털어놓아야 할 것입니다. 그것이 소심한 저로서는 막상 닥치고 보니 아무리 스스로를 채찍질해봐도 단행할 용기가 나지 않았던 것입니다. 저는 몇 번이고 칠칠치 못한 제 자신을 다그쳤습니다. 하지만 그저 다그치기만 할 뿐, 무엇하나 이렇다 할 조치를 취하기도 전에 늦여름은 다시 찬바람이 부는 늦가을로 바뀌어 마침내 결혼식 날이 코앞에 닥치게 된 것이 아니겠습니까?

저는 그 무렵에는 어지간해서는 그 누구하고도 말을 하지 않을 정도로 축 가라앉아 있었습니다. 결혼을 연기하는 것이 어떻겠냐고 주의를 주는 동료도 한두 명이 아니었습니다. 교장은 의사에게 진찰을 받아보라는 충고를 세 번이나 했습니다. 하지만 당시의 저로서는 이미 그런 친절한 말을 생각해서 겉으로라도 건강을 고려하겠다는 말을 해야 하는데 그런 말을 할 기력조차 없었습니다. 또한 동시에 그 동료들의 걱정을 이용하여 이제 와서 병을 구실로 결혼을 연기하는 것도 한심한 고식적 수단으로밖에 여겨지지 않았습니다. 게다가 N가의 주인은 제 기분이 우울한 원인을 독신생활의 영향이라고 착각을 하고 있었나 봅니다. 하루라도 빨리 결혼을 하라고 자꾸 주장을 해서 날은 다르지만 2년 전 그 대지진이 있었던 10월에 마침내 저는 N가의 본가에서 결혼식을 올리게 되었습니다. 연일 마음고생을 하며 초조해 하던 제가 새신랑이 입는 가문(家紋)이 들어간 정장을 입고 위엄 있는 금병풍으로 둘러싸인 대청으로 안내되었을 때, 제가 그날의 제 자신을 얼마나 수치스럽게 생각했겠습니까? 저는 마치 남 몰래 큰 죄악을 저지른 악한 같은 느낌이 들었습니다. 아니, 그런 것 같은 느낌이 아닙니다. 실제로 저는 살인의 죄악을 숨기고 N가의 딸과 자산을 일시에 훔치려고 기도한 극악무도한 도둑인 것입니다. 저는 낯이 뜨거워졌습니다. 가슴이 답답해졌습니다. 될 수 있으면 그 자리에서 제가 아내를 죽인 일련의 과정을 하나하나 빠짐없이 고백하고 싶은 생각이 마치 회오리바람처럼 격렬하게 제 머릿속을 휘몰아치기 시작했습니다. 그러자 그때 제가 자리하고 있는 맞은편 다다미에 마치 꿈을 꾸기라도 하는 듯이 흰 깃털 같은 버선 두 짝이 나타났습니다. 이어 아련히 물결치는 하늘에 소나무와 학이 희미하게 보이는 옷자락이 보였습니다. 그리고 비단 허리띠, 지갑에 달린 은사슬, 하얀 옷깃 등이 차례차례 나타나고, 대모갑 비녀가 무겁게 빛나고 있는 틀어 올린 머리가 눈에 들어왔을 때 저는 절체절명의 공포에 압도당해 거의 숨이 막힐 지경이 되어 저도 모르게 두 손으로 다다미를 짚고 '저는 살인자입니다. 극악무도한 죄인입니다'라고 필사적으로 소리를 지르고 말았습니다…….

○ ○ ○

나카무라 겐도는 위와 같이 이야기를 끝내고는 잠시 내 얼굴을 가만히 바라보고 있다가, 마침내 입가에 억지 미소를 지으며 말을 이었다.

"그 후의 일은 말씀드릴 필요도 없을 것입니다. 다만 한 가지 말씀드리고 싶은 것은 그날을 끝으로 저는 미치광이로 불리며 불쌍한 여생을 보내게 된 것입니다. 과연 제가 미치광이인지 아닌지 그런 것은 일체 선생님의 판단에 맡기겠습니다. 그러나 설령 미치광이라 하더라도 저를 미치광이로 만든 것은 역시 우리 인간의 마음속에 잠재된 괴물 때문이 아닐까요? 그 괴물이 있는 한, 오늘날 저를 미치광이라고 비웃는 무리들조차, 내일은 또 저처럼 미치광이가 되지 말라는 법은 없습니다. ……저는 그렇게 생각합니다만, 어떠신지요?"

램프는 여전히 나와 이 음침한 손님 사이에 을씨년스러운 불길을 날름거리고 있었다. 나는 양류관음을 뒤로 한 채, 상대의 손가락 하나조차 분간할 기력도 없이 묵묵히 앉아 있을 수밖에 없었다.

덤불 속

아쿠타가와 류노스케

〈원님에게 심문당하는 나무꾼의 이야기〉

그렇습니다. 그 시체를 발견한 것은 틀림없이 접니다. 저는 오늘 아침 여느 때와 마찬가지로 뒷산으로 삼나무를 베러 갔습니다. 그런데 그늘진 덤불 속에 그 시체가 있었습니다. 장소 말입니까? 그것은 야마시나(山科) 가도에서 사오백 미터 정도 떨어진 곳입니다. 대나무 사이에 가는 삼나무가 섞인 인적이 드문 곳입니다.

시체는 엷은 남색 나들이옷에 주름이 많고 세련된 모자를 쓴 채 위를 향해 누워 있었습니다. 어쨌든 단칼에 죽었다고는 해도, 가슴언저리의 상처로 시체 주위에 떨어져 있는 대나무 잎은 적자색으로 물들어 있었습니다. 아니, 피는 이미 멈추어 있었습니다. 상처도 말라 있었습니다. 더구나 그곳에는 말구더기 한 마리가 제 발소리도 못 들었는지 찰싹 들러붙어 피를 빨고 있었습니다.

칼은 보이지 않았느냐고요? 아니, 아무것도 없었습니다. 다만 그 옆에 있는 삼나무 밑동에 새끼줄이 하나 떨어져 있었습니다. 그리고…… 아 그렇지, 그렇지. 새끼줄 외에 빗도 하나 있었습니다. 시체 주위에 있던 것은 이 두 가지뿐이었습니다. 하지만 풀이나 대나무 잎이 여기저기 짓밟혀 있는 것으로 보아, 필시 그 남자는 살해당하기 전에 어지간히 저항을 했던 모양입니다. 예? 말은 없었느냐고요? 그곳은 말이 들어갈 수 없는 곳이었습니다. 어쨌든 말이 다니는 길과 그곳 사이에는 덤불숲이 하나 가로막고 있었으니까요.

〈원님에게 심문당하는 스님의 이야기〉

확실히 죽은 그 남자하고는 그저께 만난 적이 있습니다. 그저께…… 아, 그러니까 점심 때 쯤의 일이었을 것입니다. 장소는 세키야마(關山)에서 야마시나(山科)로 넘어가는 곳이었습니다. 그 남자는 말을 탄 여자와 함께 세키야마 쪽으로 가고 있었습니다. 여자는 삿갓 위에 얇은 쓰개를 쓰고 있었기 때문에 얼굴은 보이지 않았습니다. 다만 겉은 짙은 주홍색, 속은 청색으로 겹쳐 입은 옷 색깔을 봤을 뿐입니다. 말은 붉은 빛이 도는 갈색이었는데 아마 갈기는 싹 밀었던 것 같습니다. 키 말입니까? 키는 130센티 정도는 되는 것 같았습니다.—어쨌든 저는 출가한 몸이라서 그쪽 방면에 대해서는 잘 모르겠습니다. 남자는…… 아니, 칼도 차고 있었고 화살도 가지고 있었습니다. 특히 검은 칠을 한 화살 통에 화살이 스무 개 남짓 들어 있던 것은 지금도 기억합니다. 그 남자가 그렇게 되리라고는 꿈에도 생각지 못했습니다. 참으로 사람의 목숨이란 이슬처럼 덧없고 번개처럼 한순간에 사라지는 것인 것 같습니다. 아아, 참으로 뭐라 말할 수 없이 딱한 일입니다.

〈원님에게 심문당하는 포졸의 이야기〉

제가 붙잡은 남자 말입니까? 그는 확실히 다조마루(多襄丸)라는 악명 높은 도적입니다. 물론 제가 잡았을 때는 말에서 떨어졌는지, 아와다구치(粟田口)의 돌다리 위에서 으윽으윽 하며 신음소리를 내고 있었습니다. 시각 말입니까? 시각은 어젯밤 오후 8시쯤의 일입니다. 언젠가 제가 한 번 놓쳤을 때도 역시 이 감색 나들이옷에 무늬가 있는 칼을 차고 있었습니다. 다만 지금은 보시는 바와 같이 그것 말고도 화살도 가지고 있습니다. 아, 그렇습니까? 죽은 그 남자가 가지고 있던 것도…… 그러면 사람을 죽인 것은 이 다조마루가 틀림없습니다. 가죽을 감은 활, 검은 칠을 한 화살 통, 매 깃털로 만든 화살이 열일곱 개…… 모든 것이 이 남자가 가지고 있었던 것일 겁니다. 아, 예, 말도 말씀하시는 것처럼 갈기를 싹 민 붉은 빛이 도는 갈색 말이었습니다. 그 말에서 떨어진 것은 아마 뭔가 내력이 있을 것입니다. 그것은 돌다리 약간 못 미친 곳에서 고삐를 질질 끌며 길바닥에 난 파란 억새풀을 뜯어먹고 있었습니다.

이 다조마루라는 자는 성내를 돌아다니는 도적 중에서도 특히나 색을 밝히는 잡니다. 작년 가을 도리베데라(鳥部寺)라는 절에 참배를 하러 온 아낙과 여자아이가 함께 살해를 당했는데 그것도 이 자의 소행이라고 들었습니다. 그 청록색 말을 탄 여자도, 이 자가 그 남자를 죽였다고 한다면 어디서 무슨 일을 겪었을지 모릅니다. 주제넘은 말씀입니다만 그 점도 꼭 밝혀주시기 바랍니다.

〈원님에게 심문당하는 노파의 이야기〉

예, 그렇습니다. 그 시체는 소인의 딸과 결혼한 사람입니다. 하지만 교토 사람은 아닙니다. 와카사(若狹) 관청의 무사입니다. 이름은 가나자와 다케히로(金澤武弘), 나이는 스물여섯입니다. 아니, 마음이 착해서 누군가에게 원한을 살 일은 없습니다.

딸 말입니까? 딸의 이름은 마사고(眞砂), 나이는 열아홉입니다. 이 아이는 남자 못지않게 남에게 지기 싫어하는 성격입니다만, 아직 한 번도 다케히로 외에는 남자를 모릅니다. 얼굴은 거무스름하고 눈꼬리에는 검은 사마귀가 있는 약간 갸름한 얼굴입니다.

다케히로는 어젯밤 딸과 함께 와카사를 향해 떠났습니다만,

이런 일이 일어나다니 이게 웬일입니까? 하지만 사위는 그렇다 쳐도, 딸은 어찌되었는지 걱정이 되어 견딜 수가 없습니다. 부디 이 노파의 평생 소원이므로 하다못해 점을 쳐서라도 딸의 행방을 알아봐주십시오. 어쨌거나 미운 것은 그 다조마룬가 뭔가 하는 도적놈입니다. 사위만이 아니라 딸까지……(그 후에는 우는 소리뿐, 말은 없다.)

〈다조마루의 자백〉

그 남자를 죽인 것은 접니다. 그러나 여자는 죽이지 않았습니다. 그러면 어디로 갔느냐고요? 그것은 저도 모르는 일입니다. 아, 기다려주세요. 아무리 고문을 해도 모르는 일을 말씀드릴 수는 없습니다. 게다가 저도 이렇게 된 이상 비겁하게 거짓말은 하지 않을 생각입니다.

저는 그저께 점심 조금 지났을 무렵 우연히 그 부부를 만났습니다. 그때 여자가 쓴 얇은 쓰개가 바람에 날려 여자의 얼굴이 얼핏 보였습니다. 얼핏…… 보였다고 생각한 순간 이미 보이지 않게 되었습니다만, 첫째는 그것도 원인이 되었는지 제게는 그 여자의 얼굴이 보살 같았습니다. 저는 그 짧은 순간에 설령 이 남자를 죽여서라도 여자를 빼앗아야겠다고 생각했습니다.

아니, 뭐, 남자를 죽이는 것은 여러분께서 생각하시는 것처럼 대단한 일은 아닙니다. 어차피 여자를 빼앗는다면 남자는 죽게 되어 있습니다. 다만 저는 죽일 때 허리에 찬 칼을 사용하지만, 당신들은 칼을 사용하지 않고 단지 권력이나 돈으로 죽이고, 어떨 때는 실속 때문에 죽이지요. 그야 남자는 피도 흘리지 않고 버젓이 살아 있습니다. 하지만 그래도 죽인 것이나 다름없습니다. 어느 쪽 죄가 더 큰지는, 당신들의 죄가 더 큰지 제 죄가 더 큰지는 모릅니다.(비웃음소리)

그러나 남자를 죽이지 않고도 여자를 빼앗을 수가 있다면 문제될 것은 아무것도 없을 것입니다. 아니, 그때 심정으로는 될 수 있는 한 남자를 죽이지 않고 여자를 빼앗으려 결심했습니다. 하지만 그 야마시나 가도에서는 그것이 도저히 불가능했습니다. 그래서 저는 그 부부를 산 속으로 데려갈 궁리를 했습니다.

그것도 아주 간단합니다. 저는 그 부부와 길동무가 되었고, 저쪽 산에는 오래된 무덤이 있다, 그 무덤을 파보니 거울과 칼이 많이 나왔다, 나는 아무도 모르게 깊은 산 속 덤불 속에 그것들을 묻어두었다, 만약 적당한 임자가 있다면 싼 값으로 모두 팔고 싶다―그런 이야기를 했습니다. 남자는 어느새 제 이야기에 점점 마음이 움직이기 시작했습니다. 그러고 나서…… 어찌되었냐고요? 욕심이라는 것은 참 엄청난 것 아니겠습니까? 그 후 한 시간도 되지 않아서 그 부부는 저와 함께 산길로 말고삐를 틀었습니다.

저는 덤불 숲 앞까지 가자 보물은 저 속에 묻어두었으니 보러 가자고 말했습니다. 남자는 잔뜩 욕심이 났으므로 이의를 제기할 리가 없었습니다. 여자는 말에서 내리지도 않고 기다리고 있겠다고 했습니다. 뭐 그렇게 무성한 덤불을 보고 그렇게 말하는 것도 무리는 아닐 것입니다. 실은 그것도 제 각본에 있었던 것이므로, 여자를 혼자 남겨둔 채 남자와 덤불 속으로 들어갔습니다.

덤불은 한동안 대나무뿐이었습니다. 하지만 50미터 남짓 간 곳에 약간의 공터가 있는 삼나무 숲이 나왔습니다. 제가 일을 치르기에는 딱 안성맞춤인 장소였습니다. 저는 덤불을 헤치며 보물은 삼나무 아래 묻어두었다며 그럴싸한 거짓말을 했습니다. 남자는 그 말을 듣자 벌써 가는 삼나무가 보이는 쪽으로 부지런히 다가가고 있었습니다. 얼마 안 있어 대나무가 듬성듬성 해지자 삼나무가 몇 그루 늘어서 있었습니다. 저는 그곳에 도착하자마자 갑자기 상대를 깔아 눕혔습니다. 남자도 칼을 차고 있었고 꽤 힘이 셌습니다만 갑자기 당한 일이라 어쩔 수가 없었습니다. 순식간에 삼나무 밑동에 꽁꽁 붙들어 매었습니다. 새끼줄 말입니까? 새끼줄은 다행히도 제가 도적인지라 언제 어느 때 담을 넘을지 모르는 일이므로 허리에 차고 있었습니다. 물론 소리를 지르지 못하도록 대나무 잎으로 재갈을 물리고 나니 일은 마무리가 되었습니다.

저는 남자를 해치우고 나서 이번에는 다시 여자가 있는 곳으로 가서 남자가 갑자기 병이 난 것 같으니 좀 보러 가자고 했습니다. 이것도 예상에 있던 것임은 말할 필요도 없습니다. 여자는 삿갓을 쓴 채 제게 손을 잡혀 덤불 속으로 들어왔습니다. 그러나 그곳에 가 보니 삼나무 밑동에 남자가 묶여져 있었습니다. 여자는 그것을 본 순간 어느새 가슴에서 번쩍거리는 단도를 꺼냈습니다. 저는 지금까지 그렇게 성격이 격한 여자는 본 적이 없습니다. 만약 그때 제가 방심하고 있었다면 옆구리를 한 방은 찔렸을 것입니다. 아니 몸을 피해도 계속해서 이리저리 찌르는 동안 어떻게든 상처를 입었을 것입니다. 하지만 제가 이래 봬도 다조마루니까 칼을 뽑지 않고도 어떻게든 겨우 단도를 떨어뜨리게 했습니다. 아무리 기가 센 여자라도 무기가 없으니 어쩔 수가 없었습니다. 저는 드디어 소원대로 남자의 목숨은 빼앗지 않고 여자를 손에 넣을 수 있게 되었습니다.

남자의 목숨은 빼앗지 않고…… 그렇습니다. 저는 게다가 남자를 죽일 생각은 없었습니다. 그런데 엎드려 우는 여자를 뒤에 남기고 도망치려 하자, 여자가 갑자기 제 팔을 붙잡고 미친 듯이 매달렸습니다. 게다가 목이 터져라 외치는 소리를 들어보니 당신이 죽든가 남편이 죽든가 어느 한 사람 죽어 달라, 두 남자에게 욕을 보이는 것은 죽는 것보다 괴롭다는 것이었습니다. 아니, 숨을 헐떡이며 둘 중에 어느 쪽이든 살아남은 자를 따라가고 싶다는 것이었습니다. 저는 그때 맹렬하게 남자를 죽이고 싶은 생각이 들었습니다.(음울한 흥분)

이렇게 말씀드리면 필시 제가 여러분보다 잔혹한 인간이라고 생각하시겠지요. 그러나 그것은 여러분들께서 아직 그 여자의 얼굴을 보지 못했기 때문입니다. 특히 일시에 타오르는 듯한 그 눈동자를 보지 못했기 때문입니다. 제가 여자와 눈이 마주쳤을 때 제 머릿속에 있던 것은 설령 벼락을 맞아 죽는 한이 있더라도 이 여자를 아내로 삼고 싶다는 생각뿐이었습니다. 그것은 당신들이 생각하는 것처럼 천박한 색욕은 아닙니다. 만약 그때 색욕 외에 아무 바람이 없었다면 저는 여자를 발로 차버리고서라도 도망쳤을 것입니다. 그렇게 되었다면 제 칼에 남자의 피를 묻히지 않았어도 괜찮았을 것입니다. 하지만 어두컴컴한 덤불 속에서 가만히 여자의 얼굴을 본 순간, 저는 남자를 죽이지 않는 한 이곳을 떠날 수 없다고 생각했습니다.

그러나 남자를 죽인다 해도 비겁하게 죽이고 싶지는 않았습니다. 저는 남자의 새끼줄을 풀어준 후 칼을 집으라고 했습니다.(삼나무 밑동에 떨어져 있던 것은 그때 모르고 흘린 새끼줄입니다.) 남자는 얼굴에 핏대를 세우며 굵은 칼을 뽑았습니다. 그러더니 말 한 마디 하지 않고 불끈 화를 내며 덤벼들었습니다. 그 칼싸움이 어떠했는지는 말씀드릴 필요도 없을 것입니다. 제 칼은 23합째에 상대의 가슴을 관통했습니다. 23합째―이것을 잊지 말아주십시오. 저는 지금도 이 일만은 훌륭하다고 생각합니다. 저와 20합을 대결한 사람은 천하에 그 남자 한 명뿐이었으니까요.(쾌활한 웃음)

저는 남자가 쓰러짐과 동시에 피로 물든 칼을 집어넣고 여자 쪽을 돌아보았습니다.

그런데 이게 어찌 된 일입니까? 여자는 온데간데없는 것이었습니다. 저는 여자가 어느 쪽으로 도망쳤는지 찾기 위해 삼나무 숲을 뒤졌습니다. 하지만 대나무 낙엽 위에는 이렇다 할 흔적조차 없습니다. 또 귀를 기울여도 들리는 것은 단지 남자 목구멍에서 나는 단말마의 신음소리뿐이었습니다.

어쩌면 그 여자는 내가 칼싸움을 시작하자마자 다른 사람에게 도움을 청하기 위해 도망을 쳤는지도 모른다—저는 그런 생각이 들자 이번에는 제 목숨이 위험하다고 생각하고 칼과 화살을 빼앗아 곧바로 처음 왔던 산길로 나왔습니다. 그곳에는 아직 여자의 말이 풀을 뜯고 있었습니다. 그 후에 어떤 일이 일어났는지는 말해봐야 소용없는 일뿐이겠지요. 다만 교토로 들어가기 전에 칼만은 손에서 내려놓았습니다. ……제 자백은 이게 답니다. 어차피 한 번은 선단 나뭇가지에 매달릴 목숨이라고 생각하므로 부디 극형에 처해주십시오.(의기양양한 태도)

〈기요미즈데라(淸水寺) 절에 찾아온 여자의 참회〉

그 감색 나들이복을 입은 남자는 저를 강간하더니 묶여 있는 남편을 비웃는 듯이 웃었습니다. 남편은 얼마나 참담했겠습니까? 아무리 몸부림을 쳐도 몸에 묶여 있는 새끼줄은 더욱더 조여들 뿐이었습니다. 저는 저도 모르게 남편 쪽으로 굴러갔습니다. 아니 달려가려고 한 것입니다. 그러나 남자는 잽싸게 저를 그쪽으로 걷어찼습니다. 바로 그 순간이었습니다. 저는 남편의 눈 속에 무어라 말할 수 없는 것이 번득거리고 있음을 알았습니다. 무어라 말할 수 없는…… 저는 그 눈을 떠올리면 지금도 몸서리를 치지 않을 수 없습니다. 남편은 한 마디 말도 하지 않고 그 찰나의 눈빛으로 모든 마음을 전했던 것입니다. 그러나 그 안에서 번득이고 있던 것은 분노도 아니고 슬픔도 아닌…… 그저 저를 경멸하는 차가운 눈빛이었습니다. 저는 남자에게 걷어차였다기보다 그 눈빛에 얻어맞은 것처럼 제정신이 아닌 상태에서 뭐라고 외쳐대다가 그만 정신을 잃고 말았습니다.

잠시 후 겨우 정신을 차리고 보니 그 감색 나들이복을 입은 남자는 벌써 어디론가 사라져버렸습니다. 남은 것은 삼나무 밑동에 묶여 있는 남편뿐이었습니다. 저는 대나무 낙엽 위에서 간신히 몸을 일으켜 남편의 얼굴을 바라보았습니다. 하지만 남편의 눈은 아까하고 조금도 다르지 않았습니다. 여전히 차가운 경멸과 증오의 눈빛을 하고 있었습니다. 수치와 슬픔, 분노…… 그때의 제 마음을 어떻게 표현하면 좋을까요? 저는 비틀거리며 일어서서 남편 곁으로 다가갔습니다.

"여보, 이제 이렇게 된 이상 당신과 함께 살 수는 없어요. 저는 이제 죽기로 각오했어요. 하지만…… 하지만 당신도 죽어주세요. 당신은 제 수치를 보셨어요. 저는 이대로 당신을 혼자 남겨두지는 못하겠어요."

저는 기운을 차리고 간신히 그 말을 했을 뿐입니다. 그래도 남편은 분하다는 듯이 저를 노려보고 있을 뿐입니다. 저는 찢어지는 가슴을 억누르고 남편의 칼을 찾았습니다. 하지만 그 도적에게 빼앗겼는지 덤불 속에는 칼은 물론이고 화살도 보이지 않았습니다. 다행히도 제 발밑에 단도가 떨어져 있었습니다. 저는 그 단도를 집어 들고 남편에게 이렇게 말했습니다.

"그러면 제가 당신의 목숨을 빼앗겠어요. 저도 곧 따라갈게요."

남편은 이 말을 듣더니 입술을 조금 움직였습니다. 물론 입에는 대나무 잎으로 재갈이 물려져 있었기 때문에 무슨 말인지 조금도 알아들을 수 없었습니다. 하지만 저는 그 모습을 보고 곧 깨달았습니다. 남편은 저를 경멸하는 마음으로 '죽이라'고 한 것입니다. 저는 제정신이 아닌 상태에서 엷은 남색 나들이복을 입은 남편의 가슴을 단도로 푹 찔렀습니다.

저는 또 그때도 정신을 잃었던 모양입니다. 겨우 주위를 둘러보니, 그때는 이미 남편은 줄에 묶인 채 숨이 끊어져 있었습니다. 그 창백한 얼굴 위에는 대나무가 섞인 삼나무 숲 사이로 보이는 하늘에서 서쪽으로 기운 햇빛 한 줄기가 비치고 있었습니다. 저는 울음을 삼키며 시체의 새끼줄을 풀어버렸습니다. 그리고…… 그리고 제가 어떻게 했는지, 그것만은 이제 더 이상 말씀드릴 힘이 없습니다. 어쨌든 저는 아무래도 죽으려야 죽을힘이 없었습니다. 목에 단도를 찔러보기도 하고 산자락에 있는 연못에 몸을 던져보기도 하고 이것저것 해보았습니다만 죽지 못하고 이렇게 살아 있는 한 자랑거리는 못될 것입니다.(쓸쓸한 웃음)

저처럼 한심한 인간은 대자대비하신 관세음보살도 포기하셨는지도 모릅니다. 그러나 남편을 죽인 저는, 도적에게 강간을 당한 저는 도대체 어떻게 하면 좋을까요? 도대체 저는…… 저는……(갑자기 격렬하게 흐느껴 우는 소리)

〈무녀의 입을 빌린 죽은 영혼의 이야기〉

　도적은 아내를 강간하고는 그 자리에 앉아서 여러 가지로 처를 위로하기 시작했소. 물론 나는 말을 할 수도 없고 몸도 삼나무에 묶여 있는 상태였지. 하지만 나는 그동안 몇 번이나 아내에게 눈짓을 했소. 그 남자가 하는 말을 믿지 마라, 무슨 말을 해도 거짓말이라고 생각해라, 나는 그런 뜻을 전하려고 했소. 그러나 아내는 대나무 낙엽 위에 초연히 앉아 가만히 무릎을 바라보고 있었소. 그런데 그것이 아무래도 도적이 하는 말에 정신이 팔려 있는 것 같이 보이는 것 아니겠소? 나는 질투심에 몸부림쳤소. 하지만 도적은 이리저리 능란하게 이야기를 엮어가며 이야기를 계속 했소. 한 번이라 해도 몸을 더럽혔으면 남편과의 사이도 이제 돌이킬 수 없을 것이다, 그런 남편을 따라가느니 자신의 아내가 될 생각은 없느냐, 자신은 사랑하기 때문에 이렇게 도리에 어긋난 짓도 한 것이다, 도적은 마지막에는 대담하게도 그런 말까지 꺼냈소.

　도적이 그런 말을 하는 것을 듣더니 아내는 넋을 잃고 고개를 들었소. 나는 아직 그때만큼 아름다운 아내의 얼굴을 본 적이 없었소. 그러나 그 아름다운 아내는 바로 앞에 묶여 있는 나를 앞에 놓고 도적에게 무어라 대답을 했는지 아오? 나는 중유(中有, 사람이 죽은 뒤 다음 생을 받을 때까지의 49일 동안을 이르는 말)를 헤매고 있어도 아내의 대답을 떠올릴 때마다 노여움이 끓어오르지 않은 적이 없소. 아내는 확실히 이렇게 말했소.―"그러면 어

디든지 데리고 가주세요."(오랜 침묵)

아내의 죄는 그것만이 아니오. 그것만이라면 나도 이 어둠 속에서 이렇게 괴롭지는 않을 것이오. 그러나 아내는 꿈이라도 꾸고 있는 듯 도적에게 손을 이끌리며 덤불 숲 밖으로 가려다 말고 갑자기 안색을 바꾸고는 삼나무 밑동에 있는 나를 가리켰소.

"저 사람을 죽여주세요. 저는 저 사람이 살아 있는 한 당신과 함께할 수 없습니다."

아내는 미친 듯이 그렇게 외쳐댔소.

"저 사람을 죽여주세요."

그 말은 폭풍처럼 지금도 아득히 먼 어둠 속으로 나를 곤두박질치게 하오. 그렇게 증오스런 말이 한 번이라도 인간의 입에서 나온 적이 있을까? 그렇게 저주스러운 말이 한 번이라도 인간의 귀에 들린 적이 있을까? 한 번이라도 그렇게……(갑자기 세차게 터져 나오는 비웃음소리) 그 말을 들었을 때는 도적조차 안색이 바뀌었소.

"저 사람을 죽여주세요."

아내는 그렇게 외치면서 도적의 팔에 매달렸소. 도적은 아내를 가만히 보더니 죽이겠다는 것인지 말겠다는 것인지 대답을 하지 않았소. 그러더니 갑자기 단번에 아내를 걷어차 낙엽 위에 쓰러뜨렸소.(다시 터져 나오는 비웃음소리) 도적은 조용히 팔짱을 끼더니 나를 보았소.

"저 여자를 어떻게 할까? 죽일까, 아니면 죽이지 말고 살려줄까? 대답은 고개를 끄덕이기만 하면 된다. 죽일까?"

나는 그 말만으로도 도적의 죄는 용서해주고 싶었소.(다시 긴 침묵)

아내는 내가 망설이는 동안 뭐라고 한 마디 외치더니 순식간에 덤불 숲 속으로 달려가기 시작했소. 도적도 재빨리 달려갔지만 소매조차 잡지 못한 모양이었소. 나는 단지 환영처럼 그 광경을 지켜보고 있었소.

도적은 아내가 도망친 후 칼과 화살을 집어 들더니 새끼줄을 한 군데 끊어주었소.

"이번에는 내 차례군."

나는 도적이 덤불 밖으로 모습을 감추었을 때 그렇게 중얼거린 것을 기억하오. 그 후에는 사방이 조용했소. 아니 아직 누군가 우는 소리가 났소. 나는 새끼줄을 풀면서 가만히 귀를 기울여 보았소. 하지만 그 소리도 알고 보니 내 자신이 울고 있는 소리가 아니겠소?(세 번 긴 침묵)

나는 완전히 지쳐서 삼나무 밑동에서 겨우 몸을 일으켰소. 내 앞에는 아내가 떨어뜨린 단도 하나가 빛나고 있었소. 나는 그것을 손에 들고 단번에 내 가슴을 찔렀소. 무엇인가 비릿한 덩어리가 내 입으로 밀려 올라왔소. 하지만 고통은 조금도 없었소. 다만 가슴이 차가워지더니 주위가 더 한층 고요해졌소. 아아, 그 얼마나 고요했던지? 이 깊은 산 속 덤불 속 하늘에는 작은 새 한 마리도 지저귀지 않았소. 다만 삼나무와 대나무 가지 끝에 쓸쓸한 해 그림자가 떠돌고 있었소. 어느덧 해 그림자도 차츰 희미해져 갔소. ……이제 삼나무와 대나무도 보이지 않았소. 나는 그곳에 쓰러진 채 깊은 고요에 휩싸여 있었소.

　그때 누군가 숨죽여 내 곁으로 오는 자가 있었소. 나는 그쪽을 보려고 했소. 하지만 내 주위에는 어느새 어둠이 깔려 있었소. 누군가―그 누군가는 보이지 않는 손으로 살짝 내 가슴의 단도를 뽑았소. 동시에 내 입 안에는 벌써 한바탕 피가 쏟아지고 있었소. 나는 그대로 영원히 중유의 어둠 속으로 가라앉아버렸소.

어떤 항의서

기쿠치 간

법무부 장관 각하.

일면식도 없는 제가 갑자기 이런 소장을 올리는 무례를 용서하십시오. 저는 1914년 5월 21일 지바현(千葉縣) 지바초(千葉町) 교외에서 흉악무도한 강도에게 무참히 살해된 스미노 이치로(角野一郎) 부부의 혈육에 해당하는 사람입니다. 즉 이치로의 아내 도시코(とし子)의 친정 동생입니다. 제 누님 부부의 비참한 죽음은 당시 도쿄의 각 신문에 상세히 보도되었기 때문에 '지바초 부부살해'라는 사건은 각하의 기억에도 남아 있으리라 생각합니다. 저는 혈육인 누님이 겪은 비참한 운명을 회상할 때마다 지금도 심신을 엄습하는 전율을 주체할 수 없습니다. 인간으로서 여성으로서 누님만큼 참담하게 죽은, 아니 살해당한 사람은 없다고 생각하면 저는 지금도 가슴이 무너져내리는 것 같습니다. 저는 당시의 여러 가지 기억을 머리에 떠올리는 것조차 고통스럽습니다. 하지만 저는 이 소장으로 말씀드릴 것을 전제로 당시의

일에 대해 말씀을 좀 드려야 할 것입니다.

저의 매형 스미노 이치로는 1914년 3월까지 도쿄에서 잡지기자로 일하고 있었습니다. 하지만 그 무렵 고질병인 폐병이 점점 더 악화되어 아내의 친정, 즉 저희 집이 있는 지바초로 왔습니다. 그리고 저의 부모님과 의논하여 바다에서 가까운 교외에 다다미 6장짜리 방과 4장 반짜리 방이 두 개 있는 작은 집을 빌려 그곳에서 요양을 하게 되었습니다. 저희 부모님은 그때까지 도쿄에 살고 있었기 때문에 한 달에 한두 번밖에 만날 기회가 없었던 누님이 어쩌다 가까이 살게 되어 거의 매일 얼굴을 볼 수 있게 된 것을 몹시 기뻐하셨습니다. 다행히 매형의 병도 여름이 되면서 점점 쾌조를 보이고, 여름 한철 요양을 계속하면 건강을 회복할 것이라고 생각하여 저나 누님 부부, 저희 부모님도 가슴을 쓸어내리며 안심을 하고 있었습니다. 하지만 이런 병세의 호전에 기뻐하고 있을 때 그 끔찍한 운명이 누님 부부를 덮쳤던 것입니다.

잊으려야 잊을 수 없습니다. 그것은 1914년 5월 21일 밤이라고는 하지만, 정확히 말하자면 다음 날인 22일 오전 4시 무렵의 일이었습니다. 저희 집 대문을 부서져라 격렬하게 두드리는 자가 있었습니다. 제가 깜짝 놀라 문을 빠끔히 열자 경찰서 인장이 찍힌 등불이 눈에 들어왔습니다. 저는 경찰 아니면 탐정이라고 생각했기 때문에 무슨 일이 일어났나 해서 가슴이 두근거렸습니다. 하지만 그 남자는 경찰도 아니고 탐정도 아니고 작업복을 입은 경찰서 사동(使童) 같은 사람이었습니다. 그 남자는 제가 문을 열기도 전에 숨을 헐떡거리며 말했습니다.

'당신, 스미노 씨 친척 되시죠? 지금 스미노 씨 댁에 큰 일이 났습니다. 당장 누군가 와달라고……'라고 하며 그 남자는 총총 걸음으로 달려가려 하길래 저는 매달리듯이 '큰일이라니, 대체 무슨 일인가요?'라고 되물었습니다. 나중에 생각하면 사동은 누님 부부가 살해되었다는 사실을 알고 있었지만, 그런 엄청난 참사를 자기 입으로 알리기가 싫었던 모양입니다.

'뭐, 강도가 들었다고 합니다만, 저는 자세한 것은 모릅니다. 어쨌든 빨리 와달라고 했습니다'라고 하며, 휙 돌아가버렸습니다. 저는 강도라는 말을 듣자 어떤 끔찍한 예감에 가슴이 답답해져서 두 다리에 희미한 전율을 느꼈습니다. 현관으로 돌아오자 아버지와 어머니가 잠옷 차림으로 서 있었습니다. 어머니는 벌써 완전히 떨리는 목소리로, '어떻게 된 거야, 어떻게 된 거야?' 하며 조심조심 물었습니다. 제가 '누님 댁에 강도가 들었어요'라고 하자 어머니는 '뭐라구!'라고 소리를 지르고 아버지 어깨에 매달려 부들부들 떨기 시작했습니다. 마음이 꿋꿋한 아버지는 과연 낯빛 하나 바뀌지 않고, '달려가. 당장 달려가. 나도 바로 뒤에서 좇아갈 테니까.'라고 하였습니다. 저는 떨리는 손으로 의복을 갈아입고, 호신용으로 부엌에 있던 참나무 곤봉을 들고 집을 달려 나갔습니다. 뒤돌아보니 어머니는 가장 사랑하는 딸을 엄습한 변고에 심한 충격을 받은 듯, 말도 제대로 못 하고 눈만 껌뻑이며 현관에 앉아 계속 떨고 있었습니다.

저희 집에서 누님의 집까지는 15초(町)* 정도 떨어져 있었습니다. 지바를 벗어나 논밭으로 난 길을 10초 정도 가면 소나무 숲길이 양 옆으로 나 있고, 그 소나무 숲을 지나면 누님의 집을 비롯해 두세 채의 집이 늘어서 있었습니다. 저는 그 15초 정도 되는 길을 나중에 생각해보니 10분 정도 만에 달려간 것 같습니다만, 그날 밤은 그 익숙한 길이 평소의 두세 배나 먼 길처럼 여겨졌습니다. 하지만 저는 누님의 집으로 서둘러 가면서도 누님 부부가 살해를 당했다는 생각은 꿈에도 하지 못했습니다. 단지 강도를 당해서 마음이 약한 누님 부부가 얼마나 큰 충격을 받았을까 그것만 걱정했습니다. 특히 그 일로 인해 매형의 병이 덧나지나 않을까 하고 걱정했습니다. 누님 부부의 옷가지들 중에서 값나가게 보이는 것은 모두 저희 집에 맡겨두었기 때문에 도둑을 맞았다고 해도 몇 푼 안 되는 돈 정도일 것이라고 생각했기 때문에 그 점에 대해서는 걱정하지 않았습니다. 누님의 집이 가까워짐에 따라 정신을 차리고 보니 누님 집의 덧문 한 짝이 열려 있고 그곳에서 문밖으로 빛이 새어나오는 것이 보였습니다. 저는 누님 부부가 강도를 당한 후 뒤처리를 하고 있는 것이라고 생각했습니다. 저는 한시라도 빨리 얼굴을 보고 누님 부부를 안심시켜야겠다고 생각하고, 기세 좋게 누님 집 안으로 뛰어 들어갔습니다. 그러자 갑자기 문 안의 어둠 속에서 '으악, 누구얏?' 하며 소리를 지르는 사람이 있었습니다. 저는 강도인가 생각하고

---

* 초(町, 丁)는 거리의 단위. 1초는 109.09m

몸을 잔뜩 움츠렸습니다. 저는 그래도 허세를 부리며, '너야말로 누구냣!' 하며 고함을 질렀습니다.

그러자 어둠 속에서 중절모를 쓴 남자가 다가왔습니다. 방금 전과는 정반대로 침착한 목소리로 '지바 경찰서 형사입니다, 당신은?' 하며 물었습니다. 그 말을 듣고 저는 마음이 푹 놓여 '그렇습니까? 대단히 수고가 많으십니다. 저는 스미노 이치로의 처남입니다'라고 말했습니다. 그러자 형사는 '그렇다면 어서 들어오십시오. 하지만 아직 검시가 끝나지 않았기 때문에 만질 수는 없습니다'라고 했습니다. 저는 형사에게 그런 말을 들었을 때 머리에 찬 물을 끼얹은 것처럼 오싹했습니다.

'옛! 검시! 누가 죽었습니까? 스미노입니까, 그 아내입니까?'라고 저는 다그쳐 물었습니다. '아, 가서 보시죠. 딱하게 되었습니다'라고 직업상 이런 피해자들한테는 익숙한 형사조차 진심으로 동정을 표하고 있는 것 같았습니다.

저는 마음속으로 매형일까 아니면 누님일까 생각했습니다. 매형이 저항을 하다가 죽었을 것이라 생각했습니다. 혈육에 대한 저의 이기적 사랑은 역시 피해자가 매형이길, 누님이 아니기를 마음속으로 몰래 빌었습니다.

문에서 현관까지는 4겐(間)* 정도 됩니다. 저는 현관 격자문을 열고는 '누님' 하고 불러보았습니다. 안은 적막하여 아무 소리도 들리지 않았습니다. 그러면서도 전등은 환하게 켜져 있는 것 같

* 겐(間)은 거리의 단위. 1겐≒1.8m

았습니다.

'매형!' 하고 저는 다시 불러보았습니다. 하지만 역시 아무 소
리도 들리지 않았습니다. 저는 무엇인가 싸늘하고 딱딱한 것이
목구멍에서 꿀꺽꿀꺽 가슴 쪽으로 내려가서는 가슴 가득히 차
오르는 것 같았습니다. 격자문을 잡고 있던 제 손이 부들부들 떨
렸는지 격자문이 음산하게 덜커덩덜커덩 흔들렸습니다. 저는 장
지문 한 장을 사이에 두고 누님 부부의 사체가 누워 있는 것을
똑똑히 느꼈습니다. 저는 필사적으로 각오를 하고 현관 장지문
을 열었습니다만, 그 다다미 2장짜리 방에는 아무런 이상이 없
었습니다. 저는 겁에 질려 조심조심 다음에 있는 다다미 4장 반
짜리 방문을 열었습니다. 그 방에도 아무런 이상이 없었습니다.
하지만 문득 4장 반짜리 방과 6장짜리 방 사이에 있는 미닫이문
이 2척(尺)* 정도 열려 있는 사이로 6장짜리 방을 보았을 때 저
는 그만 '누님!' 하고 비명에 가까운 소리를 질렀습니다. 그것은
확실히 누님의 발이었습니다. 깔려 있는 이불에서 비스듬하게
다다미 위에 내던져진 두 개의 하얀 다리는 누나의 두 다리임에
틀림없었습니다. 그 두 다리를 보자, 저는 지금까지의 공포를 완
전히 잊어버리고 단숨에 그 방으로 뛰어 들어갔습니다. 그곳에
서 제가 어떤 광경을 목격했을까요. 그 당시로부터 햇수로 5년
이 지난 지금도, 저는 그 광경을 떠올릴 때마다 가슴이 찢어지고
사지가 전율하는 공포와 분노를 느끼지 않을 수 없습니다.

* 척(尺)은 거리의 단위. 1척≒30.3cm

법무부 장관 각하. ……각하께서는 각하의 혈육이 흉악한 인간에게 무참하게 살해된 현장을 보신 적이 있으십니까? 아니 적어도 각하의 혈육이 다른 사람에게 무참하게 살해당한 경험을 가지고 계십니까? 만약 그런 경험이 없으시다면, 제가 그 광경에서 느낀 공포와 분노와 슬픔이 섞인 무어라 형언할 수 없는 심정은 도저히 상상도 못하실 거라 생각합니다.

제 누님은, 저의 유일한 도시코는, 그 전날 저를 아무 생각 없이 미소로 맞이했던 누님은 머리카락이 흐트러진 채로 이불 위에 내던져진 듯 쓰러져 있었습니다만, 그 목에 감겨 있는 가느다란 끈을 보았을 때 제 전신은 격심한 폭풍 같은 분노 때문에 부들부들 떨리고 있음을 느꼈습니다. 저는 형사가 손을 대면 안 된다고 한 것도 잊고 갑자기 누님의 목에서 그 저주스런 끈을 풀지 않을 수 없었습니다. 딱하게 죽어 있는 누님의 그 모습이나 격심한 고통의 몸부림이 남아 있는 얼굴은 무어라 말할 수 없습니다. 회상하는 것조차 제게는 두렵습니다. 제가 누님의 그 딱한 사체에 두 손을 올리고 통곡을 하려던 순간, 저는 문득 매형의 안부가 생각났습니다. 저는 눈을 들어 방안을 둘러보고는 마루 쪽으로 면한 장지문이 열려 있는 것을 알게 되었습니다. 딱 발만 다다미 6장짜리 방에 두고 신체의 대부분이 마루 쪽으로 내던져져 누워 있는 것은 매형임에 틀림이 없었습니다. 저는 누님의 사체를 놔두고 매형 쪽으로 달려갔습니다. 하지만 두 손을 뒤로 묶인 매형은 누님과 마찬가지로 목이 졸려 차마 감지 못한 눈에 죽은 순간의 고통을 남기고는 이미 전신이 식어가고 있었습니다. 저는 그 뒤로 묶인 두 손을 보았을 때 애간장이 녹는 분노와 함께 눈물이—마음속 깊은 곳에서 솟아나는 눈물이 하염없이 줄줄 흘렀습니다. 저는 미친 사람처럼 집에서 뛰쳐나와 그곳에 있던 형사에게 '누가 죽었습니까. 범인은 누구인가요, 누구!'라고 외쳤습니다. 형사에게는 제가 미쳐 날뛰는 것처럼 보였을 것입니다. 저는 아직 오른손에서 놓지 않은 참나무 곤봉을 움켜쥐며 그 형사에게라도 달려들 듯한 기세를 보였습니다. 형사도 역시 딱해 보였나 봅니다.

'아니, 심정은 헤아리고도 남습니다. 방금 전에 오신 경감들께서도 몹시 참담해 했습니다. 비상령을 내려두었기 때문에 범인은 의외로 쉽게 잡힐지도 모릅니다'라고 말했습니다. 하지만 저는 누님 부부를 잃은 참담함과 슬픔 때문에 한시도 가만히 있을 수 없었습니다. 하지만 무엇을 해야 할지, 어떻게 행동해야 할지 완전히 정신이 나가서 단지 비정상적으로 흥분할 뿐이었습니다. 저는 숨을 헐떡거리며, '범인은 강도인가요, 아니면 원한에 의한 것인가요?'라고 물었습니다.

'아니, 아직 잘 모르겠지만 아마 강도일 것입니다. 조세이군(長生郡)에서 일어난 사건과 수법이 같다고 했습니다'라고 형사는 대답했습니다. 저는 그렇게 대답하는 형사의 직업적 냉담함이 비위에 거슬리기까지 했습니다. 누님 부부가 비참한 최후를 맞이한 것도 결국은 지바현 경찰의 태만으로 생각되어, 저는 그 형사를 무조건 매도하고 싶어 속이 부글거리기조차 했습니다. 그때 저의 아버지는 근처에 있는 차부를 깨웠는지 인력거를 타고 달려왔습니다. 저는 아버지의 얼굴을 보자 일단 멈추었던 눈물이 다시 흘러내리는 것을 느꼈습니다. 아버지는 제 얼굴을 보더니 쉰 목소리로 '어찌 되었냐? 도시코는 다치지 않았냐?'라고 말씀하셨습니다. 거기에는 자식을 생각하는 부모의 자애가 가득 담겨 있었습니다. 저는 아버지의 말씀을 듣자 가슴이 메어 말이 나오지 않았습니다.

'어떻게 되었냐? 이치로도 도시코도 다치지 않았냐?'라고 다시 물으셨습니다. 저는 흐느껴 울며 '누님도 매형도 당했어요'라고 말했습니다. 과연 아버지는 아무 말도 하지 못했습니다. 노안(老眼)을 껌뻑이며 말없이 집안으로 들어갔습니다. 제가 아버지 뒤에서 따라가니, 아버지는 누님의 사체를 반쯤 안아 올리며 '도시코, 도시코'라고 등을 세게 두드리고 있었습니다. 하지만 그렇게 한다고 해서 누님이 살아날 리가 없었습니다. 아버지는 누님의 사체를 내려놓고는 매형의 사체를 안아 올리며 '이치로, 이치로' 하고 마찬가지로 등을 두들겨 보았습니다. 하지만 매형의 입술은 벌써 보랏빛으로 바뀌어 있었습니다. 아버지는 맥없이 일어서더니 노안을 껌뻑이며 '이 놈! 이 무슨 끔찍한 짓이냐, 이 무슨 끔찍한 짓이야'라고 하는가 싶더니 야윈 오른손 손등으로 노안(老顔)을 몇 번이고 문질러댔습니다. 저는 아버지의 비분을 눈앞에서 보자, 다시 속이 끓어오르는 격분을 느꼈습니다.

'나는 그렇다 치고 네 어미는 어쩌냐' 하고 말했습니다. 그렇게 말하는 것을 보니 저는 집에 남아서 세상에서 가장 사랑하는 딸의 안부를 걱정하고 계실 노년의 어머니를 생각하지 않을 수 없었습니다. 어머니가 누님을 얼마나 사랑했는지를 알고 있는 저는 이 참사 보도가 어머니에게 얼마나 치명적인지를 생각하지 않을 수 없었습니다. 아버지는 누님과 매형의 사체를 똑같이 번갈아 보고 계셨습니다만, '부부가 함께 나란히 살해를 당하다니, 이 무슨 팔자냐……' 하는가 싶더니 원통함을 견딜 수 없는지 이를 악물고 있었습니다. 마침 그때 문 밖에서 몇 대의 차 소리가 나는가 싶더니 아까 그 형사가 들어와서 '지금 예심판사가 출장을 나왔습니다'라고 말했습니다. 저는 그래도 예심판사가 온 것이 의지가 되었습니다. 그 사람들 손에 의해 이 흉악한 범인이 빨리 붙잡히기를 바랄 수밖에 없었습니다.

그 후의 일에 대해서는 간단히 말씀드리겠습니다. 저희들에게는 아직, 누님의 그 참담한 죽음에 대해, 누님을 그 무엇보다도 사랑했던 어머니에게 알려야 하는 고통스러운 일이 남아 있었습니다. 그 이야기를 들었을 때 어머니의 광란에 가까운, 비통해 하던 모습은 지금도 여전히 얼마든지 상세히 말씀드릴 수 있습니다. 아버지는 어머니가 필사적으로 부탁을 함에도 불구하고 누님 부부의 참사 현장에 어머니를 데리고 가지 않았습니다. 관에 넣은 누님 사체만 겨우 보여드려 마음을 달랬을 뿐입니다.

어머니는 누님의 참혹한 죽음을 듣고 나서 사흘간 밥 한 톨목에 넘기지 못할 정도였습니다. 그때 딱 61세였습니다만, 원래야위었던 몸은 불과 2, 3일 사이에 앙상하게 야위어 커다란 두눈만 미친 사람의 그것처럼 핏발을 세우고는 끊임없이 불안하게 움직이고 있었습니다. 밤에는 딸의 죽음이 생각나서 좀처럼 잠을 이루지 못하는지 잠깐 잠이 들었나 싶으면, '도시코, 도시코'라고 외치며 미친 사람처럼 벌떡 일어나 이불 위에 똑바로 앉아 무슨 말인지 중얼중얼 하다가 다시 엎어져서 엉엉 우는 것이었습니다.

누님이 병으로 죽었다면 아무리 마음이 약한 어머니라도 그 정도로 비탄에 겨워하지 않았겠지만, 부부가 동시에 흉악한 강도에게 무참히 살해당했다고 하는 그 끔찍한 충격은 어머니에게는 견딜 수 없었던 모양입니다. 그 사건이 있고 나서 넋이 나가서 나날이 야위어 갔습니다.

누님의 목에 감겨 있던 가느다란 끈을 보고 뒤로 묶인 매형의 두 손을 보았을 때 저는 범인을 잡아 씹어 먹어도 분이 풀리지 않을 만큼 격렬한 증오심을 느끼지 않을 수 없었습니다. 저는 범인이 잡히면 제일 먼저 달려가서 마음껏 짓밟으며 누님과 매형의 울분을 풀어주고 싶었습니다. 저는 옛날 사람들이 혈육을 잃었을 경우 원수를 갚기 위해 몇 년이고 와신상담하는 심정을 충분히 알 것 같았습니다. 저는 지금도 복수가 허용된다면, 땅을 파먹으면서라도 범인을 찾아내서 누님의 원통함을 풀어주고 싶어 견딜 수 없습니다. 만약, 누님 부부가 살해된 원인이 원한이라든가 치정이라면 그것은 누님 부부에게도 어쨌든 책임이 조금은 있는 것이니까 저의 원통함이 그렇게까지 크지는 않았을 것입니다. 하지만 살해를 당한 원인이 순전히 강도 때문이고 그 흉악범은 아무 잘못도 원한도 없는 누님 부부의 생명을 아무 필요도 없이 부당하고 끔찍하게 유린한 것이라는 것을 알고 나서는 저희들의 원통함은 두 배, 세 배 깊어지지 않을 수 없었습니다. 특히 그날 밤 내린 비상령이 아무런 효과도 없이 사흘이 지나도 닷새가 지나도 범인에 대한 단서가 전혀 잡히지 않는 것을 알게 되자, 저는 경찰의 활동이 점점 더 답답해져서 가만히 지켜보고 있을 수 없는 심정이 되었습니다.

아버지 역시 마음 속 비분을 입 밖에 내지는 않았지만, 어머니는 입버릇처럼 '도시코의 원수는 아직 안 잡혔니?'라고 물었습니다. 하지만 저희 집 일가가 하루라도 빨리 범인이 잡히기를 빌고 있었음에도 불구하고 한 달이 지나고 두 달이 지나는 동안 경찰에서는 아무런 연락도 없었습니다. 그러다가 경찰에서도 새로운 사건이 일어나자 그쪽에 관심이 가게 되어 시간이 흐름에 따라 범인 체포 가능성은 점점 더 희박해져 갔습니다. 저는 기다리다 지쳐 초조한 마음에 가끔씩 아는 경감 집을 찾아갔습니다. 경감은 제 얼굴을 보면 좀 딱하다는 표정을 지으며 '조금만 더 기다려주십시오. 이것이 원한에 의한 살인이 아니라 강도에 의한 살인인 만큼 범인을 잡기는 좀 어렵습니다만, 뭐, 얼마 안 있어 당신의 원통함을 풀어줄 테니까요. 올해 안으로는 꼭 잡을 것입니다. 도쿄 경시청에도 잘 말해두었으니까요'라고 했습니다. 그것은 누님이 살해되고 나서 서너 달 정도 지난 그 해 10월 무렵이었습니다. 저는 올해 안으로는 꼭 범인을 체포해주겠다는 경감의 말을 그나마 위로 삼아 어머니에게 전했습니다.

그런데 그 해도 다간 12월 중순 무렵이었습니다. 누님의 참사 이후 살아 있는 시체가 된 어머니는 신장염을 일으켜 불과

4, 5일 앓다가 쓰러져버렸습니다. 누님이 살아 있었다면 아직 3, 4년은 더 살았을 것이라는 생각을 하자 저는 또 누님 부부를 죽인 강도가 동시에 제 어머니의 생명도 단축했다고 생각하지 않을 수 없었습니다. 저는 얼굴도 이름도 모르는 그 짐승 같은 인간에 대한 증오와 원한이 더욱더 배가되었습니다.

어머니는 죽는 순간까지 누님에 대해 말씀하셨습니다.

'가여워서 어쩌누. 부부가 동시에 죽임을 당하다니, 걔는 정말 불행하구나'라고 말씀하시며 우시는가 싶더니 '에이, 이 나쁜 자식! 네가 도시코를 죽였지?'라고 분노하며 욕을 퍼부었습니다. 그리고 입버릇처럼 '아직 안 잡혔니? 사람을 죽인 인간이 활개를 치며 돌아다니고 있다니 하느님도 무심하시고 부처님도 무심하시지'라고 원망을 했습니다. 그리고 또 체념한 듯이 '뭐, 됐어. 그런 극악무도한 인간은 이 세상에서 잡히지 않으면 죽어서 지옥에 떨어질 테니까. 지옥에서 아주 혼이 날 거야'라고 했습니다. 그렇게 해서 어머니는 딸을 잃은 울분과 슬픔에 고통스러워하며 12월 20일이었던가요, 가장 사랑하는 딸의 뒤를 따라 돌아가셨습니다. 범행이 표면적으로는 누님 부부만 죽인 것으로 되어 있지만, 저는 어머니도 그 같은 범인에게 참혹하게 살해당한 것과 같은 심정이 들었습니다. 어머니와 누님을 무참하게 잃은 저와 아버지는 끊임없이 불쾌하고 끔찍한 기억에 시달리며 근근이 그날그날을 살아갔습니다. 「지바초 부부 살해」라는 제목도 세상에서만이 아니라 경찰당국자의 기억에서도 차차 희미해져 갔는지, 신문지상에 범인 수색 소식이 한 줄도 나오지 않게 되었습니다. 저와 아버지는 점점 더 마음이 초조해지고 말았습니다. 그와 동시에 그런 흉악무도한 악한을 체포하지 못하는 경찰을 저주하며 또 다시 그런 악한이 거리를 활보하고 있는 세상이 싫어졌습니다.

그런데 시운(時運)이라는 것이 있나 봅니다. 1916년 10월이었습니다. 범인 사카시타 쓰루키치(坂下鶴吉)는—저는 그때 처음으로 누님을 죽인 흉악한 인간의 이름을 알았습니다.—경시청 손에 체포되었습니다. 알고 보니 거동이 수상하여 구속했는데 심문 결과 많은 흉악범죄를 자백했습니다. 그 많은 흉악 범죄 중에서도 저의 누님을 죽인 사건이, 마치 까마귀의 검은 몸 중에서 그 흉악한 눈이 가장 이상한 빛을 발하는 것처럼, 그 사건이 가장 끔찍한 광채를 띠었습니다. '지바초 부부 살해범 체포'라고 각 신문에 보도되었지만 그는 그 사건의 범인만이 아니었습니다. 신문지상에 보도된 것만 해도 그는 열 손가락을 넘는 인간의 생명을 빼앗고 수많은 여자의 정조를 유린하고 수많은 양민으로 하여금 원통한 눈물에 오열하게 한 것이었습니다.

아버지는 경찰에서 범인 체포 통지를 받자 오랜만에 밝게 웃었습니다. 그리고 '이제 도시코도 네 에미도 고이 잠들게다'라고 하며 비명에 세상을 떠난 딸과 비탄에 세상을 뜬 아내를 애도했습니다. 그날 밤에는 불단에 불을 밝히고 누님과 어머니 영전에 범인 체포의 기쁨을 고했습니다.

저는 처음으로 현대 일본의 경찰제도에 감사했습니다. 그리고 하늘의 그물은 넓고 커서 성긴 듯하지만 악인은 빠뜨리지 않고 잡는다는 옛말에도 인간 세상의 깊은 섭리가 있는 것으로 여겨졌습니다.

저희들이 사카시타 쓰루키치 공판 경과에 지대한 주의를 기울인 것은 물론이었습니다. 하지만 역시 흉악무도한 악당인 만큼 체념도 빨라서 지방재판소에서 사형선고를 받자 공소도 하지 않고 얌전히 복역을 했습니다. 그 판결이 있던 날이었습니다. 저는 저희 일가의 운명에 잔학한 타격을 준 그 남자의 얼굴을 한 번 보고 싶어서 일부러 방청을 하러 갔습니다.

그 공판정 피고석 자리 안에 오만하게 기립하고 있는 남자를 보았을 때 저는 누님 부부의 참혹한 죽음의 광경을 보았을 때와 같은 전율을 느끼지 않을 수 없었습니다. 뼈대가 아주 다부진 신체, 눈에는 핏발이 서있고 눈썹은 한없이 짙고 흉측했으며, 크고 낮은 코도 그렇고 두텁고 옆으로 긴 입술도 그렇고 인간의 사나운 수성(獸性)이 온몸에 줄줄 넘쳐흐르는 남자였습니다. 이런 남자의 손에 걸린 순간 그 약하디 약한 누님 부부가 억 소리 한 번 지르지 못한 것도 무리는 아니라고 생각했습니다.

하지만 천하에 사납고 악한 그 남자도 재판장에게 엄숙하게 사형언도를 받자 낯빛이 싹 바뀌며 고개를 깊이 떨구었습니다. 정당한 형벌이, 아니 그가 저지른 죄악에 비하면 너무 가볍지만, 그러나 현재의 형법으로는 극형에 해당하는 형벌이 선고되고, 그 남자가 형벌에 대해 상당한 공포를 느꼈을 때, 저는 비로소 저의 한없는 울분이 누그러지는 느낌이 들었습니다. 하지만 솔직한 감정으로 말하자면 아직 이 정도로는 저의 분노와 원한이 충분히 풀어졌다고 할 수는 없었습니다.

저는 사형이라는 것이 이런 경우에 충분한 형벌인지에 대해 생각해보았습니다. 이 사카시타 쓰루키치는 제 누님 부부를 포함해서 꼭 아홉 명의 사람 목숨을 빼앗았습니다. 하지만 그가 빼앗은 것은 단지 아홉 명이라는 피해자의 생명만이 아닙니다. 제 누님이 살해당하고 나서 저의 어머니가 엄청난 정신상의 충격을 받은 것처럼 다른 여덟 명의 피해자의 부모나 형제, 자매가 똑같이 엄청난 타격을 받았을 것입니다. 아홉 명의 피해자로 인하여 40명, 50명 되는 혈육이 부모나 자식, 형제, 자매를 잃은 데 대해 원통한 눈물을 흘리며 오열했을 것입니다. 생명을 빼앗긴다는 것도 인생의 슬픈 참사임에 틀림없습니다. 하지만 혈육인 부모나 형제, 자매를 아무 죄 없이 교살당하고 참살당하는 것을 보고 거기서 받은 끔찍한 충격을 평생 지니고 살아가는 것도 마찬가지로 인생의 슬픈 참사입니다. 살인의 경우 피해자는 단순히 살해를 당한 당사자만이 아닙니다. 그 피해자의 육친, 형제, 자매는 비록 목숨을 잃지는 않았지만, 정신적으로는 끔찍한 타격을 받습니다. 사카시타 쓰루키치가 죽인 것은 겨우 아홉 명일지 모릅니다. 하지만 그의 흉악한 소행으로 고통스러워하는 것은 저희들 부모, 자식만이 아닐 것입니다. 그런 점에서 생각해보면, 사형이라는 것은 너무 지나치리만큼 가볍다고 생각합니다. 아홉 명의 목숨과 한 명의 생명. 저는 수학적으로 수의 시점으로만 이야기는 것은 아닙니다. 사카시타 쓰루키치가 선고를 받은 날부터 사형을 당하는 날까지 옥중에서 아무리 고통스러워해도 그 때문에 괴로워하는 수많은 사람들이 받은 상처의 십분의 일도 보상받을 수 없을 것입니다. 특히 부당하게 참살당한 피해자들의 최후의 순간의 원통함과 고통의 백분의 일도 보상할 수 없을 것입니다. 따라서 저는 사카시타 쓰루키치 같은 중죄인에게 사형 이상의 형벌을 내릴 수 없다는 것은 사법제도에 있어 문명주의의 결함이라고 생각합니다. 아무 이유도 없이 책임도 없이 아무 예고도 없이 부당하고 갑작스럽게 강도에게 비참하게 살해당하는 피해자의 한없는 단말마의 고통에 대한 울분, 한없는 고통, 끓어오르는 원통함을 생각하면, 사형수의 고통은 너무나 가볍다고 생각합니다. 자신이 범한 죄악 때문에 죽임을 당하는 것이고, 거기에는 충분한 체념도 따르고 각오도 따를 수 있을 것이라 생각합니다.

하지만 현대 형법 하에서는 저희들은 사카시타 쓰루키치의 사형으로 만족할 수밖에 없었던 것입니다. 따라서 저는 사형수의 고통이라는 것을 여러 가지로 상상하고서야 겨우 누님 부부의 참사에 대한 원통함을 풀기로 했습니다.

아무리 흉악한 인간이라도 철통 같은 국가의 완력에 의해 감옥에 갇히고, 불가항력으로 죽음을 선고받고, 꼼짝없이 죽음을 각오해야 하는 공포와 고통을 상상하기도 하고, 또 하루 하루 사형집행일이 다가옴에 따라 점점 더 삶에 대한 집착이 오히려 더 강해져서 필사적으로 운명으로부터 도망치려는 헛된, 그렇지만 있는 힘껏 몸부림치는 모습을 생각하면 저는 누님 부부의 비명횡사 이래 쌓여 있던 비분을 조금은 누그러뜨릴 수 있었습니다.

특히 매일 아침 오늘은 사형이 집행되는 것이 아닐까 하며 두려움에 떠는 심정, 집행 수속을 하기 위해 간수가 문을 여는 것은 아닐까 하며 겪는 끔찍한 불안을 생각하면, 비록 충분하다고는 할 수 없어도 어느 정도는 누님의 원한이 풀릴 것이라고 생각했습니다.

그러는 사이 사카시타 쓰루키치가 사형을 선고받은 지 반년 남짓 경과했을 것입니다. 저는 어느 날 아침 신문에서 「부부 살해범 처형」이라는 3호 표제 기사를 보고 드디어 사카시타 쓰루키치가 이 세상에서 쫓겨나게 되었음을 알게 되었습니다. 저는 오랫동안의 긴장에서 벗어난 것처럼 안도감을 느낌과 동시에 그 악인에 대해서도 약간의 연민의 정을 느끼지 않은 것도 아닙니다.

저는 이로써 만사가 끝났다고 생각했습니다. 저의 마음을 오랫동안 괴롭힌 증오심도 완전히 해소되었고, 저는 보통의 인간과 마찬가지로 평탄하고 평화로운 마음을 가질 수 있게 되었습니다. 저는 다시 현재의 사법제도나 형법제도에 대해 어떤 감사의 마음을 품지 않을 수 없었습니다.

법부무 장관님 귀하.

만약 사건이 이대로 끝났더라면 저는 이런 소장을 각하께 제출할 필요가 전혀 없었을 것입니다.

지금은 사카시타 쓰루키치가 처형되고 나서 1년도 지나지 않았습니다. 그런데 저는 신문 광고에서 무심결에 어떤 변호사의 노력으로 『사카시타 쓰루키치의 고백』이라는 책이 출판된 사실을 알았습니다. 저는 사카시타 쓰루키치라는 인간의 흔적이 세상에 공공연히 발표되는 것이 조금 불쾌했습니다. 대부분의 피해자가 그의 흉악한 타격에 의해 세상에서 영원히 매장되고 무덤 속에서 묵묵히 이름도 없이 뼈가 썩어가고 있음에도 불구하고, 어쨌든 사카시타 쓰루키치의 고백이 서적 형식으로 공표되고, 그가 어떤 형식으로든 자신의 사상을 피력할 수 있었다는 것은 저로서는 상당히 부당하게 여겨졌습니다. 하지만 그런 일은 아무것도 아닙니다. 저는 『사카시타 쓰루키치의 고백』이라는 책을 읽으면서, 국가의 형벌이라는 것이 이 남자에 의해 그 효과를 유린당했고, 그가 그 자신에 어울리는 몹시 수치스럽고 고통스러운 사형을 당한 것이 아니라, 기쁨에 넘쳐 이 세상을 떠났다는 사실을 알고 분노의 마음을 견딜 수 없는 것입니다.

그의 손에 의해 희생된 피해자들 모두가 원통함 속에서 비분을 느끼며 고통에 몸부림치며 죽었음에도 불구하고, 그 사카시타 쓰루키치는 흔연히 교수대에 올라 국가의 형벌 그 자체에 대해 아무런 공포도 드러내지 않고 아무런 수치심도 보이지 않고 태연자약하게 죽어갔음을 알고 저는 실로 분노의 마음을 견딜 수 없는 것입니다. 게다가 형무소장이라는 사람까지 그 최후의 정경에 대해 '무거운 죄과를 내려놓고 그리운 고향으로 여행을 떠나는 심정으로 희색이 만면하고 용기가 가득한 그 모습에 입회했던 관리들은 자기도 모르게 찬탄(讚嘆)하지 않을 수 없었다고 합니다' 운운하며 마치 결사대 용사를 보내는 듯한 찬탄의 말을 내뱉고 있었습니다. 만약 저의 매형 스미노 이치로, 이 사카시타 쓰루키치에게 손을 뒤로 묶여 고통에 몸부림치며 교살당한 저의 매형 스미노 이치로가 이 처형 정경을 본다면 어떻게 될까요? 자기 눈앞에서 남편을 교살당하고 이어서 자기 자신도 목졸려 살해를 당한 제 누님이 이 정경을 본다면 어떻게 될까요? 국가의 감시 하에 자신들을 죽인 악한이 그들보다 10배나 100배나 행복한 죽음을 이루었다는 사실을 안다면 어떻게 될까요? 이런 불공평하고 불합리한 처벌이 세상에 어디 있겠습니까?

만약 사카시타 쓰루키치의 흔연한 최후의 모습이—국가의 형벌에 대해 아무런 공포도 느끼지 않는 태도가 그의 악한적 근성에서 자발적으로 나온 것이라면 저는 아무 문제가 없습니다. 아홉 명의 인간을 죽였으면서도 흔연히 교수대 위에 올라설 수 있는 끔찍한 인간에게 누님 부부가 살해당한 것을 불행 중의 불행이라고 체념하는 수밖에 없습니다. 하지만 사카시타 쓰루키치의 그러한 태도는 자발적인 것이 아니라, 그가 감옥에 있을 때 기독교로 개종한 결과에서 비롯된 것입니다. 저는 지금 여기서 절대로 기독교 자체를 비판하는 것은 아닙니다. 기독교가 죄인을 교화하고자 애쓰는 것은 당연한 일일지도 모릅니다만, 기독교의 감화가 정말로 효과를 발하여 사카시타 쓰루키치 경우처럼 교수대에 오르는 것이 천국으로 가는 사다리에라도 오르는 것처럼 된다면 형벌의 목적이 달성될 수 있을까요? 세상에서 많은 사람을 죽이고 많은 부녀들을 욕보인 악한이 감옥에 들어가서 기독교 감화를 받아 죽음의 고통을 전혀 느끼지 않고 마치 천국에라도 가는 심정으로 순순히 죽어간다면, 형벌의 효과는 어디에 있는 것입니까? 기독교 입장에서는 지극히 당연히 만족스럽겠지만, 그 남자에 의해 살해당하고 욕보인 많은 남녀, 혹은 저 같은 유족들의 원통함은 어떻게 달래야 합니까? 다행히 모든 피해자들이나 그 유족이 하나 같이 모두 기독교도이고, 왼뺨을 맞으면 오른뺨을 내미는 사람이나 원수를 사랑할 수 있는 사람이라면 사카시타 쓰루키치의 개종을 기뻐하고 그의 흔연한 사형 집행을 기뻐할 테지만, 저처럼 누님 부부가 개처럼 참살당하고 어머니마저 그로 인해 잃은 사람으로서는 사카시타 쓰루키치가 상응하는 형벌을 받기를 절대적으로 요구합니다. 저는 국가의 선량한 국민으로서 그 사실을 요구할 권리가 있다고 생각합니다. 형벌 효과가 종교적 감화에 의해 박약해지는 것을 견딜 수 없습니다. 세상에 '산 사람은 어떻게든 산다, 죽은 사람만 억울하다'라는 말이 있습니다. 사카시타 쓰루키치가 죽인 사람들은 제가 아는 한 국가의 양민입니다. 그런데도 피해자나 유족들이 국가의 손에 의해 추호의 위로도 받지 못하고 있음에도 불구하고, 악인이라도 사카시타 쓰루키치 같이 살아 있는 자에게는 선교사의 접견을 허락하고 그 개종을 장려하여 사형이 정신상에 미치는 효과를 완화해준다는 것은 심히 부당한 잘못이라고 생각하지 않을 수 없습니다. 사카시타 쓰루키치는 그 고백 속에서 이런 말을 하고 있습니다. '저는 지금 감사하게도 주 예수 그리스도의 사랑에 의해 몸도 마음도 모두 구제를 받았기 때문에, 다른 수감자는 날이면 날마다 밤이면 밤마다 번민하고 고통을 거듭하며 마음속으로는 슬픔을 삼키며 눈물을 흘리고 있습니다만, 저는 그와는 정반대로 요즘 감옥생활을 하면서 날이면 날마다 밤이면 밤마다 아무 불안도 느끼지 않고 기뻐할 뿐입니다. 왜냐하면 아까도 말씀드린 바와 같이 다른 사람 입장에서 보면 아무것도 갖지 않은 것처럼 보이지만 모든 것을 가지고 있기 때문입니다. 저희들이 만든 물건이나 금전은 사용하면 없어지므로 유한한 것이지만, 제게는 신께서 주신 모든 것이 있고 그것은 아무리 많이 사용해도 없어지지 않는 무한한 것입니다. 지금까지 말씀드린 것은 제 육체상의 생사에 대한 것이 아닙니다. 육체상의 생사라는 것은 지금은 머리에 남아 있지 않습니다'라고 말입니다. 또 이런 말도 했습니다.

"기독교 신자는 하느님 이외에는 그 어떠한 것도 두려워하지 않는다는 것은 그냥 저의 입에 발린 말이 아닙니다. 마태복음전에 '몸을 죽이고 혼을 죽이지 못하는 것을 두려워 말라'라는 말이 있습니다. 이것은 확실한 선언입니다."

사카시타 쓰루키치의 말에 의하면 그는 감옥에서 기독교 신앙을 얻었기 때문에 그의 강도 시절보다 더 행복하게 산 것 같습니다. 그리고 그가 사형을 조금도 두려워하지 않는 것은 '몸을 죽이고 혼을 죽이지 못하는 것을 두려워 말라'라는 말로 보아 분명히 알 수 있습니다. 만약 국가의 감옥이 기독교 수도원이라면 그래도 괜찮을지도 모르겠습니다만, 감옥이 국가의 형벌 기관인 이상 감옥에 가두어 놓고도 죄수를 그들의 죄악 시절보다 더 행복하게 하고 형법을 '몸을 죽이고 혼을 죽이지 못하는 것'으로서 아무 위력도 없게 만든다면 감옥의 목적, 사형의 위력이 제대로 발휘될 수 있겠습니까?

저는 잘 모르겠지만, 어떤 법학자가 형벌의 목적에 대해서는 상대주의와 절대주의 두 가지가 있다고 한 말을 들은 적이 있습니다. 기독교 신앙만 얻으면 감옥에서도 행복하게 지내고 사형도 두려워하지 않게 된다면, 형벌의 목적이 제대로 달성되는 것일까요? 또한 죄수가 행복하게 갇혀 있다가 흔연히 처형되겠다고 하는 심정을 형무소장이라는 직무를 담당하는 사람이 찬미해도 문제가 없는 것입니까? 감옥에 갇힌다든가 사형과 같은 현세적 형벌이 종교적 신앙에 의해 그 효과가 엉망진창이 되고 있음에도 불구하고 그 현세적 형벌 집행 기관의 장이라는 사람이 감상적인 말을 흘려도 되는 것입니까? 『사카시타 쓰루키치의 고백』이라는 책에 의하면, 형무소장이나 검사라는 사람들이 사카시타 쓰루키치가 신앙을 얻은 것을 마치 고양이가 쥐를 잡은 것을 칭찬하는 것처럼 칭찬하며 떠벌리고 있습니다. 국가의 형벌이라는 것은 육체에만 부과하면 죄수가 마음속으로 그 형벌을 무시하든 기뻐하든 상관하지 않는 것입니까? 범죄라는 것이 피해자의 육체만이 아니라 정신적으로도 얼마나 고통스럽게 하는지를 생각한다면, 죄수가 형벌로 인해 육체적으로도 정신적으로도 괴로워해야 하는 것은 지당한 이치가 아닌가 합니다. 저 같은 수많은 유족들이 혈육을 살해당하고 괴로움에 몸부림치고 있음에도 불구하고 그 가해자가 비록 감옥 안에서지만 행복한 생애를 보내고 교수대 위에 흔연히 올라서는 것을 형무소장까지 찬미하는 것을, 피해자나 피해자의 유족들은 도대체 어떻게 생각하면 좋을까요?

특히 이 책에 〈간수와 경찰에게 하는 설교〉라는 대목이 있습니다. 기독교 입장에서 보면 회심의 미소를 띨 일일지도 모르겠습니다만, 국가 형벌기관의 관리가 형벌의 객체로부터 설교를 듣는다는 것은 차라리 추태라 해야 하지 않겠습니까?

사카시타 쓰루키치가 국가의 형벌을 받고 악인에게 합당한 최후를 맞이했을 것이라고 상상함으로써 겨우 위로를 받고 있던 저는 그 고백을 읽고 감정에 몹시 상처를 입었습니다. 누님 부부의 원한과 저희 유족들의 원통함은 어디로 날아간 것입니까? 형벌의 목적에 대한 학설은 어떤지 모르겠습니다만, 저희들의 복수심이 국가의 형벌기관의 활동에 의해 정당하고 적법하게 충족될 것이라고 신뢰하고 있던 저희 양민의 기대는 완전히 배신을 당하고 말았습니다. 저의 누님 부부를 참살한 인간은 웃으며 교수대 위에 서 있는 것입니다. 참회를 하고 있으니 용서해주는 것이 어떻겠느냐 하는 사람이 있을지도 모르지만, 저는 크리스천이 아닙니다. 특히 사카시타 쓰루키치 같은 악인을 용서하라는 사람은 아직 자신이 친애하는 사람을 강도에게 참살당한 경험이 없는 사람입니다. 자신의 혈육인 누님이 허공에 매달려 눈을 부릅뜨고 혀를 깨물고는 옷도 벗겨진 채 참살당한 현장을 본 저로서는 그 흉악한 하수인을 용서하라는 것은 꿈도 꾸지 못할 일입니다. 사랑도 너그러움도 없는 열등한 인간이라고 해도 상관없습니다. 저는 양민의 한 사람으로서 누님의 원통함이 그리고 저의 원통함이 정당하게 풀리기를 국가에 요구할 권리가 있다고 생각합니다. 만약 사카시타 쓰루키치가 국가의 손에 의해 그런 안이하고 마음 편한 죽음을 맞이할 수 있다는 사실을 알았다면, 저는 결심을 달리 했을 것입니다. 저는 그를 공판정에서 얼핏 보았을 때 그를 쓰러뜨리는 것까지는 아니라 해도 하다 못해 원망의 일격을 가하지 못한 것을 새삼 통절히 후회하고 있습니다.

저는 그 고백을 읽었을 때 처음에는 '사카시타 쓰루키치 놈 연극을 하고 있네'라고 생각했습니다. 이제 어차피 사형을 피하지는 못할 테니까, 완전히 개심하여 기독교도가 된 척하고 형무소장을 비롯하여 주위의 동정을 얻고 화려하게 사형을 당한 것이 아닌가 하고 생각했습니다.

그 고백에 의하면, 그 사카시타 쓰루키치는 지바 감옥에서 선행으로 남은 형기를 면제받고 방면된 경험이 있다고 적혀 있었습니다. 게다가 선행으로 형기를 단축하게 된 사카시타 쓰루키치는 방면이 되고나서 아홉 명의 인간을 죽인 것입니다. 지바 감옥 형무소장이 이 남자의 선행을 인정하지 않았더라면 저의 누님은 적어도 아직 세상에 살아 있을 것입니다. 선행으로 남은 형기를 면제받은 남자가 출옥 후 곧바로 죄를 저질렀을 뿐만 아니라 겨우 6개월 뒤에 저의 누님 부부를 살해한 것입니다. 사카시타 쓰루키치는 그날 밤의 일에 대해 다음과 같이 적고 있습니다. '21일 밤, 어느 집에 몰래 들어가 주인을 묶고 처에게 돈을 가지고 오라고 협박을 하고 있자니, 주인이 도둑이야 도둑 하고 크게 소리를 지르길래, 옆집 사람에게 들리면 안 되겠어서 마침 그 자리에 있던 수건으로 목을 조르자, 처가 보고 있다가 목청껏 소리를 지르며 살인자라고 외쳐서 또 마침 그 자리에 있던 허리띠로 두 사람 모두 죽여 버렸습니다. 눈앞에서 남편이 목 졸려 죽는 것을 보고 있던 아내는 얼마나 두려운 심정이었을까?'라고 속 편한 소리를 하고 있었습니다. 그 범행 후를 보면 이 남자에게 인간다운 구석이 어디에 있습니까? 게다가 이 남자도 감옥에서는 선행을 할 수 있습니다. 저는 이런 남자의 형기를 감옥 내 선행이라는 것을 들어 단축한 당국자의 불찰을 통탄스럽게 생각합니다만, 그러나 그것은 그렇다고 치고 사카시타 쓰루키치의 선행이 그 정도의 선행이었던 것처럼 그의 감옥 내 신앙이라는 것도 역시 그런 종류의 신앙이 아니었나 싶습니다. 그가 선행놀이를 해서 지바 감옥에서 간단히 방면된 것처럼 이번에는 도저히 피할 수 없다고 짐작하고는 신앙놀이로 주위로부터 우레와 같은 갈채를 받으며 죽어간 것이 아닌가 합니다. 사카시타 쓰루키치의 선행이라는 것이 어떤 것인지는 바로 정체를 드러냈습니다만, 이번에는 그와 함께 천국 혹은 지옥에 동반하는 자가 없으니만큼 그의 술수는 전보다 더 성공한 것이라고 생각합니다. 그의 신앙을 속임수로 보고, 교수대 위에서 흔연한 모습을 보였지만 실은 다가오는 죽음 앞에 전율을 느꼈을 것이라고 상상하는 것이, 그나마 저의 위안입니다.

하지만 불교에도 악인 성불이라는 말이 있듯이 그 사카시타 쓰루키치가 감당할 수 없는 죄악을 짊어지고 있었던 것은 오히려 진정한 신앙을 얻는 기회였을지도 모릅니다. 따라서 저는 사카시타 쓰루키치의 신앙을 진정 완전히 경멸할 수는 없습니다. 그는 그가 고백하는 것처럼 진정한 기독교도가 되었고 기독교 도가 믿는 신의 손을 잡고 천국으로 갔을지 모른다는 생각도 듭니다. 그 사카시타 쓰루키치의 신앙이 진정한 것이었다고 한다면 그 자신이 '인간 세상의 더러움을 정화시키며 신의 나라로 서둘러 가는 즐거움'이라고 세상을 떠나며 남긴 말처럼 천국에 갈 수 있었을 것이라 생각합니다.

기독교 교양이 진실이고 사카시타 쓰루키치의 신앙도 진실한 것이라면, 사카시타 쓰루키치는 분명 천국에 가 있을 것입니다. 하지만 사카시타 쓰루키치는 천국에 갔다고 한다면 그의 피해 자들은 어디로 갔을까요?

매형도 그렇고 누님도 그렇고 평소 아무런 신앙도 가지고 있지 않았습니다. 또한 설령 어떤 신앙을 가지고 있었다고 해도 갑자기 생명을 빼앗겨 죽는 찰나의 고통과 분노로 혼이 혼란스러워진 자들이 극락이건 천국에건 갈 수 없을 것이라 생각합니다. 잘은 모르겠지만, 기독교에서는 죽는 순간의 참회를 대단히 중요한 것으로 여긴다고 합니다만, 누님 부부처럼 학살당한다면 참회는커녕 내세의 행복을 기원할 마음도 신을 추구하는 마음도 전혀 없을 것입니다. 살해당하는 찰나의 심정은 수라(修羅)의 심정입니다. 지옥 같은 마음입니다. 만약 기독교 교의가 사실이라면 지옥 바닥으로 떨어질 수밖에 없을 것이라 생각됩니다. 누님 부부만은 아닐 것입니다. 그 때문에 죽어간 다른 일곱 명도 그 사람들의 신앙과는 상관없이 죽는 순간의 고통 때문에 천국이든 극락이든 절대로 갈 수 없었을 것입니다. 그런데도 그들의 생명을 빼앗았을 뿐만 아니라 그 영혼마저 지옥에 떨어뜨린 사카시타 쓰루키치는 그런 죄악을 저지른 것이 오히려 참회의 재료가 되어 천국에 갈 수 있다는 것은 적어도 저로서는 기괴하기 짝이 없는 이치로 여겨집니다. 마치 사카시타 쓰루키치에게 살해당한 사람이 발판이 되어 그 악한을—기독교적 표현으로는 성도를— 천국에 올려 보내고 있는 것 같지 않습니까? 기독교도들이 그들의 교의로 인해 무슨 짓을 하든 그것은 그들이 알아서 할 일이고 그들에게는 충분한 원리가 있을지 모르겠지만, 현세적인 형벌기관의 장인 형무소장까지 그 편의를 감안하고 그것을 장려하기까지 한다면, 피해자들의 혼은 편안히 잠들지 못하는 것 아니겠습니까?

옛날 이탈리아 사람들은 '어리석은 자가 성직에 오르고 갈릴레오는 옥중에 있다'고 하며 탄식했다고 합니다만, 만약 천국의 존재가 진실이라고 한다면 '가해자는 천국에 있고, 피해자는 지옥에 있다'가 되고 맙니다. 종교적 입장에서 말하자면 현세적인 법률적 구별은 어떻든 상관이 없겠지만, 국가의 사법 당국이 그 현세적인 직무를 잊고 '가해자를 천국에 보내는' 것을 장려하고 찬미하는 데 이르러서는 저 같은 피해자 유족은 분노를 견딜 수 없는 것입니다.

하물며 그 신앙 고백을 발표하고 국가 형벌기관의 효과가 기독교 신앙에 의해 유린당한 사실을 공표하고 아울러 피해자 유족의 감정을 상하게 하는 것을 용인하기까지 한다면, 사법 정책상에서 볼 때 어떠신지요? '형벌의 목적은 개과천선에 있다'라고 하는 사형폐지론자들이 자신의 아내나 자식을 강도에게 살해당하는 일을 겪어보면 저의 분개가 얼마나 자연스럽고 정당한 것인지를 이해할 수 있을 것이라 생각합니다.

저는 이 편지를 끝내면서 어쩌다가 사카시타 쓰루키치의 체포를 보지 못하고 딸을 잃은 슬픔에 쓰러져간 저의 어머니가 떠올랐습니다. 어머니는 죽는 순간에 '그런 극악무도한 인간은 이 세상에서 잡히지 않아도 죽으면 지옥으로 떨어질 거야. 지옥에서 혼이 날 거야'라고 말씀하셨습니다만, 어머니의 생각과는 완전 반대로 사카시타 쓰루키치는(이렇게 말하면 형무소장이나 변호사는 어떤 극악무도한 사람이라도 개과천선을 한 이상 죄인 취급할 수는 없을지도 모릅니다) 이 세상에서 붙잡힌 대가로 내세에서는 천국에 가게 된 것입니다. 저는 어머니의 어리석은 기대가 떠오를 때마다 그녀의 무지가 가엾게 여겨져 한없이 눈물이 흐르는 것을 주체할 수 없습니다.

예심조서

히라바야시 하쓰노스케

1

"당신이 걱정하시는 것도 잘 알겠습니다만, 제 입장을 조금은 생각해주셔야 합니다. 어쨌든 규칙은 규칙이니까 예심 도중 아드님의 면회를 허락할 수도 없고 절대로 예심 내용을 말씀드릴 수도 없으니까요. 이런 정도는 제가 말씀드리지 않아도 충분히 아시겠지만 말입니다……."

시노자키(篠崎) 예심판사는 재판관 특유의 냉정한 어조로 여기까지 말하고 나서 잠깐 말을 멈추고 고개를 돌려 시키시마(敷島, 담배이름)에 불을 붙였다. 판사의 표정이 오늘은 평소보다 훨씬 더 냉정하고 쌀쌀맞아 마치 적의를 품고 있는 것처럼 보이기까지 해서 손님은 어쩐지 불쾌한 것 같다.

"그것은 이미 잘 알고 있습니다만, 아무래도 제 아들이 불쌍해서요. 걔가 정말이지 요즘 머리가 어떻게 되었는지 그만 쓸데없

는 말을 해서 돌이킬 수 없는 상황이 되면 큰일이라, 그게 걱정
돼서 이렇게 매일 귀찮게 폐를 끼치게 된 것이니…… 혐의를 벗
게 되면 뭐 당분간 해안으로 거처를 옮겨서 천천히 정신건강을
위해 요양을 시키려 합니다. 아무래도 가끔 이상한 발작을…….”

예심판사는 중도에 하라다(原田) 노교수의 말을 가로막으며
나무라듯이, 그러면서도 엄연히 명령하는 어조로 말했다.

“그런 말씀은 하시지 않는 것이 좋을 것 같습니다. 아드님의
신체에 관해서는 전문의에게 진찰을 하게 해서 모두 알고 있으
니까요. 당신이 쓸데없는 말씀을 하시면 오히려 아드님께 불리
해집니다.”

노교수는 안 된다는 것을 알면서도 물에 빠진 사람이 지푸라
기라도 잡으려는 사람의 심정이었다.

“그래서 의사는 뭐라 했습니까? 역시 제 아들을 정신병자로
진단했나요?”

그는 쭈뼛쭈뼛 상대의 얼굴을 들여다보았다.

“지금도 말씀드렸듯이 그렇게 캐물으시면 제 입장에서는 정
말 곤란해서 원칙적으로는 아무 대답도 해드릴 수 없지만, 마침
오늘은 방금 전 예심조서를 발표한 참이니 그것도 오늘밤 석간
에 날 것이고 애써 발걸음을 해주시기도 했으니 오늘은 비공개
로 어떻게든 질문하신 데 대해 대답해드리도록 하지요. 그러니
까 아드님의 정신 상태에 관한 것입니다만, 뭐 좀 흥분 상태라는
정도로 특별한 이상은 없다는 것이 전문가의 소견입니다.”

판사는 상대방의 얼굴을 흘깃 보았다. 노교수의 얼굴은 흙빛

이 되었고, 눈은 이미 한 곳을 응시할 힘이 없어 마치 죽은 사람처럼 멍하니 동공이 풀려 있었다. 다만 자식을 생각하는 마음 하나로 그는 의자에서 몸을 버틸 수 있었고, 겨우 간신히 상대방의 이야기를 들으며 말을 할 정도의 여력이 남아 있었다.

"그러니까 제 아들이 그 말도 안 되는 자수를 취소했다는 거지요? 전혀 근거도 없는…… 듣도 보도 못한 남을 죽였다는, 말도 안 되는 자수를…… 물론 그런 한심한 진술을 믿을 사람은 한 명도 없겠지만 말입니다……."

노교수는 무지한 농민이 신전을 향해 무엇인가 기원을 할 때와 같은 말투로 그렇게 물었다.

"아니 취소를 하기는커녕 몇 번이나 되풀이해서 물어보아도 아드님의 대답은 판에 박은 듯이 똑같습니다. 믿든 말든 상관없지만 아드님의 진술이 사실임은 의심의 여지가 없습니다."

시노자키 예심판사의 입가에 떠도는 미소는 자애가 가득한 위로의 미소로 보이기도 하고 악의에 찬 잔인한 미소로 보이기도 한다. 노교수는 식은 홍차를 단숨에 마셨다. 그것이 흥분된 마음을 진정시키는 데 다소라도 도움이라도 된다는 듯이.

"그럼 당신들은 미친 사람의 말을 그대로 받아들이는 것인가요? 사실 증거보다 미친 사람의 두서없는 말을 더 중시하시는 것이군요. 저는 정의를 위해 충고합니다. 재판소가 있지도 않은 증거를 날조하는 것은 좀 삼가는 것이 좋을 것입니다."

"근데 그게 아드님은 방금 전에도 말씀드렸듯이 정신적으로 전혀 이상이 없습니다. 게다가 재판소는 절대로 증거를 날조하

지 않습니다. 물적 증거와 피고의 진술을 서로 맞추어보고 그 두
개가 합치했을 때 범인으로 판단하는 것입니다. 그러나 이 두 가
지가 합치해도 피고의 정신 상태를 의심했다가는 재판을 할 수
없을 테니까요. 하지만 이번 사건은 원래 과실이므로 아드님의
죄는 대단치 않을 것이라고 저는 생각합니다. 하지만 검사 쪽에
서는 이 사건을 과실로 인정하지 않으려 하고 또 검사 쪽 주장도
들어보면 일리가 있어서 말입니다……."

"그럼 제 자식 놈이 당치도 않은 살인을 저지르기라도 했다는
것인가요? 과실도 아니라는 것이군요. 그래서 제 자식의 진술과
물적 증거가 딱 합치된다는 것입니까? 그럴 리가 없을 것입니다."

노교수의 관자놀이가 삐끗삐끗 떨리며 파랗게 질린 얼굴이
빨갛게 상기되었다. 자식이 생사의 갈림길에 놓였으니 그런 반
응이 전혀 이상할 리 없었다.

"자, 진정하세요. 방금 전에도 말씀드렸듯이 저는 과실이라고
굳게 믿고 있습니다. 하지만 당신이 아드님의 진술과 물적 증거
가 합치할 리가 없다고 하는 것은 이상하군요. 그날 당신은 이른
아침부터 대학에 나가 계셨고 사체가 발견된 것은 그 후의 일이
므로, 현장도 보지 않았고 아드님의 진술을 들으신 것도 아닌 당
신이 합치될 리가 없다고 말씀하시는 것은 말씀이 좀 지나친 것
아닌가요?"

판사의 논리 정연한 반박에 교수는 완전히 할 말을 잃었다. 이
마에는 온통 진땀이 흐르고 있다. 그는 간신히 웅얼웅얼 말을 이
었다.

"그게, 그러니까…… 제 자식 놈이 정신이 이상하니까 설마 반미치광이가 하는 말을 사실이라고 생각하시는 것 같아서요……."

"그런데 아드님의 진술은 사실과 딱 부합합니다. 다만 딱 한 가지 사실과 맞지 않는 점이 있어서 말입니다. 그것만 납득이 되면 이 사건은 이미 명료해서 아드님의 범죄는 '과실죄'로 결정됩니다만, 딱 한 가지 애매한 점이 있어서 모살(謀殺)이 아닐까 하는 의심의 여지가 생기는 것입니다. 물론 거듭 말씀드리지만 저는 그렇게 믿고 있는 것은 아닙니다. 다만 검사는 그렇다고 굳게 믿고 있을 것이고 어쩌면 재판장도 검사의 말을 믿을 것이라는 생각이 듭니다. 어쨌든 사정이 묘하게 되어서요."

예심판사는 얼음 같이 차가운 시선으로 노교수를 흘끗 보았다. 반백이 된 노교수의 턱수염이 가늘게 떨리고 있는 것은 5척이나 떨어져 있는 판사 눈에도 확실히 보였다.

"그 애매한 점이라는 게 대체 뭡니까?"

"참으로 묘한 이야기라서요."

시노자키 판사는 두 개비 째 시키시마에 불을 붙이며 이야기하기 시작했다. 입가에는 역시 무슨 의미인지 알 수 없는 미소가 나타났다 사라졌다 한다. 그는 이야기의 요소요소에 역점을 두며 그때마다 예의 재판관 특유의 상대의 간담을 서늘하게 하는 시선을 상대의 얼굴에 던지고 있었다. 노교수는 뱃멀미를 하는 사람이 아랫배에 힘을 주고 열심히 저항하려고 하면 할수록 멀미가 더 심해질 때처럼, 마음의 평정을 잃지 않으려고, 특히 그의 지병인 뇌빈혈에 걸려 쓰러지는 낭패를 보지 않으려고 어깨에 힘을 주고, 마른 침을 삼키며 양손의 손가락을 꼭 쥐고 있었지만, 예심판사의 면도날 같은 시선과 마주치자 그런 자세는 흔적도 없이 꺾여버리고 말았다.

"당신도 알고 계시는, 현장에서 구인된 첫 번째 혐의자입니다. 이 사람은 하야시(林)라는 사람입니다만. 이 남자의 말과 아드님의 말이 이상하게 어긋나는 점이 있습니다. 하야시의 말에 의하면 그는 그날 아침 살인이 일어난 빈 집─당신의 옆집에 있는 당신 소유의 집─그 빈집에 세를 놓는다는 표찰을 보고 당신 집 뒷곁에서 빨래를 하고 있던 식모에게 일단 안을 보고 싶다고 했다 합니다. 그러자 식모는 현관문이 잠겨 있지 않으니 아무 때라도 들어와서 보시라고 했습니다. 그러니까 이 하야시라는 남자는 그 전날 저녁에도 그 집을 보러왔지만 어둑어둑해서 잘 보이지 않았기 때문에, 다음날 다시 보러 왔다는 것입니다. 안에 들어가서 방 배치나 채광, 화장실, 목욕탕 위치 등을 둘러보고 나서 부엌에 들어가 보니 바닥에 그 여자의 사체가 엎어져 있었고 전신에 타박상을 입고 특히 뒷머리를 심하게 맞았는지 머리카락에 피가 들러붙어 있었으며 등에는 예리한 새 단도가 꽂혀 있었다는 것입니다. 이 처참한 광경을 보고 정신이 아득해진 하야시는 그대로 나가면 틀림없이 자신이 혐의를 뒤집어쓸 것이라고 생각하고 어떻게든 조금이라도 사체의 발견을 늦출 필요가 있다고 생각하며 그 사체를 부엌 바닥 밑에 숨기려 했다는 것입니다. 그때 마침 댁의 식모 발소리가 들렸기 때문에 당황해서 뛰어나온 것이라 합니다. 사체를 검사한 의사의 소견에 의하면, 사체는 절명 후 12시간 이상 경과하였다고 하므로, 하야시라는 남자가 그 자리에서 흉악스러운 짓을 연출한 것이 아니라는 점은 명료해진 셈입니다. 그리고 의사의 말에 의하면 치명상은 후두부의 타박상이고 단도는 시간이 상당히 지난 후 사체에 찌른 것 같다는 것입니다."

그는 잠깐 말을 끊었다. 해질 녘 노을빛이 커튼 사이로 보석같이 살짝 흘러들었다.

"물론 그것으로 하야시의 혐의가 완전히 벗겨졌다고는 할 수 없습니다. 왜냐하면 그는 전날 저녁에도 한 번 그 집을 보러 왔다는 것이므로, 어쩌면 그때 범행을 저지르고 다음날 제정신이 아닌 상태에서 범행 현장을 정찰하러 온 것은 아닐까라고 의심할 수도 있습니다. 그런 종류의 범죄에는 그런 정도의 일은 있을 수 있으니까요. 아니 있을 수 있다기보다는 오히려 흔하다고 하는 것이 더 맞는 말인지도 모릅니다. 도스토예프스키의 『죄와 벌』의 주인공만 해도 그렇고 고리키의 『세 명』의 주인공도 그렇고, 살인을 저지른 후에 일부러 현장을 보러 오지 않습니까?"

2

창문으로 비치는 저녁 해는 실내 광경에 일종의 신의 엄격한 분위기를 더해주고 있다. 하라다 교수는 자식의 생사여탈권을 쥐고 있는 예심판사의 입에서 흘러나오는 말 한 마디 한 마디를 불안해하며 정신없이 듣고 있었다. 판사는 여전히 화석 같이 변함없는 어조로 이야기를 계속하고 있다. 그 침착한 어조가 듣는 이의 마음을 더욱 더 초조하게 한다.

"그런데 이 사건이 다음날 신문에 발표되자, 아시는 바와 같이 아드님이 그 여자를 죽인 것은 자기라고 자수를 했습니다. 그래서 하야시의 혐의는 완전히 벗겨졌습니다. 어쨌든 하야시에 대한 유일한 혐의는 전날 저녁 범행 현장에 왔었다는 것뿐이니까요. 정말이지 혐의 이유가 너무나 약해서 실은 이쪽에서도 난감하던 차에 때마침 아드님께서 자수를 하신 것입니다. 어쨌든 아드님께서는 그 집이 비고 나서 매일 밤 취침 전에 잠이 잘 오게 하기 위해 빈 집에 들어가서 체조를 했다고 합니다. 그날 밤도 9시 무렵 현관문을 열고 들어가려는데 어찌된 일인지 문이 잠긴 것도 아닌데 문이 영 열리지 않았죠. 그래서 있는 힘을 다해 간신히 문을 열었는데 그 순간 집 안쪽에서 엄청난 소리가 나서 깜짝 놀랐다고 합니다. 안에 들어가 보니 현관 벽에 기대어 놓았던 쇠로 된 낡은 침대가 문을 여는 바람에 쓰러진 소리였다고 합니다. 처마 밑의 희미한 등불 아래에서 보니 그 밑에 뭔가 검은 것이 눌려 쓰러져 있는 것 같아 침대를 들어보니, 그 밑에 그 여자 시체가 누워 있었답니다. 쇠로 된 그 굵은 테두리가 머리에서 흉부 사이를 끔찍하게 내려쳐 억 소리도 내지 못하고 즉사해버린 것 같습니다. 이것 큰일 났다고 생각했지만, 그래도 설마 즉사한 것은 아닐 것이라 생각해서 서둘러 안아 올리려 하니, 시체는 이미 얼음처럼 차갑게 굳어서 완전히 숨이 끊어져 있었습니다. 아드님은 정신없이 앞뒤 가리지도 못하고 서둘러 밖으로 뛰어나왔습니다만, 과실이라고는 해도 일단 사람을 한 명 죽인 이상 무사하지는 못할 것이다, 게다가 남들이 듣고 과연 과실이라고 믿어줄지 모르겠다, 이런 경우는 아무것도 모르는 척하고 있는 것이 상책이라고 생각해서 사체는 그대로 두고 소리가 나지 않게 살짝 문을 닫고 아무 일 없는 표정을 하고 집에 돌아와 잤다는 것입니다. 인간이라는 것은 이런 경우에는 상식적으로는 도저히 생각할 수도 없는 일을 하기도 하는 법입니다. 다음 날 아침 하야시가 빈 집을 보러 와서 자신이 실수로 죽인 여자의 사체가 발견되었을 때는 아드님도 의심을 받으면 안 되겠다 싶어 현장에 가보았다고 합니다. 그런데 그날 석간에 그 사건이 보도되고 무고한 하야시가 구인되었다는 기사를 보자 불안해서 이러지도 저러지도 못하고 있다가 자수를 했다는 것입니다. 아드님의 자수 내용은 지금까지 말씀드린 대로입니다만, 어떠세요, 이 논리정연한 진술에서 아드님이 정신이상 증세를 보인다고 생각하세요?"

말을 하는 사람이나 듣는 사람이나 손수건을 꺼내 이마의 땀을 닦았다.

'이로써 대충 이해가 되셨을 것이라 생각합니다만' 하고 판사는 다시 이야기를 시작했다.

"하야시의 진술에 의하면 사체는 부엌에 엎어져 있었고 등 부위에 단도가 꽂혀 있었다고 하고, 실제 현장 수사 결과도 하야시의 진술과 일치합니다만, 아드님께서는 사체를 현관에 내버려둔 채로 서둘러 밖으로 뛰쳐나왔다고 말씀하십니다. ……그것뿐이라면 아직 괜찮은데 이제 와서는 그것도 확실히 기억을 하지 못하고 있습니다. 어쩌면 그때 꿈속에서 자신이 사체를 부엌까지 끌고 갔는지도 모르겠다고 합니다. 게다가 현장을 조사해보니 확실히 현관에서 거실을 통해 부엌으로 사체를 끌고 간 흔적이 있습니다. 그리고 또 어찌된 일인지, 사체를 끌고 간 자국을 걸레나 혹은 다른 것으로 꼼꼼히 닦았다는 것입니다. 그럴 때는 무의식중에 그렇게 치밀한 행동을 하는 법입니다. 자주 있는 경우입니다. 그러나 그것이 사실이라고 한다면 아드님의 입장은 상당히 불리해집니다."

판사가 잠깐 말을 끊었다. 그는 자신의 입에서 나오는 말 한마디 한마디가 듣는 이의 심장을 송곳으로 후벼 파는 고통을 주고 있다는 사실은 전혀 생각하지 못하는 것 같다. 어쩌면 알고 있으면서도 일부러 상대에게 고통을 주며 즐기고 있는 것으로 보이기도 한다.

"그런 상황으로 어쨌든 중요한 점에서 아드님의 진술이 애매하여 아무래도 곤란합니다. 저는 몇 번이나 말씀드린 바와 같이 과실임을 의심치 않지만, 진술에 애매한 부분이 있다면 세상이 납득을 하지 못합니다. 검사는 마침 문을 여는 순간 침대가 쓰러지고 그 밑에 마침 피해자가 서 있었고 게다가 쓰러진 침대 테두리가 피해자의 급소를 강타했다는 것은 도저히 꾸민 이야기로밖에 들리지 않는다는 것입니다. 실제로 우연이라는 것은 인간이 미처 생각지도 못한 상황을 만들어내는 경우도 가끔 있지만 그런 조작된 이야기를 재판장에게 믿게 하는 것은 상당히 어렵다고 해야만 하니까요."

만약 시노자키 판사의 목적이 하라다 교수를 끝까지 괴롭히는 데 있다고 한다면, 그의 목적은 완전히 달성되었다고 할 수 있다. 왜냐하면 노교수는 신체의 중심을 잃고는 쓰러지지 않기 위해 간신히 버티고 있기 때문이다. 하지만 판사의 목적은 상대를 괴롭히는 것 이상인 것 같다. 적어도 노교수에게는 그렇게밖에 보이지 않았다.

빈사상태에 있는 환자는 최후의 순간이 다가옴에 따라서 의사에게 회복 가능성에 대해 빈번히 묻는 법이다. 그런 경우에 노련한 의사는 환자를 절대로 절망시키지 않는다. 그렇지만 시노자키 판사는 환자가 숨을 거둘 때까지 환자에게 계속해서 공포를 주는 무자비한 의사 같았다.

"제 아들이 무죄가 될 수는 없을까요?"

모기 같이 가는 교수의 목소리에 대해 판사는 대답했다.

"지금 무죄를 언급할 계제가 아닙니다. 지금으로서는 과실죄로 정상을 참작해줄지 말지도 의문으로, 어쩌면 모살로 인정될지도 모릅니다."

"설마 그런, 그런 당치 않은…… 그럼 하야시라는 남자는 어떻게 되는 것입니까?"

교수의 목소리는 목소리라기보다는 오히려 비명에 가까웠다.

"그분은 이제 문제가 아닙니다. 처음부터 혐의 이유가 약했는데 아드님의 자수로 인해 완전히 혐의가 풀렸으니까요. 이미 예심에서 면소(免訴)로 결정 나서 이번 재판에는 피고가 아니라 증인으로서 법정에 나오게 되었습니다."

"그럼 이제 제 아들을 도울 방법은 없는 것입니까?"

"없을지도 모릅니다. 하지만 어쨌든 더 이상 꾸물거리다가는 큰일이 날지도 모르겠습니다, 아드님은 어제 오늘은 심문을 할 때마다 앞의 증언을 부정하기도 하고 걸핏하면 자신이 고의로 죽였는지도 모른다고 하며 듣고 있는 저희들조차 조마조마해지는 이야기를 하고 있습니다. 아무래도 당신이 말씀하신 것처럼 정말로 정신이 이상해진 것 같습니다. 그렇게 되면 한동안 정신병원에서 요양을 하게 했다가 다시 심문을 해야 하는 것이 아닌가 하는 점도 고려하고 있습니다."

"그, 그런 심한 일이…… 정신병원이라니, 그 끔찍한 미치광이들과, 아니…… 제 아들은 미치광이가 아닙니다."

교수의 신체에 아직 이 정도로 흥분할 힘이 남아 있는 것이 신기하다.

이때 현관에서 벨소리가 났다. 판사는 식모가 고하기도 전에 자리에서 일어나서 교수에게 잠깐 양해를 구하고 방에서 나가 현관에서 낮은 소리로 무슨 얘긴지 하고는 곧 다시 돌아와서 이야기를 계속했다.

"이것 참 의외의 말씀을 듣게 되네요. 아드님의 정신에 이상이 있다는 이야기는 당신이 처음에 하신 말씀 아닙니까?"

가엾은 노인은 한 마디도 하지 못 하고 고개를 떨구었다. 감옥이든 정신병원이든 어쨌든 내 자식은 가망이 없다. 그의 머릿속에서는 음산한 인생의 양극이 선명하게 그려지고 있었다. 무거운 생각이 그의 마음을 콱 짓눌렀다. 그는 주저주저 입을 열어 마치 종기에 닿기라도 하는 것처럼 마지막 질문을 했다. ……

"글쎄요, 과실죄가 된다면 별일 없겠지만, 모살이 되면…… 뭐, 그쪽이 가능성이 더 크다고 봐야겠지요. 모살이 되면 우선 열에 아홉은 사형일 것입니다."

"판사님!" 하고 하라다 교수는 용수철처럼 벌떡 일어나 외쳤다.

3

판사는 다소 조심스럽게 무릎을 앞으로 내밀었다.

그러나 '판사님!'이라는 한 마디 외침 때문에, 한때 흥분했던 노교수는 흥분이 완전히 가셨는지 다시 절인 파처럼 풀이 죽었다.

"판사님, 이제 모두 자백을 하겠습니다. 제가 얼마나 한심한 인간인지 모르겠습니다. 이 나이가 돼서 남을 가르치는 몸으로 하필이면 제 자신이 가장 사랑하는 아들에게 죄를 뒤집어씌우고 지금까지 모르는 척 하고 있다니. 제가 그 여자를 죽였습니다. 그 여자를 실수로 죽인 것은 저입니다. 당장 제 아들을 방면하고 대신 저를 가두십시오. 판사님!"

아무리 법률에 관한 지식만 가득한 머리라도 이런 극적인 고백을 듣고 아무렇지도 않을 리가 없다고 생각되지만, 시노자키 예심 판사는 놀라는 기색도 전혀 없고 감동하는 기색도 전혀 없다. 마치 모두 다 예상하고 있었다는 표정이다.

"그럼 현관에서 죽은 사체가 왜 부엌에 엎드려 있고 게다가 등 부위에 단도가 찔려 있었죠? 하야시의 진술에 틀림은 없나요?"

하라다 교수는 이제 완전히 침착한 어조로 이야기를 시작했다. 입가에는 교활한 미소조차 띠고 있다.

"그 남자의 진술은 정확합니다. 제가 범행의 흔적을 없애기 위해 사체를 부엌으로 끌고 왔습니다. 그렇게 해두면 누군가 집을 보러 오는 사람이 반드시 있을 테니까, 얄팍한 생각으로 그 사람에게 혐의가 가게 한 것이지요. 사체는 굳었기 때문에 현관에서 방으로 끌어들이는 데 상당히 힘들었습니다. 게다가 돌처럼 차가워져서 몹시 기분이 나빴습니다. 아시는 바와 같이 사체를 끌고 갈 때 다다미 위에 피가 떨어져 있기에 집에 가서 걸레를 가지고 와서 피를 완전히 닦았습니다만, 현장 감식을 나온 경찰에게 발각된 것은 천벌을 받은 것입니다. 피의 흔적을 닦고도 여전히 안심되지 않아서, 그래서 저는 근처 철물점에서 단도를 하나 사다 그것으로 사체의 등을 찔러 타살로 보이게 하려 한 것입니다. 그때만은 이 늙은이도 손이 떨려서, 나중에 생각해보니 '단도로 참 찌르기도 잘 찔렀구나' 하고 신기한 생각이 들었습니다. 현관에서 죽은 사체가 부엌으로 가 있는 것은 그 때문입니다. 제 아들은 제가 현관에서 과실로 그 여자를 죽이는 것을 보고 있다가 제 대신 자수를 한 것임에 틀림없습니다. 그러니까 그 뒤의 일은 아무것도 모릅니다. 제가 말씀드린 것이 믿기지 않는다면 저희 집 뒤뜰에 있는 무화과나무 밑을 파보세요. 피를 닦은 걸레가 묻혀 있을 것입니다. 그리고 철물점 주인을 불러다 주십시오. 아사바야(淺羽屋)라는 가게입니다. 필시 그 단도를 그날 밤 제게 판 것을 기억하고 있을 것입니다. 이제 더 이상 드릴 말씀이 없습니다. 어서 제 아들을 풀어주고 저를 잡아가세요!"

"이제 철물점 주인을 부를 필요는 없습니다. 그 철물점 주인은 확실히 그날 밤 그 단도를 팔았다고 했습니다. 곧 이곳으로 올 것입니다. 아까 현관에서 벨이 울렸죠? 그때 형사가 철물점에 대해 보고를 하러 온 것입니다. 그때 어쩌면 당신이 자백을 하지 않을 경우에는 어쩔 수 없으니 대면을 시킬 생각으로 부르러 보낸 것입니다."

모든 것을 체념한 사람에게는 괴로움도 고통도 없다. 하라다 교수는 침착하게 말했다.

"이렇게 된 이상 즉시 제 아들을 풀어주실 거죠?"

"아드님은 이미 예심에서 면소가 결정되었습니다. 하야시가 면소되었다는 것은 실은 거짓말이고 면소가 된 것은 아드님입니다."

교수의 얼굴에는 진심으로 안도의 빛이 드러났다. 판사는 더 온화하게 말을 이었다.

"이왕 이렇게 된 것 완전히 다 자백해주시지 않겠습니까? 뭐든지 다요."

교수는 움찔했다.

"자백이라니, 더 이상 뭘요? 그럼 이 정도 말씀드린 것으로는 아직 제 아들에 대한 혐의가 풀리지 않는다는 것입니까? 빨리 저를 잡아가십시오."

판사는 한동안 팔짱을 끼고 생각을 하다가 마침내 다시 입을 열었다.

"아무래도 더 이상 털어놓지 않으시겠다면 어쩔 수 없죠. 그러면 지금 말씀하신 것을, 현관의 사체를 부엌으로 옮겨가서 단도로 찌르시기까지를 번거롭겠지만 다시 한 번 말씀해주세요. 좀 받아 적게 할 테니까요."

교수는 판사가 주문하는 대로 방금 전 이야기를 되풀이했다. 비서가 그것을 필기했다. 필기가 끝나자 비서는 다시 나갔다.

"아, 대단히 수고하셨습니다. 이제 겨우 이 사건의 예심조서가 완전히 완성되었습니다."

"제 아들의 혐의는 완전히 벗겨진 것이죠?"

교수가 신경 쓰는 것은 오로지 그 한 가지였다.

"이 사건에서는 처음부터 아드님의 유죄를 의심하는 사람이 두 명 있었기 때문에 의외로 조사가 길어졌습니다."

판사는 솔직하게 이야기하기 시작했다.

"그 한 사람은 아드님 자신이고 또 한 사람은 아드님의 부친이신 당신입니다. 그러니까 아직도 당신은 아드님을 의심하고 계시는 증거로, 제가 하는 말을 듣고 놀라시네요. 당신은 그 사건의 범인이 아드님인 줄로만 알고 사체를 다른 곳으로 옮기기도 하고 사체에 칼을 찔러 놓기도 하여, 그것으로 아드님의 진술과 현장 증거가 어긋나게 해서 아드님이 정신적으로 이상이 있다는 증거를 만들어 놓으려고 하신 것입니다. 그런데 아드님이 어차피 무죄가 될 것 같지 않다고 판단하여 오늘은 마침내 자신이 범인이라고 하는 대담한 자백을 하신 것입니다. 제게도 자식이 있습니다. 부모로서의 당신의 심정은 잘 알고 있습니다. 부모는 자식을 위해서는 어떤 무모한 짓도 하죠……."

판사의 눈에도 교수의 눈에도 눈물이 글썽거렸다.

"게다가 이 사건은 처음부터 너무 빤한 것이었습니다. 첫째 저는 물리학은 잘 모르지만 경험상 생각해봐도 그 침대가 쓰러지는 힘 정도로 인간은 죽지 않습니다. 하물며 서 있는 인간이 억 소리도 못 지르고 즉사하는 일은 절대로 있을 수 없습니다. 그리고 아드님의 진술을 들으면 사체는 딱딱해져 있었고 얼음처럼 차가웠다고 합니다만, 즉사한 인간의 사체가 바로 차갑고 딱딱해진다는 것은 흥분상태에 있는 아드님은 속일 수 있어도 재판관을 속이기에는 너무나 유치합니다. 더구나 침대와 문 격자에 묘한 실이 붙어 있었고 또 침대에는 당신과 아드님 이외에 또 한 남자의 지문이 여기저기 남아 있었습니다."

"그게 누구 지문이죠?"

"범인의 지문입니다. 물론 범인은 하야시입니다. 그는 전날 밤 마침 사체가 발견된 부엌에서 흉악행을 저지르고 혐의를 다른 사람에게 돌리기 위해 사체를 현관에 가지고 가서, 현관문을 열고는 현관 벽에 세워져 있는 침대가 쓰러지도록 침대와 문을 실로 연결해두어 여자가 우연히 그 밑에 깔려 죽은 것처럼 보이게 하려 한 것입니다. 그 후에 아드님이 현관문을 열었기 때문에 그런 상황이 되었고, 또 당신이 그것을 알고는 사체를 부엌으로 옮기게 된 것입니다."

"그런 줄도 모르고 잔머리를 굴려 무어라 드릴 말씀이 없습니다. 죄송합니다."

교수는 이상한 이야기에 깜짝 놀라 송구해 하며 말했다.

"그런데 당신이 잔머리를 굴리는 바람에 범인의 자백이 빨라졌습니다. 무슨 말인가 하면 어떤 우연인지 아님 천벌인지 마침 하야시가 그 여자를 지팡이로 때려죽인 곳에 조금도 틀림없이 당신이 사체를 그때하고 똑같은 자세로 옮겨놓은 것입니다. 그래서 다음 날 느긋하게 범행을 저지른 현장을 찾아올 만큼 대담한 하야시도 그 사체의 이동을 보고 깜짝 놀라 기절할 만큼 두려워서 마룻바닥에 감춰두려 했다고 합니다. 그리고 당신은 단도를 찌를 때 손이 떨려서 잘 찌르기는 했지만 지금 생각하면 신기하다고 하셨는데, 실은 그게 제대로 꽂히지 않아서 사체 옆에 떨어져 있었다는 것입니다. 하야시가 그것을 주워 너무나 무서운 나머지 등을 찔렀다고 합니다……."

너무나 뜻밖의 이야기에 상대는 말없이 안도의 한숨을 내쉬었다. 말을 하는 사람도 이야기를 잠깐 끊었지만, 다시 또 이야기를 계속했다.

"하야시는 완전히 자백했습니다. 살해된 여자의 신원도 밝혀졌습니다. 하지만 하야시하고 당신은 별 관계가 없기 때문에 말씀드리지 않겠습니다. 다만 마지막으로 사과드릴 점은 오늘 당신을 몹시 괴롭힌 것입니다. 아드님의 유죄를 철썩 같이 믿고 계시는 당신을 도저히 정면으로 자백하게 할 수 없을 것 같아서 당신을 괴롭히고 괴롭혀서 '내가 범인이다'라고 거짓 자백을 받아내고 그것을 계기로 현관의 사체가 부엌으로 되돌아간 경위를 당사자 자신인 당신이 자백하기를 바란 것입니다. 그 한 가지가 분명치 않아 이 사건의 예심조서가 지금까지 완성되지 못했던 것입니다. 물론 오늘 조서를 발표했다는 것은 거짓으로 그것은 제가 하는 말을 당신이 믿게 하기 위한 수단이었습니다."

초저녁 어둠이 내린 실내에는 백 촉 전등이 환하게 켜지며 갑자기 주인과 손님의 얼굴이 밝게 떠올랐다. 그리고 두 사람의 마음은 얼굴보다 더 밝아졌다.

인조인간

히라바야시 하쓰노스케

1

무라키(村木) 박사는 여러 가지 동물 실험에서 인공생식 실험에 성공했다는 보고를 하고 나서, 방금 전 사동이 가져 온 모르모트 두 마리를 넣은 우리를 테이블 위에 꺼내놓았다.

"이 하얀 쪽은 내가 무라키액(村木液) 속에서 배양한 모르모트입니다. 검은 빛을 띠는 쪽은 보통 어미에게서 태어난 모르모트입니다. 모두 생후 3주된 것입니다만, 그 발육상태에는 전혀 차이가 없습니다. 부디 이것을 돌려보십시오."

그렇게 말하고 박사는 모르모트 우리를 제일 앞줄에서 듣고 있는 남자에게 건넸다. 두 마리의 모르모트는 우리 안에서 몸을 웅크리고 있었다. 우리는 청중들 사이에서 차례차례 건네지고 있었다. 3백 명 정도 되는 남녀 청중은 묘한 환경 속에서 생육한 이 작은 동물을 신기한 듯이 관찰하면서 근대과학의 놀라운 기적에 경탄했다.

박사는 청중의 머리 위로 만족스런 듯이 눈길을 한 번 던지며 느긋하게 이야기를 시작했다.

"이들 동물 실험이 훌륭하게 성공한 데 용기를 얻어 저는 이제 마침내 이것을 인간에게 적용해 실험을 해보려 합니다. 저는 제 자신의 정자를 선택했습니다. 배양액으로 선택한 것은 제2기 무라키액이라고 임시로 제가 명명한 생리약입니다."

열성적인 청중들 사이에서는 학계에 보고된 적 없는 이 대담한 발표에 대해 때때로 경탄의 속삭임이 흘러나왔다. 배빈석(陪賓席)*에는 동아생리학회 회원 일고여덟 명이 이 획기적인 실험 보고 내용을 한 마디라도 놓칠세라 열심히 귀를 기울이고 있었다. 무라키 박사의 조수로 그 실험을 돕고 있는 여자 이학사 나이토 후사코(內藤房子)의 단발 모습이 홍일점으로 눈에 띄었다.

박사는 컵에 담긴 물로 입을 잠깐 축이고 다시 이야기를 계속했다.

"지금 그 인조태아는 제가 만든 특별한 시험관 속에서 무사히 자라고 있습니다. 현재 임신 3개월 단계에 있습니다. 제가 가장 어렵게 느낀 것은 영양보급이었습니다만, 여기에 계신 나이토 이학사의 협력에 그런 어려움도 돌파했습니다. 저희들은 최근 각종 단백질 합성에도 성공했습니다. ……하지만 이들에 대한 상세한 보고는 지금은 발표시기가 아닌 것 같습니다. 저의 실험이 성공

---

* 주빈의 상대역을 맡으면서 함께 대접받는 손님들이 앉는 자리

해서 이 아이를 햇빛과 공기에 내놓아도 될 수 있을 만큼 발육이 된다면, 그때 모든 보고를 하기로 하겠습니다. 아마 본 학회의 추계대회에서는 보고를 할 수 있을 것으로 생각됩니다."

박사는 우레와 같은 박수갈채를 받으며 연단을 물러났다.

이로써 동아생리학회 19××년 춘계 공개회의는 끝났다.

그때 방청석의 나이토 옆자리에 있던 아베 의학사가 벌떡 일어나서 지금 자기 앞을 막 지나가려는 무라키 박사를 향해 말했다.

"선생님, 잠깐 질문이 있습니다."

"질문이라고요?"라고 무라키 박사는 멈춰 서서 말했다.

"오늘은 질문에는 대답하지 않기로 하겠습니다. 저는 제 실험에 대한 윤곽만 보고했을 뿐으로 그 내용에 대해서는 거의 언급하지 않았습니다. 왜냐하면 저의 실험은 지금 진행 중이므로 그것이 정말 성공할지 어떨지 모르기 때문입니다. 그러니까 실험 내용에 관한 질문이라면 오늘은 아무 대답도 해드릴 수 없습니다."

아베 의학사는 '헉' 하고 고개를 숙이고 자리에 앉았다.

간사가 자기 자리에서 폐회를 보고하자 청중은 문 쪽으로 몰려갔다. 회의는 그렇게 끝났다.

다음 날 신문에는 무라키 박사의 보고 연설 내용이 다분히 과장되어 보도되었다. 「인조인간의 발견」, 「시험관에서 인간이 태어나다」, 「이번 가을까지는 응애 하고 첫울음소리가 날 것이다」와 같이 센세이셔널한 표제를 내걸고 있는 것이 있는가 하면, 무라키 박사와 나이토 이학사의 초상을 나란히 싣고 「이것이 시험관으로 태어나는 아이의 부모입니다」라고 적혀 있는 것도 있었다.

신문기자들이 의견을 구한 많은 생물학자들 중에는 다소의 의문을 남기고 있는 사람도 있었지만, '그것은 불가능한 일은 아니다'라는 점에서는 모든 학자들의 의견이 일치하고 있었다. 그리고 '하루라도 빨리 실험보고를 상세히 접하고 싶다'는 것도 모든 학자 공통의 바람이었다.

어떤 페미니스트는 조급하게도 '이로써 여성문제는 해결될 것'이라고 주장했다. 여성에게 임신, 분만이라는 것이 필요 없어진다면 남녀의 생리적 구별이 없어지고 여자도 완전히 문화적 노동에 참여할 수 있기 때문이라는 것이다. 또 어떤 우생학자는 '이로써 우생학은 합리적 기초 위에 서게 되었다'고 주장했다. 더 특이한 것은 어떤 법률학자가 '인조인간의 발명은 종래의 법률을 근저에서부터 전복시킬 것이다'라는 취지의 말을 장황하게 기자에게 한 것이다.

학계에서도 속계에서도 경천동지의 소동이 일어났다. 물론 이 뉴스가 전 세계에 보도되어 각국의 학계에 비상한 쇼크를 주었음은 말할 필요도 없다.

2

"저…… 선생님!"

시험관 청소를 하던 나이토 후사코는 수건으로 젖은 손을 닦으면서 뒤를 돌아보며 말했다.

열심히 화학서적을 조사하고 있던 무라키 박사는 안경을 벗어 펼쳐놓은 서적 위에 올려놓고 조수 쪽을 돌아보았다.

"저, 어제 선생님의 연설에 정말로 깜짝 놀랐어요. 선생님이 그렇게 세계적인 실험을 하고 계시다니, 전혀 몰랐어요. 그리고 저 같은 건 아무 도움도 안 되고 또 도움이 될 수도 없네요."

"그렇지 않아. 당신이 그렇게 시험관 청소를 하고 약병을 정리해주는 것이 내 실험에 큰 도움이 돼."

"하지만 아무것도 모르는 저를 이학자라고 소개하셨을 때 저는 창피해서 마치 얼굴에 불이 나는 줄 알았어요."

"앞으로 이학자가 되면 돼. 나한테서 앞으로 반 년 정도 공부하면 훌륭한 이학자로 만들어 주겠어. 데라다(寺田) 학사의 『화학정의(化學精義)』공부는 이제 다 끝났지? 잘 모르는 것은 주저 말고 물어봐. 자 이제부터 복습을 하자고."

"선생님."

이렇게 말하고 고개를 들었을 때 후사코의 눈에는 눈물이 약간 고여 있었다.

"이제 그런 어려운 책을 공부하는 것 싫어요. 저는 그냥 여자이고 싶어요. 언제까지고 선생님 곁을 떠나지 않고 작년 여름처럼 선생님의 사랑을 받으며…… 선생님, 저를 어디든 데려가 주세요. 아무도 없는 곳, 선생님과 둘만 있는 곳으로."

그녀는 박사의 무릎에 얼굴을 묻고 흐느껴 울기 시작했다. 박사는 무릎 근처의 삼베 작업복을 통해 부드러운 물체가 꼼지락

거리는 것을 느끼며 한동안 넋을 잃고 있었지만, 그와 동시에 그녀 머리 위에서 노골적으로 난처한 표정을 지으며, 하지만 역시 상냥한 말투로 말했다.

"안 돼. 그렇게 떼를 쓰면. 나는 그때부터 계속 후사코를 사랑했잖아."

그는 옅게 화장을 한 그녀의 목에 키스했다. 그리고 다시 말을 이었다.

"하지만 나에게는 아내도 있고 아이들도 넷이나 있는 것을 모르지 않잖아. 그리고 당신도 약혼자가 있잖아."

후사코는 고개를 들었다. 박사의 무릎은 눈물로 크게 얼룩졌다. 그녀의 눈언저리는 눈물범벅이 되었다.

"알았어요. 제가 괜한 고집을 부렸네요. 하지만 저 아무래도 선생님 곁을 떠나지 못하겠어요. 작년 여름이었죠. 8월 14일이었어요. 오후 4시경이었죠. 아직 해는 높이 떠 있어서 한창 더울 때였어요. 선생님은 수영복을 입고 모래 속에 반쯤 묻혀 계셨죠. 마치 중학생처럼 저도 말괄량이였어요. 큰 목소리로 노래를 부르며 선생님 곁을 지나갔어요. 저 일부러 그런 거예요. 저는 선생님을 잘 알고 있었어요. 부세(Busse, Carl, 1872~1018)의 시였죠, 아마. 그때 제가 부르던 노래가.

산 너머 하늘 저 멀리
행복이 산다고 사람들은 말하지
아아 나 혼자 찾아갔다

눈물지으며 돌아왔네

산 너머 저 멀리

행복이 산다고 사람들은 말하지

이런 노래를 불렀어요. 그러자 선생님도 나중에 따라 부르셨
죠. 저 귓불까지 빨개졌어요. 하지만 전 노래를 그만두지 않았어
요. 그리고 정말로 기뻤어요. 가슴이 두근두근 할 정도였죠."

무라키 박사도 조금 눈물을 글썽거렸다. 추억을 회상한다는
것은 아무리 괴로울 때의 추억이라도 사람의 마음을 센티멘털
하게 한다. 하물며 이런 로맨틱한 추억을 회상한다면 눈물을 흘
리지 않을 수 없다. 박사는 그녀의 말을 이었다.

"그리고 바다에서 자주 만났지. 하반신을 물에 담그고 가끔씩
찾아오는 파도와 장난치며 여러 가지 이야기를 했지."

"결국 저도 선생님한테서 한 칸 정도 떨어진 곳에서 나란히
누워 모래 속에 묻혀 있었죠. 그리고 여러 가지 이야기를 들었어
요. 선생님이 독일에서 보신 표현파 연극 이야기랑…… 그리고
선생님이 놀러오라고 하셔서 가마쿠라(鎌倉) 댁으로 찾아갔죠.
그리고……"

"신기하군. 사람의 인연이란……. 그래서 당신은 그 해 여름
을 끝으로 ××대학 청강생을 그만두고 내 실험실에서 나를
도와주게 된 거고. 그리고 차가운 과학 연구를 하면서 우리들
은……."

"서로 사랑했죠. 모든 것을 불태울 만큼 열렬한 사랑으로."

"우리들은 마치 젊은 학생들끼리 하는 것처럼 서로 사랑했지. 세상에서는 우리들이 이 연구실에서 늘 현미경이나 시험관만 만지고 있는 것으로 생각하고 있지만, 그리고 내 아내도 그렇게 생각하고 있지만, 실은 우리들은 하루 종일 이 방에서 손을 잡고 포옹하고 계속해서 사랑놀이를 했지. 당연히 연구는 태만해졌고……."

두 사람의 손은 저절로 움직였다. 격렬한 포옹이 이루어졌다.

후사코는 글썽거리는 눈을 들어 조각처럼 침착한 박사를 가만히 바라보며 조금 떨리는 목소리로 말했다.

"하지만 그 사이에 선생님은 저도 전혀 모르는 사이에 그렇게 훌륭한 연구를 하고 계셨잖아요. 인간의 인공생식이라니, 저 조금이라도 괜찮으니까 보고 싶어요, 옆방. 벌써 한 달 됐죠? 선생님이 그 방을 걸어 잠근 것이. 하지만 저한테만은 조금은 보여주셔도 되죠? 저 꼭 보고 싶어요. 어떤 모습으로 자라고 있는지……."

"그것만은 안 돼. 게다가 실험은 절대 암흑 속에서 이루어지고 있기 때문에 볼 수 없어. 그리고 절대 안정 상태가 필요해. 그러니 실험이 성공할 때까지 기다려줘. 이번 실험은 내 생명과 명예를 건 실험이니까, 만일 그르치면 나는 완전 파멸이니까 말이야."

길어진 4월 해도 저물 무렵 두 사람은 실험실을 나와 벚꽃이 지는 정원을 따라 박사 자택 뒷문 안으로 사라져버렸다.

3

"아버지, 개는 뭐라고 짖는지 아세요?"

"개는 멍멍 하고 짖지."

"그건 일본 개고요, 서양 개는 어떻게 짖는지 알아요?"

"서양 개도 마찬가지야."

"거짓말. 아버지는 모르나 보네요. 서양 개는 바우바우 하고 짖어요. 영어책에 그렇게 나와 있어요. 자, 보세요. 더 도그 벅스 바우바우."

"아버지, 백일홍(百日紅)이라고 쓰고 왜 사루스베리*라고 읽죠?"

"어려운 질문이네. 아버지는 잘 몰라. 형에게 물어보렴. 형은 뭐든지 잘 아니까."

"일본어 같은 것 난 몰라요. 백(百)이 '사루'고, 일(日)이 '스베'고, 홍(紅)이 '리'이겠지. 영어로는 백일은 헌드레드 데이라고 해."

"헌드레드 데이즈. 복수니까."

"역시 아버지는 훌륭하셔. 어제 신문에 아버지 사진이 실렸어. 나이토 씨 사진하고 같이. 나이토 씨도 정말 훌륭해."

무라키 박사는 평소처럼 열넷, 열둘 되는 장남과 장녀를 상대로 등교 전 친구가 되어 놀고 있었다. 박사는 봄부터 여름에 걸쳐서는 매일 아침 5시에 일어나고, 평소에는 수요일에 한 번 대학 생리학 교실에 강의를 나가는 것 이외에 8시부터 오후 5시까

---

* 일본어에서는 한자로 '百日紅'이라 쓰고 사루스베리라고 읽는데 '사루'는 '원숭이', '스베리'는 '미끄러짐'이라는 뜻

지 자택 내에 설치된 실험실에서 지낸다. 다만 8월만은 가마쿠라의 별장에서 지내고 있는데 그곳에서도 방 하나를 실험실로 사용하고 있다. 후사코와 알게 된 장소는 바로 그 가마쿠라 별장이었다. 그래서 박사는 아침 3시간은 완전히 가정의 아버지였고 낮 9시간은 완전히 연구를 위해 할애했다. 그의 일과는 정확한 시계처럼 한 번도 어긋난 적이 없었다. 특히 1개월 정도 전에 예의 인조인간 실험을 하고 나서는 방문객을 일절 사절하고 실험실에는 조수 나이토 이외에는 가족의 출입도 엄금하고 있었다.

"이제 7시가 되었네요. 학교에 다녀오세요."

무라키 부인이 그렇게 말하며 부자가 놀고 있는 곳으로 들어왔다. 부인은 서른서넛 정도지만 아직 20대로 보일 만큼 젊음을 유지하고 있었다.

"아버지, 다녀오겠습니다."

"어머니, 다녀오겠습니다."

두 아이는 어린 새들처럼 쾌활하게 방을 나갔다.

"오늘 아침에도 신문기자가 또 세 명이나 왔어요."

그녀는 남편 옆에 앉으며 말했다.

"귀찮아, 신문기자 나부랭이가 뭘 알겠어."

박사는 고개를 돌린 채 담배연기를 푹푹 내뿜으며 그렇게 말했다.

"그래도 그 중 한 명이 이런 말을 했어요. 선생님의 실험이 성공하면 그 아이의 호적은 어떻게 되는 거냐고요."

그녀는 비스듬하게 남편 얼굴을 보면서 말했다. 박사는 석상처럼 입을 다물고 있었다.

"정말, 그 문젠 어떻게 되는 거죠? 저도 궁금해요."

박사는 미간에 세로로 큰 주름이 생길 정도로 얼굴을 찌푸렸다. 그러나 그것은 곧 사라지고 다시 평소의 온화한 표정으로 돌아왔다.

"학자는 연구만 하면 되는 거야. 연구 결과를 어떻게 해야 할지는 현실에서 전문가에게 맡기면 돼. 조만간 법률가가 어떻게든 결정하겠지. 다만 실험에 사용한 정자는 내 것이니까 나는 당연히 아버지가 돼야 한다고 생각하지만 말이야."

"그러면 어머니는 없게 된다는 것인가요?"

부인의 얼굴에는 쓸쓸한 표정이 역력했다. 박사는 그것을 알아차리고는 격려하는 어투로 말했다.

"모친은 없게 되지. 하지만 여기서 과학이 조금 더 진보하면 부친이 없는 아이도 생기게 될 거야. 정자를 합성할 수 있다면 말이야. 그렇지만 그것은 확실히 곧 가능해질 거야."

"그렇게 되면 부모자식 관계가 이상해지잖아요. 도덕도 의무도 없어지고. 하지만 당장 지금 법률상으로는 누군가 어머니가 되어야 하잖아요."

"가장 합리적으로 말하자면 그 실험에 도움을 준 나이토 씨가 어머니가 될 권리가 있기는 한데……."

박사는 전광석화처럼 빠른 속도로 부인의 얼굴을 흘끗 보았다. 부인의 얼굴은 그와 거의 같은 속도로 싹 흐려졌다.

"적어도 법률가가 내게 의견을 구한다면 나는 그렇게 주장하는 수밖에 없어. 지금 세상에 이런 말은 이상하게 들릴지 모르겠지만 말이야. 당신도 이상한 기분이 들 거라 생각해. 하지만 이 문제에 대해 법률을 제정하게 되면 지금의 세상만 안중에 두어서는 안 돼. 그런 일이 빈번하게 일상적으로 일어나게 된 미래 사회를 예상해야 해."

과학자의 아내로서 남편의 일의 성질을 잘 이해하고 있던 부인은 박사의 설명을 듣고 당연하다고 생각했다. 그러나 이치상으로는 당연하다고 생각해도 어쩐지 마음은 꺼림칙하다.

"그래도 나이토 씨에게는 약혼자가 있잖아요? 그분도 난처할걸요. 게다가 그 남편 되는 분이……."

"그야 어쩔 수 없지. 진리를 위해서는 다소의 희생을 치르는 것은 어쩔 수 없어. 전차나 자동차가 발명되어서 차부가 일자리를 잃어도, 차부 입장에서는 딱하지만 인류 전체를 생각하면 어쩔 수 없어. 그야 나이토 씨도 나이토 씨의 남편 되는 사람도 잘 납득을 시켜야지."

박사는 시계를 보았다. 8시 5분 전이었다. 박사는 준비를 마치고 실험실로 나갔다. 잠시 후 저택 안에서 피아노 소리가 들렸다. 쇼팽의 곡이었다.

4

그로부터 20일 정도 지난 어느 날 일이다.

무라키 박사 저택 내에는 벚꽃은 벌써 져서 잎이 무성하고 여기저기 정원석 그늘에 희고 붉은 개량종 철쭉이 피어 있었다.

조시가야(雜司ヶ谷) 언덕의 나무들은 풍부한 햇빛을 받아 파란 잎이 하나하나 나는 것을 육안으로도 볼 수 있을 정도로 느껴졌다. 그런 날은 누구나 일종의 자연의 위압에 충격을 받아 고민하는 법이다. 하물며 달콤한 고민을 하는 청춘 남녀에게 5월이란 계절은 무어라 표현할 수 없는 이러지도 저러지도 못 하는 초조감을 준다.

약혼자가 있으면서 처자가 있는 사람에게 모든 마음을 다 기울이게 된 나이토 후사코는 무라키 박사의 실험실 책상 앞에서 화학서적을 읽고는 있지만 눈은 저절로 창밖의 푸른 나뭇잎으로 옮겨간다. 마음은 어느새 무미건조한 서적 페이지를 미끄러져 나가 멋대로 다른 쪽을 향한다.

무라키 박사는 잠깐 볼 일이 있다고 하며 이틀 전부터 가마쿠라에 가서 아직 돌아오지 않았다. 그가 없는 동안 후사코는 실험실에 틀어박혀 화학식 암기에 전념하고 있었다.

그녀는 요즘 특히 현재 위치에 불안을 느끼기 시작했다. 그녀는 약혼자를 사랑하지 않는다. 그녀의 미래의 남편은 그녀를 철썩 같이 믿고 있다. 그는 자신의 약혼녀가 고명한 박사에게 품행을 배울 겸 연구를 거들고 있는 것을 자랑으로 여길 정도였다.

"그 사람이 박사님과 나의 관계를 알면 어떻게 할까?"

그녀는 자신이 서 있는 발밑이 휘청휘청 하는 느낌이 들었다. 그녀가 견딜 수 없는 공포란 3개월 전부터 아무래도 신체에 이상이 나타났다는 사실이다. 박사는 임신은 아니라고 진단했지만, 2, 3개월 전에 그녀를 엄습한 증상은 입덧이 틀림없는 것 같았다. 게다가 지금까지 생리가 없었다.

"틀림없어. 박사님은 나를 안심시키려고 거짓말을 하고 계시는 거야. 그리고 당신 자신도 그 엄청난 사실을 믿지 않으려고 애써 부정하려 하시는 거야……."

그녀는 박사의 냉정한 태도를 생각하자 갑자기 격심한 증오심이 솟았다. 그와 동시에 자신이 박사의 씨를 잉태하고 있음을 의식하자 박사가 너무나 그리워서 견딜 수 없었다.

"만약 그렇다면 내 몸도 파멸할 것이고 박사님 자신도 파멸이야. 게다가……."

그녀는 요즘 무라키 부인의 눈에 일종의 질투의 빛이 집요하게 깃들어 있음을 알아차렸다. 부인은 여전히 후사코에게 상냥했고 제3자 입장에서 보면 질투를 하는 기색은 털끝만큼도 없었지만, 당사자로서는 부인의 태도가 상냥하면 할수록 뭔가 더 강렬한 광선에 노출된 기분이 들었다. 마음 속 깊은 곳까지 꿰뚫어 보고 있는 것 같아서 매 앞에 놓인 어린 새 같이 몸이 굳어 상대방의 얼굴을 제대로 볼 수조차 없었다.

그녀가 목덜미에 부드럽고 따뜻한 것이 닿는 것을 느끼며 눈을 떴을 때 그녀의 눈은 무라키 박사가 뒤에 서서 그녀에게 키스하고 있는 것을 발견했다.

"아니 언제?……."

그녀는 당황하여 몸가짐을 바로 하고 흘러내린 머리칼을 쓸 어올렸다.

"지금 막 돌아온 참이야. 실은 이번 실험실을 가마쿠라 쪽으로 옮기기로 해서 말이야. 옆방 정리는 출발 전날 밤에 모두 잠들어 조용해진 후에 했어. 당신에게도 가족에게도 비밀이라서 말이지. 신문기자가 냄새를 맡고 쫓아오면 귀찮을 것 같아서 그래. 뭐, 짐은 트렁크 하나에 정리했어. 지금이 아니면 더 커져서 운반하는 것이 힘들어질 테니까 말이야. 액체가 흔들리는 것을 방지하기 위해 상당히 고생을 했는데 그래도 길이 멀어서 어떨까 했지만 다행스럽게도 무사히 실험실에 옮겼어. 그래서 당신도 내일부터 그쪽 실험실에서 도와주어야 해. 나는 1주에 한 번 발육상태를 살펴보러 가면 돼. 그쪽에는 할멈을 한 명 붙여줄게. 당신 일은 그때그때 부탁하게 될 텐데, 그쪽 실험실에는 절대로 들어갈 수 없으니까 그런 줄 알아. 자, 그럼 집으로는 좀⋯⋯."

박사는 혼자 떠들면서 상대가 아무 말도 하지 못한 사이 그녀의 두 눈에 번갈아가며 키스를 하고 경쾌하게 실험실을 나갔다.

5

그러고 나서 약 6개월 동안 무라키 박사는 정확하게 1주일에 한 번씩 가마쿠라 실험실을 찾았다. 그가 실험실 안에서 어떤 연구를 하고 있는지는 겉으로 봐서는 아무것도 몰랐다. 하지만 실험이 만족스럽게 진행되고 있는 것만은 확실했다.

후사코는 마침내 임신임을 알았기 때문에 박사는 실험에 대해서는 일절 관여하지 못하게 하고 이야기도 하지 않게 했으며 오직 몸과 마음의 안정에만 신경 쓰도록 했다.

그러나 박사는 가정에서도 선량한 아버지이고 남편임에는 여전히 변함이 없었다. 후사코를 포옹한 그 손으로 아이들을 애무했다. 후사코에게 사랑을 속삭인 그 입으로 부인과 담소를 나누었다. 그리고 또 세상에서, 학계에서 박사는 모범적 신사였다. 우리는 완전한 이중생활을 박사에게서 볼 수 있었다.

10월 말의 어느 날 밤, 예민한 청각을 가진 사람이 무라키 박사 별장 부근에 서서 자세히 귀를 기울이고 있었다면 박사의 저택 안에서 흘러나오는 희미한 영아의 첫울음소리를 들을 수 있었을 것이다. 물론 후사코가 분만을 한 것이다. 하지만 그 사실은 아무도 몰랐다.

그리고 며칠 지나서 조시가야의 무라키 박사 본가에서 부인은 '여보 생리학회 추계대회가 모레라 했죠?'라며 걱정스럽게 박사에게 물었다.

"그래, 모레였지."

박사는 이학자답게 냉정하게 대답했다.

"그때까지 실험을 성공시킬 수 있을까요? 오늘은 언젠가 왔던 그 신문기자가 와서요. 그 사실을 확인하고 갔어요."

"괜찮아, 성공할 거야."

"이번에는 대학 측에서 많은 교수들이 당신에게 힐문하는 듯한 질문을 하겠다고 잔뜩 벼르고 있대요. 하지만 준비는 단단히 되어 있는 거죠?"

"백 번의 보고보다 한 번의 실물이 증거가 되지. 나는 그날 실물을 공개할 생각이야."

"아, 그럼 실험은 이미 성공한 거예요?"

부인은 기쁨을 감추지 못하고 물었다.

"아직 성공하지는 못했어. 그러나 아직 이틀간 시간이 있어. 그때까지는 완전히 성공할 거야."

◦ ◦ ◦

다음날 이른 아침 가마쿠라에 간 박사는 하루 종일 실험실에 틀어박혀 있었다. 이웃 방에서는 박사가 분주하게 돌아다니는 발소리가 들리는 사이사이, 수도에서 물이 좍 하고 나오는 소리, 유리 실험기구가 서로 부딪히는 소리 등이 희미하게 들리고 예민한 코에는 약품 냄새도 어렴풋이 느껴졌다.

◦ ◦ ◦

그 다음날 드디어 추계대회 당일이 되었다. 평소의 관례를 깨고 ××신문 강당으로 변경된 회장에는 정각 전부터 열기를 띤 청중들이 입추의 여지없이 몰려들었다. 재야 학계의 명사, 신문기자들은 연단 양쪽에 늘어서 있다. 오늘 대회는 박사의 보고 연설만으로 독점되어 있어서 사회자의 개회 인사가 끝나자 무라키 박사는 우레와 같은 박수를 받으며 연단에 나타났다. 천여 명의 청중의 시선은 일제히 박사에게 쏠렸다.

박사는 의외로 조용한 어조로 실험 결과를 간단히 보고하고 나서 '이제 그 영아를 여러분께 보여 드리겠습니다'라고 하며 뒤쪽에 눈짓을 했다.

한 노녀가 담황색 액체가 든 유리수반을 가지고 왔다. 안에는 생후 얼마 되지 않은 건강해 보이는 영아가 교묘한 장치에 의해 지탱되어 물에 잠겨 있었다.

"이 아이는 8개월 만에 이 정도로 성장했습니다. 액체의 온도와 영양 관계로 자궁 안에서 자랄 때보다 2개월 시간을 단축할 수 있었습니다만, 이 시간을 6개월 정도로 단축시킬 수 있을 것 같습니다. 이 아이는 남자아이입니다만, 성의 결정은 태생기에 수술로 마음대로 할 수 있습니다. 지금으로서는 하루에 몇 번씩 제2무라키액에 이렇게 목욕을 시키고 있습니다만, 그것은 급격한 환경 변화로 인한 영향을 염려해서입니다. 이제 한 달 정도 지나면 보통 아이처럼 키울 생각입니다."

박사는 보고가 끝나자 늙은 하녀를 거들어 유리 수반을 안으로 옮겼다. 박수 소리는 한동안 끊이지 않았다.

가마쿠라 별장에서 나이토 후사코는 아침 일찍 갖다 준 우유를 먹고 나서 꾸벅꾸벅 졸며 아기에게 젖을 물린 채 있다가 어느새 완전히 잠이 들어버렸다.

깊으면서도 뭔가 기분 나쁜 잠에서 그녀가 눈을 떴을 때 이미 날은 어두워져 있었다. 아기는 아직 새근새근 잠들어 있었다. 그녀는 귀여워 죽겠다는 듯이 무심한 아이의 이마에 입을 맞추었다. 무엇인가 포도주 냄새가 나는 것 같았지만 그녀는 그것에 별로 마음을 쓰지 않았다.

"어머, 일어나셨네요. 너무나 곤히 주무시고 계셔서 점심 식사도 드리지 않았어요."

할멈이 저녁을 가져오며 말했다.

"이야, 잘 잤나보네."

박사도 그 뒤를 따라 들어와서 아기 얼굴을 들여다보았다. 그리고 박사는 산모와 아이 이마에 번갈아가며 입을 맞추었다.

○ ○ ○

그와 같은 시각에 대학 생리학 교실에서는 시험관을 열심히 만지작거리고 있던 아베 의학사가 혼자서 미친 듯이 소리를 질렀다.

"이게 뭐야. 제2무라키액이라는 대단한 이름을 붙여놓고, 이건 뭐 그냥 물에 포도주를 섞어서 착색만 한 거잖아."

그 다음날 아침 무라키 박사는 가마쿠라 실험실에서 사체가 되어 발견되었다. 모르핀 자살이었다.

"나는 도저히 당신과 헤어질 수 없었습니다. 그와 동시에 나는 아내와도 헤어질 수 없었습니다. 나는 세상과 신사로서 대면하고, 남편으로서 아버지로서의 의무를 다하고, 그리고 당신과의 사랑을 영원히 계속할 수단을 생각했습니다. 그것이 그 조시가야 실험실에서의 생활이었습니다. 그러나 당신이 임신했다는 사실을 알았을 때 그것이 발각되는 것을 막기 위해 더 대담한 제 2단계 수단에 의지해야 했습니다. 인조인간 실험이 그것입니다. 어제는 당신에게 마취약을 사용하여 잠들게 하고 노파에게 부탁하여 사랑하는 아이를 강연회장에 데리고 갔습니다. 회장에서는 어떻게든 사람들을 속일 수 있었습니다만, 끝내 제 양심을 속일 수는 없었습니다. 세상을 속이고 가정을 속이고 학문을 모독하고 마지막으로 사랑하는 사람조차 속여야만 했던 부덕한 내게 남은 길은 죽음뿐입니다. 아이를 잘 부탁합니다."

박사의 유서를 끌어안고 언제까지고 산후 몸조리를 하는 후사코는 이부자리에 엎드려 울고 있었다.

과도기 문학으로서의 다이쇼 시대 추리소설

일본의 추리문학사에서 볼 때, 다이쇼 시대(大正時代, 1912~1926)
는 메이지 시대(明治時代, 1868~1912) 말 유행했던 자연주의
가 쇠퇴하고 탐미주의적 경향이 대두하면서, 다니자키 준이치
로(谷崎潤一郎, 1886~1965), 아쿠타가와 류노스케(芥川龍之介,
1892~1927), 사토 하루오(佐藤春夫, 1892~1964), 사토미 돈(里見
弴, 1888~1983), 기쿠치 간(菊池寬, 1888~1948) 등 순문학 작가에
의해 예술적 경향의 탐정소설이 창작된 시기이다. 일본에서 추
리소설이 활발하게 창작되고 그 개념이 확립된 것은 1920년『신
청년(新靑年)』(1920~1950)이 창간되고 에도가와 란포(江戶川亂
步) 등이 나타나면서부터이다. 다이쇼 시대는 그와 같은 본격적
추리소설이 창작되기 전, 예술적 경향의 탐정소설이 독자들의
욕구를 충족시켜 주었던 시기였다고 할 수 있다. 이 책에서는 이

와 같은 다이쇼 시기, 순문학 문단에서 작가적 지위를 확보하였던 작가들이면서 동시에 '탐정소설 중흥의 원조'(一柳廣孝「さまよえるドッペルゲンガ―芥川龍之介の「二つの手紙」と探偵小說」『探偵小說と日本の近代』吉田司雄 編, 靑弓社, 2004)로 평가받는 작가들의 추리소설을 번역, 수록하였다. 따라서 이 책에 수록된 작품들은 '사건', '탐정', '추리', '해결'을 골자로 하는 본격 탐정소설이라기보다는, 일본에서 비교적 느슨하게 사용하였던 추리, 범죄, 괴기, 환상 등을 포함하는 탐정소설 개념을 잘 보여주는 경향의 작품들이라고 할 수 있다.

다이쇼 시대의 탐미파 작가의 대표로 알려져 있는 다니자키는 이 시기 포나 도일을 읽고 괴기, 환상, 신비적 소재를 취해 오늘날 미스터리나 서스펜스의 선구적 작품 즉 「비밀(秘密)」(『중앙공론(中央公論)』, 1911), 「인면창(人面疽)」(『신소설(新小說)』 1918), 「금과 은(金と銀)」(전편은 『구로시오(黑潮)』, 속편은 『중앙공론』, 1918), 「야나기탕 사건(柳湯の事件)」(『중외(中外)』, 1918), 「살인의 방(白晝鬼語)」(『大阪每日新聞』 『東京日日新聞』, 1918), 「저주받은 희곡(呪われた戲曲)」(『중앙공론』, 1919), 「어떤 소년의 공포(或少年の怖れ)」(『중앙공론』, 1919), 「길 위에서(途上)」(『개조(改造)』, 1920), 「도둑과 나(私)」(『개조』 1921), 「도모다와 마쓰나가의 이야기(友田と松永の話)」(『주부의 벗(主婦之友)』, 1926) 등을 집필하였다. 이들 작품은 훗날 추리소설의 대표작가 에도가와 란포, 요코미조 세이시(橫溝正史) 등에게 깊은 감명을 주었고 그들은 다니자키 작품의 모방을 시도했을 만큼 추리소설사에서 중요한 위치를 차

지하고 있다. 이 책에서는 「살인의 방」, 「길 위에서」, 「도둑과 나」 등 다니자키 탐정소설의 특징을 잘 보여주는 초기 작품 세 편을 수록하였다.

「살인의 방」은 다니자키의 작품 중 탐정소설적 요소가 가장 강한 작품으로, 오늘밤 모처에서 살인사건이 벌어질 것이니 같이 보러 가자며 친구 소노무라로부터 '나'에게 전화가 걸려오는 장면으로 시작된다. 소노무라는 '평범한 도락에는 싫증이 나서 활동사진과 탐정소설을 탐닉하며 날이면 날마다 이상한 공상만 하는' 남자로, 그는 활동사진관에서 앞자리에 앉은 남녀가 손등에 손가락으로 쓴 글과 그들이 흘린 종이조각의 부호를 해석하여 오늘밤 살인사건이 일어날 것임을 예측한다. '나'는 친구 소노무라의 말을 믿을 수 없어 미쳤다고 생각하고, 친구를 방치할 수 없어 유일한 친구로서 진정시키려는 의도로 살인현장에 동행을 한다. 그런데 그곳에서는 실제로 미인 '에이코'에게 안겨 있는 사체가 있고 그들은 특수한 약액으로 사체를 녹여 증거를 없애려고 한다. 사체는 두달 전에 신문에 실종 기사가 난 화족으로 보이며, 사체를 사진으로 찍어두려는 것을 보고 변태성욕을 가진 여성이 가담한 악당들의 소행으로 추측한다. 이에 소노무라는 그녀의 아름다움에 매혹되어 위험을 무릅쓰고 그녀와 교제하게 되고, 결국 그녀의 손에 의해 살해당할 각오를 했다며 '나'에게 편지를 보내 자신의 마지막 장면을 지켜봐 달라고 부탁한다. 친구의 부탁으로 살해장면을 엿본 '나'에게 가해자로부터 소노무라의 유언이 전달되자 '나'는 깜짝 놀라서 그의 저택을 찾아가고, 그곳에서 아직 생존해 있는 소노무라에게 범죄의 진상을 듣는 것으로 작품은 끝난다. 즉 암호해독을 비롯하여 살인현장 엿보기, 약액에 의한 사체처리, 마지막에 밝혀지는 사건의 의외성 등 탐정소설적 구성을 취하고 있음과 동시에 여성의 가학성이나 사랑하는 여성의 손에 의해 죽는 것을 더 없는 행복으로 여기며 그 장면을 친한 친구에게 보여주고 싶어하는 마조히스트적인 성향 등 다니자키 문학의 원형적 요소를 내포하고 있다. 동시에 암호해독에 포의 「황금벌레」의 암호기법을 이용하거나 살인현장을 엿보러 가는 두 사람을 셜록 홈즈와 왓슨에 비교하고, 사체를 욕조에 집어넣고 들여다보는 '에이코'의 모습을 우물 안에 있는 요한의 목을 들여다보는 살로메로 비교하는 등 애드거 앨런 포, 코난 도일, 뒤팡, 오스카 와일드 등의 서구작가에 대한 이해가 깊고, 살인이라는 악마적 취향, 탐정소설, 화학, 해부학 등 기괴한 체험을 애호하는 다니자키의 면모가 다양하게 드러나고 있다. 「길 위에서」는 귀가 중인 회사원 유가와(湯河)에게, 사립탐정이 같은 회사의 누군가의 결혼을 위해 사전 조사할 것이 있다고 말을 붙이며 전개되는 작품으로, 탐정이 범인에게 일일이 정황증거를 들이대면서 범행이 밝혀진다. 에도가와 란포는 이 작품을 들어 '탐정소설사에서 한 시대의 획을 긋는 작품', '이것이 일본의 탐정소설이라고 외국인에게 자랑할 수 있는 것'(「일본이 자랑할 수 있는 탐정소설」)이라고 평가했을 만큼 다니자키의 대표적 추리소설이라고 할 수 있다. 여기에서 란포가 주목한 것은 이 소설의 독창성은 작품에서 그려지는 범죄가 '우연성'에 의

한 살인이라는 점이다. 이와 같은 범죄의 우연성은 세계 최초의 수법으로, 5년 정도 후 란포가 「붉은 방(赤い部屋)」에서 차용하고 있으며, 17, 8년 후 아가사 크리스티의 「메소포타미아의 죽음」이나 이든 필포츠의 「극악인의 초상」 등에 나타난다. 「도둑과 나」는 제일고등학교 기숙사에서 일어난 도난 사건을 둘러싸고 벌어지는 심리전을 그린 작품으로, 서술 트릭의 전형이다. 독자는 화자인 '나'가 진실을 객관적으로 쓰고 있다고 믿는다. 그러나 쓰고 있는 '나'가 도둑인 경우 아무리 양심적이라 해도 스스로를 범인이라고 쓸 수는 없다. 「도둑과 나」는 이와 같이 탐정이 등장하지 않고 서술 자체에 트릭을 적용시켜 사건을 전개시키는 작품이다.

아쿠타가와 류노스케는 다이쇼 시대의 문학정신을 한 몸에 구현한 작가로 한국 내에서 많은 연구가 이루어지고 있고 일반 독자에게도 번역·소개되어 있다. 하지만 그가 일본에서 처음으로 추리소설이라는 용어로 간행된 기념비적인 작품집의 저자였다는 사실은 잘 알려져 있지 않다. 다음은 기기 다카타로(木々高太郎)가 감수한 일본 최초의 〈추리소설총서〉(전 15권)의 제3권인 『봄날 밤 외(春の夜 其の他)』(온도리샤(雄鷄社), 1946. 7) 후기의 일부이다.

유케이샤(雄鷄社)가 내외의 작가 약 15권의 추리소설을 기획하여 예정상으로는 매월 두 작가씩 출판이 될 예정이었으나, 인쇄상의 문제와 그 외 사정으로 출판할 수 있는 권부터 출판을 하게 되었고, 그 결과 이 권이 제일 처음 나오게 되었다.

추리소설이란 무엇을 의미하는가? 그것은 우선은 탐정소설을 지칭한다고 생각해야겠지만 (중략) 그러나 탐정소설로 그 의미를 한정하는 것은 재미없다. 추리와 사색을 기조로 한 소설이라는 의미에서 탐정소설도 포함하는 것이라고 생각하게 되었고, 이렇게 해서 추리소설이라는 새로운 총서명을 만든 셈이다. 추리란 무엇인지 사색이란 무엇인지 번거롭게 논의하지 않아도 추리와 사색이라고 하면 대충 그 개념이 와 닿을 것이다. 그래서 아쿠타가와 작품을 간청하여 싣게 된 것이고 고지마 세이지로(小島征二郎) 씨에게 부탁하여 아쿠타가와 교섭하여 이 권을 편집하게 된 것이다.

일본에서 추리소설이라는 명칭으로 간행된 첫 번째 전집의 첫 작품집이 바로 아쿠타가와의 『봄날 밤 외』였다는 사실을 알 수 있다. 이 작품집에는 「봄날 밤(春の夜)」(『문예춘추(文藝春秋)』, 1926), 「오토미의 정조(お富の貞操)」(『개조』, 1922), 「미우에몬의 죄(三右衛門の罪)」(『개조』, 1924), 「남경의 그리스도(南京の基督)」(『중앙공론』, 1920), 「무도회(舞踏會)」(『신초(新潮)』, 1920), 「네즈미 고조지로키치(鼠小僧次郎吉)」(『중앙공론』, 1920), 「마술(魔術)」(『빨간 새(赤い鳥)』, 1920) 「요파(妖婆)」(『중앙공론』, 1919), 「톱니바퀴(齒車)」(『문예춘추』, 1927), 「어느 바보의 일생(或る阿保の一生)」(『개조』, 1927), 「어떤 옛 친구에게 보내는 수기(或舊友へ送る手記)」(『도쿄일일신문(東京日日新聞)』, 1927) 등 11편이 실려 있는데, 오늘날의 추리소설의 개념으로 보면 의외의 작품들이 상당히 포함되어 있다. 하지만 이 외에도 아쿠타가와는 탐정소설이나 괴기소설 애호가로서도 알려져 있고, 본격 추리소설로 분류될 수 있는 많은 작품을 창작했다. 아쿠타가와의 작품에서 '탐정'이 등장하는 것은 「미정고(未定稿)」(『신소설』 1920. 4) 외에는 없다. 즉 아쿠타가와의 작품에는 오늘날 말하는 소위 미스터리 즉 수수께끼를 푸는 미스터리에 포함되는 작품은 적지만, '본격 추리소설적 게임성에서 일탈하여 범죄자나 피해자의 이상 심리나 환상, 괴기 분위기에 역점을 둔 것'(吉田司雄「ミステリー」『芥川龍之介事典』志村有弘 編, 勉誠出版, 2002)은 많다고 할 수 있다. 예를 들어 『문호 미스테리 걸작선 아쿠타가와 류노스케집(文豪ミステリ傑作選 芥川龍之介集)』(河出文庫)에는 「신도의 죽음(奉教人の死)」(『미타문학(三田文學)』, 1918), 「개화의 살인(開化の殺人)」(『중앙공론』, 1918), 「보은기(報恩記)」(『중앙공론』 1918), 「의혹(疑惑)」(『중앙공론』, 1919년 6월), 「마술」, 「미정고」, 「검은 옷의 성모(黑衣聖母)」(『문장구락부(文章俱樂部)』, 1920), 「그림자(影)」(『개조』, 1920), 「묘한 이야기(妙な話)」(『현대(現代)』, 1921), 「아그니의 신(アグニの神)」(『현대(現代)』, 1921), 「기괴한 재회(奇怪な再會)」(「오사카매일신문석간(大阪每日新聞夕刊)」, 1921), 「덤불 속(藪の中)」(『신초』, 1922년 1월) 등이 수록되어 있다. 이 책에는 이 작품들 중 「개화의 살인」, 「덤불 속」, 「의혹」을 수록하였는데, 이들은 제목에서도 어느 정도 드러나 있듯이 환상이나, 괴기를 다룬 것이나 근대 사회에서 불안을 느끼는 인간의 심리를 그린 것이 주를 이루고 있다.

「개화의 살인」은 아쿠타가와의 개화물(開化物)의 시작을 알리는 작품으로 널리 알려져 있으나 동시에 「덤불 속」과 더불어 아쿠타가와 추리소설의 대표작이기도 하다. 이 작품은 란포가 다이쇼 문단의 탐정소설에 대한 관심을 상징하는 기획으로 마련한 1918년『중앙공론』'비밀과 해방호(秘密と解放號)'의 「예술적 탐정소설: 신탐정소설(藝術的探偵小說: 新探偵小說)」 창작란에 게재되었다. 동시에 게재된 작품은 다니자키의 「두 예술가의 이야기(二人の藝術家の話)」, 사토 하루오의 「지문(指紋)」, 사토미 돈(里見弴)의 「형사의 집(刑事の家)」이다. 탐정소설이라고 해도 아직 추리소설이라는 장르가 성립되기 이전이므로 엄밀하게 말하면 범죄고백소설이라고 할 수 있지만, 아쿠가와 자신이 '이번에『신소설』에 「개화의 살인」이라는 탐정소설을 쓰네. 일종의 탐정소설 같은 것이라네'(1917년 11월 24일 마쓰오카 유즈루(松岡讓) 앞 엽서)라고 쓰고 있듯이 처음부터 탐정소설로 구성된 것이다. 이는 '나(予)' 즉 닥터 기타바타케 기이치로(北畠義一郎)가 혼다 자작(本田子爵) 부처(夫妻)에게 남긴 유서라는 형식을 취하고 있다. 그런데 그 유서의 화자인 기타바타케 자신은 '나'와는 별개의 심리를 드러내며, 탐정임과 동시에 범죄자의 역할을 하고 있다. 원형인 「미정고」에서처럼 탐정은 등장하지 않지만 자연사로 위장한 살인사건과 자살한 범인에 의한 진실 제시라는 형식은 탐정소설의 정형을 보여주고 있지만, 주안은 범죄자의 심리토로에 있어 아쿠타가와 탐정물의 성격을 잘 보여준다. 「덤불 속」 역시 아쿠타가와의 대표적인 추리소설이다. 구로사와 아키라(黒澤明) 감독의 영화 「라쇼몬(羅生門)」의 원작은 실은 소설 「라쇼몬」과 「덤불 속」이다. 내용은 헤이안 시대 무사 부부가 산길을 가다 도적을 만나 남편이 덤불 속에서 살해당한 사건을 둘러싸고 나무꾼, 스님, 포졸, 노파, 도적 다조마루, 아내 마사고, 죽은 무사의 영혼이 벌이는 엇갈린 진술로 이루어져 있다. 일반적 소설과는 달리 사건이 덤불 속에서 뒤엉키듯이 미궁에 빠진 채로 끝나고 사건의 실체는 밝혀지지 않는다. 이로 인해 다조마루 범인설, 마사고 범인설, 무사 범인설 등 작품이 창작된 지 100년이 다 되어가는 오늘날에도 다양한 추리가 계속되고 있다. 그러나 한 사람 한 사람의 증언이 모두 논리적 모순과 의혹을 불러일으키며 독자로 하여금 끊임없이 추리를 하게 한다. 「의혹」은 어느 시골에 체류하며 강의를 하게 된 윤리학자인 '나'에게 유령처럼 나타난 남자가 들려주는 대지진으로 인한 고뇌담이다. 아쿠타가와의 탐정물이 자기 자신에 대한 근본적 불신감의 메타포라면 이 작품이 바로 그에 해당한다고 하겠다.

기쿠치 간은 문예춘추사(文藝春秋社)를 설립하고 아쿠타가와상(芥川賞), 나오키상(直木賞)을 제정한 작가로 알려져 있으며 그 역시 당시 문단 상황에 부응하여 탐정소설을 번역, 창작하였다. 이 책에 수록된 「어떤 항의서(ある抗議書)」(『중앙공론』 1919년 4월호)는 강도에게 누나 부부를 살해당하고, 범인을 잡기도 전에 어머니마저 그 충격으로 사망을 한 남자가 사법부장관에게 보내는 항의서한 형식을 취하고 있다. 사건이 일어난 다음 해 범인 사카시타 쓰루키치가 잡히는데 그는 수많은 여자를 강간하고

살해한 흉악범이다. 하지만 그가 죽은 지 1년 후 출판된 『사카시타 쓰루키치의 고백』에 의하면, 옥중에서 기독교 신앙에 귀의한 범인은 사형에 대한 공포 없이 흔연히 처형당했다고 한다. 피해자의 참담함, 유족의 고통을 생각하면 범인은 육체적, 정신적으로 고통을 받아야 한다고 항의하는 내용이다. 형벌의 목적은 무엇인지, 죄와 벌과 종교의 문제를 묻는 작품이다.

히라바야시 하쓰노스케(平林初之輔, 1892~1931)는 다이쇼 시대 말에서 쇼와 시대 초기에 활동한 프롤레타리아 문학운동 이론가로 알려져 있다. 그러나 실은 『신청년』에 참가하며 많은 추리소설을 발표한 추리소설 작가임과 동시에 반다인의 「그런가의 비극」 등을 번역하는 등 추리소설 번역가, 본격 추리소설의 개념을 확립한 추리소설 평론가이기도 하다. 주요 추리소설에는 「예심조서(予審調書)」(『신청년』, 1926. 1), 「희생자(犠牲者)」(『신청년』, 1926. 5), 「비밀(秘密)」(『신청년』, 1926. 10), 「야마부키초의 살인(山吹町の殺人)」(『신청년』, 1927. 1), 「인조인간(人造人間)」(『신청년』, 1928. 4), 「누가 그를 죽였는가(誰が何故彼を殺したか)」(『신청년』, 1927. 4), 「탐정희곡 가면의 사나이(探偵戯曲 假面の男)」(『신청년』, 1929. 3), 「오펄 색 편지(オパール色の手紙)」(『문학시대』, 1929. 9), 「아파트 살인(アパートの殺人)」(『신청년』, 1930. 7) 등이 있다. 이 책에는 「인조인간」과 「예심조서」를 수록하였다. 「예심조서」는 과실에 의한 살인을 자수한 아들을 돕고 싶은 하라다(原田) 노교수가 예심판사를 찾아가 아들의 정신이상을 주장하지만 시노자키(篠崎) 판사는 냉랭한 어조로 그것을 부정하며 교수를 취

조하면서 사건의 진상을 밝혀가는 내용으로 구성되어 있다. 이는 이중 삼중의 반전이 이어지며 본격 추리소설의 면모를 보여준다. 「인조인간」은 시험관 안에서 인조태아를 키운다고 하는 세계적으로 센세이셔널한 실험을 진행하는 무라키(村木) 박사를 주인공으로 가족도 정부(情婦)도 과학자로서의 체면도 포기하지 못하는 인간의 파멸 과정을 그리는 내용이다. 일본 SF의 선구자라 할 수 있는 운노 주조(海野十三, 1897~1949)가 데뷔한 호에 함께 실렸고, 『세계SF전집 일본의 SF(世界SF全集日本のSF(短篇集)古典篇)』(하야카와쇼보(早川書房), 早川書房, 1971)에 실리는 등 SF적 성격이 강한 작품이다.

이와 같이 이 책에는 다이쇼 시대 과도기적 현상으로서 범죄, 괴기, 환상 문학적 경향을 가지고 창작했던 순문학 작가들의 추리 작품을 수록하였다. 대부분의 본격 미스터리 작품들이 수수께끼를 푸는 과정에 그 주안점을 두고 있는 데 반해, 이 책에 실린 작품들은 범죄의 동기나 범죄자의 심리, 탐정의 심리적 변화, 더 나아가 범인과 탐정의 심리전 등에 초점을 맞추고 있다. 이 책을 통해 독자들은 일본적 추리 혹은 탐정소설의 개념이 유동적이던 시기에 순문학과 추리소설의 경계를 넘나들며 자유롭게 창작된 작품들의 다양한 면모를 음미할 수 있을 것이다.

다니자키 준이치로(谷崎潤一郎, 1886~1965)

1886년　(1세) 도쿄시(東京市)에서 아버지 구라고로(倉吾郎), 어머니 세키(関)의 차남으로 출생한다.

1892년　(7세) 사카모토초등학교(阪本小學校)에 입학하지만 학교에 가기를 싫어해서 2학기에 변칙입학한다.

1897년　(12세) 2월 사카모토심상고등소학교심상과(尋常科)과 제4학년을 졸업하고, 4월 사카모토초등학교 고등과로 진급한다.

1901년　(16세) 3월 사카모토초등학교를 졸업하고, 4월 부립제일중학교(府立第一中學校)에 입학(現 日比谷高校)한다.

1905년　(20세) 3월 부립제일중학교를 졸업하고, 9월 제일고등학교 영법과문과(英法科文科)에 입학한다.

1908년　(23세) 7월 제일고등학교를 졸업하고, 9월 도쿄제국대학 국문학과에 입학한다.

1910년　(25세) 4월 『미타문학(三田文學)』을 창간하고, 반자연주의 문학의 기운이 고조되는 가운데 오사나이 가오루(小山内薫)들과 제2차 『신사조(新思潮)』를 창간한다. 대표작 「문신(刺青)」, 「기린(麒麟)」을 발표한다.

1911년　(26세) 「소년(少年)」, 「호칸(幇間)」을 발표하지만 『신사조』는 폐간되고 수업료 체납으로 퇴학한다. 작품이 나가이 가후(永井荷風)에 의해 격찬을 받으며 문단적 지위를 확립한다.

1915년 (30세) 5월 이시카와 지요(石川千代)와 결혼하고, 「오쓰야 살해(お艶殺し)」, 희곡 「호조지 이야기(法成寺物語)」, 「오사이와 미노스케(おさと巳之介)」 등을 발표한다.

1916년 (31세) 3월 장녀 아유코(鮎子)가 출생하고, 「신동(神童)」을 발표한다.

1917년 (32세) 5월 어머니가 병사하고, 아내와 딸을 본가에 맡긴다. 「인어의 한탄(人魚の嘆き)」, 「마술사(魔術師)」, 「기혼자와 이혼자(既婚者と離婚者)」, 「시인의 이별(詩人のわかれ)」, 「이단자의 슬픔(異端者の悲しみ)」 등을 발표한다.

1918년 (33세) 조선, 만주, 중국을 여행하고 『작은 왕국(小さな王国)』을 발표한다.

1919년 (34세) 2월 아버지 병사하고 오다와라(小田原)로 이사하여 「어머니를 그리는 글(母を戀ふる記)」, 「소주기행(蘇州紀行)」, 「태회의 밤(泰淮の夜)」을 발표한다.

1920년 (35세) 다이쇼가쓰에이(大正活映) 주식회사 각본고문부에 취임하여, 「길 위에서(途上)」를 『개조(改造)』에 발표하고, 「교인(鮫人)」을 『중앙공론(中央公論)』에 격월로 연재하기 시작했다. 대화체 소설 「검열관(檢閱官)」을 『다이쇼일일신문(大正日日新聞)』에 연재하였다.

1921년 (36세) 3월 오다와라(小田原) 사건(아내 지요(千代)를 사토 하루오(佐藤春夫)에게 양보하겠다는 말을 바꾸어 사토와 절교한 사건)을 일으킨다. 「십오야 이야기(十五夜物語)」를 제국극장, 유라쿠좌(有楽座)에서 상연한다. 「불행한 어머니의 이야기(不幸な母の話)」, 「도둑과 나(私)」, 「A와 B의 이야기(AとBの話)」, 「노산일기(盧山日記)」, 「태어난 집(生れた家)」, 「어떤 조서의 일절(或る調書の一節)」 등을 발표한다.

1922년 (37세) 희곡 「오쿠니와 고헤이(お國と五平)」를 『신소설(新小説)』에 발표, 다음 달 제국극장에서 연출한다.

1923년 (38세) 9월 관동대지진(關東大震災)이 발발하여, 10월 가족 모두 교토(京都)로 이사하고, 12월 효고 현(兵庫縣)으로 이사한다. 희곡 「사랑없는 사람들(愛なき人々)」을 『개조』에 발표한다. 「아베마리아(アヱ・マリア)」, 「고깃덩어리(肉塊)」, 「항구의 사람들(港の人々)」을 발표한다.

1924년 (39세) 언젠가는 아내로 삼고자 하여 카페 여급 나오미를 키우는 주인공이 차츰 파멸해가는 탐미주의의 대표작 「바보의 사랑(痴人の愛)」을 『오사카아사히신문(大阪朝日新聞)』, 『여성(女性)』에 발표한다.

1926년 (41세) 1월~2월 상하이(上海)를 여행하고, 「상하이견문록(上海見聞
        錄)」, 「상하이 교유기(上海交游記)」를 발표한다.

1927년 (42세) 금융공황. 수필 「요설록(饒舌錄)」을 연재하여, 아쿠타가와 류
        노스케(芥川龍之介) 사이에 〈소설의 줄거리(小說の筋)〉 논쟁을 일으
        킨 직후, 아쿠타가와 류노스케가 자살한다. 「일본의 클립폰 사건(日
        本におけるクリツプン事件)」을 발표한다.

1928년 (43세) 소노코(園子)에 의한 씨명미상의 '선생'에 대한 고백록 형식
        의 「만지(卍)」를 발표한다.

1929년 (44세) 세계대공황. 아내 지요를 와다 로쿠로(和田六郎)에게 양보하
        는 이야기가 나오고, 그것을 근거로 애정이 식은 부부 이야기를 다
        룬 「갓쓰고 박치기도 제멋(蓼食ふ蟲)」을 연재하지만, 사토 하루오의
        반대로 이야기가 중단된다.

1930년 (45세) 지요 부인과 이혼하고, 「난국이야기(亂菊物語)」를 발표한다.

1931년 (46세) 1월 요시가와 도미코(吉川丁未子)와 약혼하고, 3월 지요의 호
        적을 정리한다. 4월 도미코와 결혼하고 빚으로 고야산(高野山)에 들
        어가 「요시노쿠즈(吉野葛)」, 「맹인이야기(盲目物語)」, 「무주공비화(武
        州公秘話)」를 발표한다.

1932년 (47세) 12월 도미코와 별거하며, 「청춘이야기(靑春物語)」, 「갈대베기
        (蘆刈)」를 발표한다.

1933년 (48세) 장님 샤미센(三味線) 연주자 「슌킨(春琴)」을 하인 사스케(佐助)
        가 헌신적으로 받드는 이야기 속에 마조히즘을 초월한 본질적 탐미
        주의를 그린 「슌킨쇼(春琴抄)」를 발표한다.

1934년 (49세) 3월 네즈 마쓰코(根津松子)와 동거 시작하고, 10월 도미코와
        정식 이혼한다. 『여름국화(夏菊)』를 연재하지만, 모델이 된 네즈가
        (根津家)의 항의로 중단된다. 평론 『문장독본(文章讀本)』을 발표하여
        베스트셀러가 된다.

1935년 (50세) 1월 마쓰코 부인과 결혼하고, 『겐지이야기(源氏物語)』 현대어
        역에 착수한다.

1938년 (53세) 한신대수해(阪神大水害)가 발생한다. 이 때의 모습이 후의 『세
        설(細雪)』에 반영된다. 『겐지이야기』를 탈고한다.

1939년 (54세) 「준이치로 역 겐지이야기」가 간행되지만, 황실 관련 부분은
        삭제된다.

1941년　(56세) 태평양전쟁 발발.

1943년　(58세) 부인 마쓰코(松子)와 그 네 자매의 생활을 그린 대작『세설』
을『중앙공론(中央公論)』에 연재하기 시작하지만, 군부에 의해 연재
중지된다. 이후 숨어서 집필을 계속한다.

1944년　(59세)『세설』상권을 사가판(私家版)으로 발행하고, 가족 모두 아타
미(熱海) 별장으로 피난한다.

1945년　(60세) 오카야마 현(岡山縣)으로 피난.

1947년　(62세)『세설』상권과 중권을 발표 마이니치출판문화상(每日出版文化
賞)을 수상한다.

1948년　(63세) 다자이 오사무(太宰治) 자살.『세설』하권이 완성된다.

1949년　(64세) 고령의 다이나곤(大納言) 후지와라노 구니쓰네(藤原国経)가
아름다운 아내를 젊은 사다이진(左大臣) 후지와라노 도키히라에게
빼앗기는 역사적 사실을 제재로 한「소장 시게모토의 어머니(少將滋
幹の母)」를 발표한다.

1955년　(70세)「유소년시절(幼少時代)」

1956년　(71세) 초로의 부부가 자신들의 성생활을 일기에 기록하며 심리전을
펼치는「열쇠(鍵)」를 발표한다.

1959년　(74세) 주인공 다다스(糺)의 어머니에 대한 근친상간 원망을 다룬
「꿈의 부교(夢の浮橋)」를 발표한다.

1961년　(76세) 77세의 노인이 며느리의 다리에 탐닉하는 이야기를 다룬「미
친 노인의 일기(瘋癲老人日記)」를 발표한다.

1962년　(77세)「부엌 태평기(台所太平記)」

1963년　(78세)「세쓰고암 야화(雪後庵夜話)」

1964년　(79세)「속 세쓰고암 야화」

1965년　(80세) 에도가와 란포(江戶川亂步) 죽음. 교토에서 각종 수필을 발표.
7월 30일 신부전에 심부전이 동시에 발병하여 사망.

아쿠타가와 류노스케(芥川龍之介, 1892~1927)

1892년　(1세) 3월 1일 도쿄시(東京市) 출생. 니하라 도시조(新原敏三)의 장남
으로 출생하였으나, 친어머니 후쿠의 발광으로 외삼촌인 아쿠타가

와 도쇼(芥川道章) 부부에게 입양된다.

1905년   (14세) 3월, 고토심상소학교(江東尋常小學校) 고등과 3년 수료후, 4월, 도쿄부립제3중학교(東京府立第三中學校)에 입학한다.

1906년   (15세) 4월, 회람잡지『유성(流星)』을 창간하고, 편집 발행을 담당한 다. 6월,『서광(曙光)』으로 개제한다.

1910년   (19세) 3월, 도쿄부립제3중학교 졸업. 9월, 제일고등학교(一高) 입학. 동급생에 쓰네토 교(恒藤恭), 구메 마사오(久米正雄), 기쿠치 간(菊池 寬) 등이 있다. 교우회지에「기추론(義仲論)」을 발표한다.

1913년   (22세) 7월, 일고를 졸업하고, 9월, 도쿄제국대학(東京帝國大學) 영문 과 입학한다. 수필「오가와 강물(大川の水)」을 발표한다.

1914년   (23세) 2월, 구메 마사오, 기쿠치 간, 야마모토 유조(山本雄三) 들과 제3차『신사조(新思潮)』를 창간한다. 12월, 급우의 소개로 나쓰메 소 세키(夏目漱石) 문하에 입문한다. 처녀작「노년(老年)」, 희곡「청년과 죽음과(靑年と死)」, 윌리엄 예이츠(William Butler Yeats)의 작품을 번 역한「봄의 심장(春の心臓)」을 발표한다.

1915년   (24세) 5월에「훗토코(ひょっとこ)」, 11월에「라쇼몬(羅生門)」을 『제 국문학(帝國文學)』에 발표하였지만, 아직 무명이었다. 이때부터 나쓰 메 소세키(夏目漱石)의 목요회에 출석하여 그 문하가 되었다.

1916년   (25세) 구메 마사오(久米正雄), 기쿠치 간(菊地寬)과 제4차『신사조』 를 창간한다. 창간호에 게재된「코(鼻)」가 나쓰메 소세키의 극찬을 받으며 문단에 등단. 소세키 문하의 스즈키 미에키치(鈴木三重吉)의 추천으로『신소설』에 집필 기회를 얻었다. 9월,『신소설』에「마죽(芋 粥)」,『중앙공론』에「손수건(手巾)」을 발표, 그 성공에 의해 신진작가 로서의 지위를 굳혔다. 기독교물의 첫 작품「담배(煙草)」를『신사조』 에 발표한다. 졸업논문은「윌리엄 모리스 연구」이고, 대학 졸업 후 요코하마(橫浜) 해군기관학교 영어교사가 되어 가마쿠라(鎌倉)로 이 사한다. 후에 이 시기의 자신을 주인공(堀川保吉)으로 한 소설 즉 야 스키치물(保吉物) 집필.

1917년   (26세) 3월 제4차『신사조』를 폐간하고, 제1단편집『라쇼몬』을 아란 다서방(阿蘭陀書房)에서 간행하고, 11월 제2단편집『담배와 악마(煙 草と惡魔)』(新潮社)를 간행한다. 이 해에「맥(貉)」,「도적떼(偸盗)」,「두 개의 편지(二つの手紙)」,「어느 날의 오이시 구라노스케(或日の大石内

藏助)」, 「짝사랑(片戀)」, 「게사쿠 삼매경(戱作三昧)」, 「목이 떨어진 이야기(首が落ちた話)」, 「사이고 다카모리(西鄕隆盛)」 등을 발표한다.

1918년 (27세) 2월 쓰카모토 후미(塚本文)와 결혼하고, 3월 오사카마이니치신문사 사우가 된다. 5월 무렵부터 다카하마 교시(高浜虛子)에게서 사사하여 하이쿠(俳句)에 관심을 보인다. 작품으로는 「게사와 모리토(袈裟と盛遠)」, 「지옥변(地獄變)」, 「개화의 살인(開化の殺人)」, 「어느 신도의 죽음(奉敎人の死)」, 「가레노쇼(枯野抄)」, 「그 무렵의 나(あの頃の自分の事)」, 아나톨 프랑스의 번역 「발타자르」가 있다.

1919년 (28세) 제3단편집 『꼭두각시(傀儡師)』(新潮社)를 간행한다. 해군기관학교를 사직하고, 오사카매일신문사(大阪每日新聞社) 사원이 된다. 이 해의 창작에는 「개화의 남편(開化の良人)」, 「크리스트호로 상인전(きりしとほろ上人傳)」, 「귤(蜜柑)」, 「늪지(沼地)」, 「의혹(疑惑)」, 「노상(路上)」, 「파(葱)」이 있고, 평론에는 「예술 기타(藝術その他)」가 있다.

1920년 (29세) 제4단편집 『그림등롱(影灯籠)』(春陽堂)을 간행하고, 우노 고지(宇野高二), 기쿠치 간 들과 관서지방으로 강연여행을 간다. 작품에 「늙은 스사노오노미코토(老いたる素戔嗚尊)」, 「여자(女)」, 「두자춘(杜子春)」, 「남경의 그리스도(南京の基督)」, 「버려진 아이(捨兒)」, 「그림자(影)」, 「여체(女體)」, 「묘한 이야기(妙な話)」, 「산도요새(山鴫)」, 「기괴한 재회(奇怪な再會)」, 「아그니의 신(アグニの神)」 등이 있다.

1921년 (30세) 3월 제5단편집 『밤에 피는 꽃(夜來の花)』(春陽堂)을 간행한다. 이 달에 오사카매일신문 특파원으로 중국을 여행하고, 7월말 조선을 거쳐 귀국한다. 작품에는 「기우(奇遇)」, 「어머니(母)」, 「상해유기(上海遊記)」, 「호색(好色)」, 「덤불 속(藪の中)」, 「신들의 미소(神々の微笑)」, 「장군(將軍)」 등이 있다.

1922년 (31세) 이 무렵 서재간판을 '조코도(澄江堂)'로 고친다. 건강이 나빠져 신성쇠약, 습진, 위경련, 장염, 심계항진 등을 앓는다. 작품에는 「밀차(トロツコ)」, 「선인(仙人)」, 「어느 날 저녁 이야기(一夕話)」, 「마당(庭)」, 「로쿠노미야 아가씨(六の宮の姬君)」, 「우오가시(魚河岸)」, 「오토미의 정조(お富の貞操)」, 「백합(百合)」, 「세 개의 보물(三つの寶)」 등이 있다.

1923년 (32세) 『문예춘추(文藝春秋)』 창간호에 「주유의 말(侏儒の言葉)」 연재를 개시한다. 제6단편집 『춘복(春服)』(春陽堂)을 간행한다. 9월 1일 관동대지진(關東大震災) 발생한다. 12월 「아바바바바바(あばばばば)」

를 『중앙공론』에 발표, 작풍에 변화를 초래하여 사소설풍의 작품을 발표한다. 「원숭이와 게의 싸움(猿蟹合戰)」, 「어느 연애소설(或戀愛小說)」, 「야스키치의 수첩에서(保吉の手帳から)」, 「흰둥이(白)」, 「인사(お時儀)」, 「한 줌의 흙(一塊の土)」, 「이토메 기록(絲女覺え書)」 등이 있다.

1924년 (33세) 7월에 제7단편집 『황작풍(黃雀風)』(新潮社)을, 9월에 제2수필집 『백초(百草)』(新潮社)를 간행한다. 매형의 객혈을 겪고, 자신도 독감, 신경성위이완증, 신경쇠약 등을 앓는다. 이 시기에는 「제4의 남편으로부터(第四の夫から)」, 「추위(寒さ)」, 「휴지(文放古)」, 「10엔짜리(十円札)」, 「다이도지절 신스케의 반생(大導寺信輔の半生)」을 발표한다.

1925년 (34세) 4월 『현대소설전집』 제1권으로서 「아쿠타가와류노스케(新潮社)가 간행된다. 7월에 3남 야슨시(也寸志)가 태어나고 8월부터 가루이자와(輕井沢)에 요양을 간다. 10월 흥문사(興文社)의 의뢰로 「근대문예독본」 전5권의 편집을 마친다. 이 해의 창작으로는 「가루이자와에서(輕井澤から)」, 「말의 다리(馬の脚)」, 「봄(春)」, 「온천소식(溫泉だより)」, 「바닷가(海のほとり)」, 「연말의 하루(年末の一日)」, 「호남의 부채(湖南の扇)」가 있으나, 건강의 악화로 창작활동은 저조해진다.

1926년 (35세) 신경쇠약과 불면증에 시달려 가나가와현(神奈川縣) 구게누마(鵠沼)에서 정양한다. 수필집에 『매실, 말, 꾀꼬리(梅·馬·鶯)』(新潮社)를 간행한다. 작품에 「추억(追憶)」, 「카르멘(カルメン)」, 「흉(凶)」, 「점귀부(點鬼簿)」, 「그(彼)」, 「그 제2(彼第二)」가 있다.

1927년 (36세) 1월 매형의 보험금을 노린 방화사건이 일어나고, 매형은 자살한다. 그 처리를 하느라 신경쇠약이 악화된다. 4월 이후에는 「문예적인, 너무나 문예적인(文藝的な, あまりに文藝的な)」, 「속 문예적인, 너무나 문예적인(續文藝的な, あまりに文藝的な)」을 『개조』에 연재하며 다니자키 준이치로와 〈소설의 줄거리〉 논쟁을 전개한다. 6월에 제8단편집 『호남(湖南)의 부채』(文藝春秋社)를 간행한다. 7월 24일 자택에서 치사량의 수면제 복용으로 자살한다. 유서로는 「어느 오랜 벗에게 보내는 수기(或舊友への手記)」가 있다. 이 해 생전에 발표한 작품으로는 「꿈(夢)」, 「겐카쿠산방(玄鶴山房)」, 「신기루(蜃氣樓)」, 「갑파(河童)」가 있고, 유고로서 「암중문답(闇中問答)」, 「톱니바퀴(齒車)」, 「서방의 사람(西方の人)」, 「속 서방의 사람(續西方の人)」, 「어느 바보의 일생(或阿保の一生)」이 있다.

기쿠치 간(菊池寬, 1888~1948)

1888년　(1세) 12월 26일 가가와 현(香川縣=현 다가마쓰(高松) 시)에서 출생한다.

1895년　(8세) 욘반초 심상소학교(四番丁尋常小學校)에 입학한다.

1899년　(12세) 고등소학교에 입학한다.

1903년　(16세) 현립 다카마쓰중학교(縣立高松中學校)에 입학한다.

1906년　(19세) 『사누키학생회 잡지(讚岐學生會雜誌)』 현상 작문에 2등으로 당선된다.

1907년　(20세) 도쿄 『일본신문(日本新聞)』의 과제작문 「박람회(博覽會)」에 입선, 그 특전으로 처음으로 상경한다.

1908년　(21세) 추천으로 도쿄고등사범학교에 입학한다.

1909년　(22세) 방종으로 고등사범학교를 제적당하고, 메이지(明治)대학 법학과에 입학하지만 3개월 만에 퇴학한다. 제일고등학교 문과 입학 준비를 한다.

1910년　(23세) 수험준비를 위해 영어 공부를 하고, 징병 유예를 위해 일시적으로 와세다(早稻田) 대학에 적을 둔다. 제일고등학교 문과에 입학한다.

1913년　(26세) 친구의 절도 사건에 연루되어 졸업을 3개월 남기고 퇴학한다. 교토제국대학 영문과 입학한다. 단편소설 「금단의 열매(禁斷の木の實)」가 『요로즈초호(萬朝報)』 현상에 당선된다.

1914년　(27세) 동인 잡지 제3차 『신사조(新思潮)』에 참가, 기쿠치 히로시(菊池比呂士), 모리 다로(草田杜太郎)의 필명으로 번역물과 희곡을 발표한다.

1916년　(29세) 제4차 『신사조(新思潮)』를 창간하고, 희곡 「옥상의 광인(屋上の狂人)」을 발표한다. 교토제국대학 졸업하고 시사신보사(時事新報社)에 입사하여 사회부 기자가 된다.

1917년　(30세) 희곡 「아버지 돌아오다(父歸る)」를 발표하고, 동향의 오쿠무라 가네코(奧村包子)와 결혼한다. 「폭군의 심리(暴君の心理)」로 처음으로 원고료를 받는다.

1918년　(31세) 장녀 루니코(瑠美子) 탄생. 『중앙공론(中央公論)』에 단편소설 「무명작가의 일기(無名作家の日記)」, 「다다나오경행장기(忠直卿行狀記)」 등을 발표하여 문단에서의 지위 확립.

1919년　(32세) 시사신보사를 퇴사하고, 오사카매일신보사(大阪每日新聞社)

객원기자가 된다. 최초의 단편 희곡집 『마음의 왕국(心の王國)』 간행한다. 「원수의 저쪽에(恩讐の彼方に)」, 「도주로의 사랑(藤十郎の戀)」을 발표한다.

1920년 (33세) 이치가와 엔노스케(市川猿之助)가 「아버지 돌아오다」를 상연하여 절찬을 받는다. 신문소설 「진주부인(眞珠婦人)」으로 대성공을 이룬다.

1921년 (34세) 소설가협회(小說家協會)를 설립한다.

1923년 (36세) 문예춘추사(文藝春秋社) 창설하여 잡지 『문예춘추(文藝春秋)』 창간한다. 어머니가 사망하고, 장남 히데키(英樹)가 탄생한다.

1924년 (37세) 처음으로 협심증 발작을 일으킨다.

1925년 (38세) 차녀 나나코(ナナ子)가 탄생한다.

1926년 (39세) 문예가협회(文藝家協會)를 조직하고, 호치신문사(報知新聞社) 객원기자가 된다.

1927년 (40세) 아쿠타가와 류노스케가 자살한다.

1928년 (41세) 중의원 의원 후보로 출마했다가 낙선한다.

1929년 (42세) 헤이본사(平凡社)에서 『기쿠치 간 전집(菊池寬全集)』 전 12권 간행 시작한다.

1930년 (43세) 문화학원(文化學院)에 문학부 창설되어 부장으로 취임한다. 『문예춘추』의 임시증간 『올 요미모노호(オ―ル讀物號)』 간행하고, 다음해부터 월간이 된다.

1934년 (47세) 나오키 산주고(直木三十五) 사망. 오사카매일(大阪每日) 신문사와 도쿄일일(東京日日) 신문사 고문이 된다.

1935년 (48세) 아쿠타가와상 및 나오키상을 창설한다. 일본영화협회(日本映畵協會) 이사가 된다.

1936년 (49세) 문예가협회 초대 회장이 되어, 『문학계(文學界)』를 인수한다.

1937년 (50세) 도쿄시회의원에 당선되고, 예술원회원이 된다.

1938년 (51세) 재단법인 「일본문학진흥회(日本文學振興會)」를 창설하여 초대 이사장이 된다. 아쿠타가와상과 나오키상을 확립한다.

1939년 (52세) 기쿠치간상(菊池寬賞)을 창설하고, 대일본저작권보호동맹회장(大日本著作權保護同盟會長)이 된다.

1941년 (54세) 기시다 구니오(岸田國士) 등과 영화배우학교를 설립할 계획을 세우고, 사할린에 강연 여행을 떠난다.

1942년	(55세) 일본문학보국회(日本文學報國會) 창립총회 의장이 되고, 문예 가협회의 해산을 결의한다.

1942년　(55세) 일본문학보국회(日本文學報國會) 창립총회 의장이 되고, 문예
　　　　　가협회의 해산을 결의한다.

1943년　(56세) 다이에이(大映) 주식회사 사장이 되고, 만주문예춘추사를 창
　　　　　립하여 사장이 된다.

1944년　(57세) 전기문학상(戰記文學賞)을 설립한다.

1946년　(59세) 문예춘추사를 해산하고, 다이에이 사장을 사임한다.

1947년　(60세) 공직 추방령을 당한다.

1948년　(61세) 우노 지요가 편집하는 『스타일(スタイル)』에 「애증(愛憎)」을
　　　　　발표하는 등 건필을 과시하지만, 3월 6일 협심증으로 급사한다.

히라바야시 하쓰노스케(平林初之輔, 1892~1931)

1892년　(1세) 11월 8일 교토에서 출생한다.

1917년　(26세) 9월 와세다(早稻田)대학 영문과에 입학하다.

1919년　(28세) 『야마토신문사(やまと新聞社)』에서 문예평론가로 활약하며,
　　　　　빅토르 위고 등의 작품을 번역한다.

1920년　(29세) 노동쟁의를 계기로 동신문사를 퇴사하고, 이 시기를 전후하
　　　　　여 아오노 스에키치(靑野季吉), 이치카와 쇼이치(市川正一)와 교제를
　　　　　시작한다. 동시에 국제통신사(國際通信社)에 취직, 사회주의를 연구
　　　　　하고, 『씨 뿌리는 사람들(種蒔く人)』의 동인이 된다.

1922년　(31세) 일본공산당에 입당하지만, 후에 이탈한다. 평론 「탐정소설 유
　　　　　행(探偵小說流行)」을 발표한다.

1924년　(33세) 『문예전선(文藝戰線)』 동인으로 활약하며, 「내가 요구하는 탐
　　　　　정소설(私の要求する探偵小說)」을 발표한다.

1925년　(34세) 「일본의 근대적 탐정소설-특히 에도가와 란포 씨에 대해(日
　　　　　本の近代的探偵小說-特に江戸川亂步氏に就て)」, 「『심리시험』을 읽다
　　　　　(『心理試驗』を讀む)」 등의 평론을 발표한다.

1926년　(35세) 하쿠분칸(博文館)에 입사하여 『태양(太陽)』의 편집주간이 된
　　　　　다. 창작에 「예심조서(予審調書)」, 「비밀(秘密)」, 「머리와 다리(頭と
　　　　　足)」, 「희생자(犧牲者)」가 있으며, 평론에 「탐정소설문단의 제경향(探
　　　　　偵小說壇の諸傾向)」, 「탐정소설에 나타난 명탐정-홈즈의 탐정법(探偵

小說に現るる名探偵―ホオムズの探偵法―)」, 「애독작가에 대한 단상(愛讀作家についての斷片)」, 「구로이와 루이코에 대해(黑岩淚香のこと)」 등이 있다.

1927년   (36세) 모두에게 미움을 사던 남자가 살해당한 시정의 사건을 그린 「누가 왜 그를 죽였는가(誰か何故彼を殺したか)」, 전직 카페 여급살인 사건을 다룬 단편 「야마부키초의 살인(山吹町の殺人)」을 발표한다.

1928년   (37세) 「인조인간(人造人間)」, 「동물원의 하룻밤(動物園の一夜)」, 「음수 기타(陰獸その他)」, 「루베르의 『야조』와 요시노부의 『죽음의 서』」를 발표한다.

1929년   (38세) 반다인의 「그린가 살인사건」을 「그린가의 참극(グリイン家の慘劇)」으로 일본에 처음 소개한다. 이 해에 「오사라기와 에도가와(大佛と江戸川)」, 「고사카이 후보쿠 씨(小酒井不木氏)」, 「작가로서의 고사카이 박사(作家としての小酒井博士)」, 「탐정소설의 세계적 유행(探偵小說の世界的流行)」, 「현문단과 탐정소설(現下文壇と探偵小說)」, 「포의 본질(ポウの本質)」, 「가면의 남자(假面の男)」, 「나는 이렇게 죽었다(私はかうして死んだ!)」, 「오팔색 편지(オパール色の手紙)」, 「화려한 죄과(華やかな罪過)」, 「어떤 탐방기자의 이야기(或る探訪記者の話)」를 발표한다.

1930년   (39세) 「반 다인의 작풍(ヴァン.ダインの作風)」, 「뒤팡의 버릇과 번스의 버릇(デュパンの癖とヴァンスの癖)」, 「에도가와 란포(江戸川亂步)」, 「아파트의 살인(アパ_トの殺人)」, 「여름밤의 모험(夏の夜の冒險)」, 「두 맹인(二人の盲人)」

1931년   (40세) 와세다대학 조교수가 된다. 제1회 국제문예가협회(파리)에 참가하기 위해 프랑스에 갔다가 출혈성 췌장염으로 사망한다. 「철의 규율(鐵の規律)」, 「탐정소설 작가에게 바란다―어디까지나 엄숙한(探偵小說作家に望む―あくまで嚴肅な―)」을 발표한다.

1932년   사후 미완성작 「수수께끼의 여자(謎の女)」가 발견되었으며, 『신청년(新靑年)』에 완결편을 모집하여 후유키 고노스케(多木荒之介)가 당선된다.

⊙ 옮긴이 **김효순**

고려대학교 글로벌일본연구원 교수, 한국일본학회 산하 일본문학회 회장. 고려대학교와 쓰쿠바대학에서 아쿠타가와 류노스케 문학을 연구하였고, 현재는 식민지시기에 일본어로 번역된 조선의 문예물에 관심을 갖고 연구하고 있다. 주요 논문으로 「'에밀레종' 전설의 일본어 번역과 식민지시기 희곡의 정치성 – 함세덕의 희곡 「어밀레종」을 중심으로 – 」(『일본언어문화』 제36호, 2016.10) 등이 있고, 역서에 히라노 게이치로의 『책을 읽는 방법』(문학동네, 2008), 『재조일본인 여급소설』(역락, 2015), 『재조일본인이 그린 개화기 조선의 풍경:『한반도』 문예물 번역집』(역락, 2016), 다니자키 준이치로의 『열쇠』(민음사, 2018), 편저서에 『동아시아의 일본어문학과 문화의 번역, 번역의 문화』(역락, 2018) 등이 있다.

살인의 방

초판 1쇄 펴낸날 2019년 2월 15일

지은이 다니자키 준이치로 · 아쿠타가와 류노스케
　　　　기쿠치 간 · 히라바야시 하쓰노스케
펴낸이 이상규
편집인 김훈태
디자인 엄혜리
마케팅 김선곤

펴낸곳 이상미디어
등록번호 209-06-98501
등록일자 2008. 09. 30
주소 서울시 성북구 정릉동 667-1 4층
대표전화 02-913-8888
팩스 02-913-7711
e-mail leesangbooks@gmail.com

ISBN 979-11-5893-080-6 04830
　　　　979-11-5893-073-8 (세트)

일 본 추 리 소 설 시 리 즈

❶ 세 가닥의 머리카락

구로이와 루이코, 아에바 고손, 모리타 시켄 지음 | 김계자 옮김
344쪽 | 13,000원

❷ 단발머리 소녀

오카모토 기도, 사토 하루오, 고다 로한 지음 | 신주혜 옮김
404쪽 | 13,000원

⊙ 일본 추리소설 시리즈를 펴내며

현재 한국 출판계에서는 일본 문학의 번역이 압도적 비중
을 차지하고 있고, 추리소설 또한 예외가 아니어서 폭넓은
연령의 독자층을 형성하고 있다. 그러나 아직 일본 추리소
설이나 일본 미스터리물을 전체적으로 조망할 수 있는 전
집은 간행된 적이 없다. 이로 인해 독자층이 폭넓게 형성되
어 있는 상황에 비해, 일본추리소설의 역사나 연구에 대한
이해도는 상당히 낮은 편이다.

이러한 상황에서 고려대학교에서는 3년간 관련 연구자들의
논의 과정을 거쳐 〈일본 추리소설 시리즈〉를 출간하고자 한
다. 이 시리즈는 일본 추리소설 연구자들이 수록 작품의 문
학사적 의의, 한국 문학과의 관계, 추리소설사에서 차지하는
위치 등에 대해 상세한 해설을 덧붙이고 있다. 이로써 독자
들은 추리소설 자체의 재미를 즐길 수 있을 뿐만 아니라 일
본 추리소설을 보다 깊이 이해하고 그 흐름을 파악할 수 있
을 것이다.

— 고려대학교 〈일본추리소설연구회〉